昭和が終わる頃、僕たちはライターになった

KITAO Toro
北尾トロ
SHIMONOSEKI Maguro
下関マグロ

目次

まえがき　下関マグロ……5

第1章 出版業界に転がり込んだ 1983年3月〜1984年8月……7

トロ編

序章……8
編集者になれるとはとても思えない……11
離れがたきナナオ設計……16
スカスカのアドレス帳……20
イシノマキの過酷な支払いシステム……23
フリーライターの名刺をつくってみた……28
フリーライター初仕事と居候生活……31

マグロ編

序章……39
就職活動は大学を卒業してから……41
スワッピング雑誌を発行する出版社へ就職……45
フリーライターって素敵な職業かも……50
名刺をつくればライターになれるというけれど……53
編集プロダクション「イシノマキ」は天国か地獄か……57
小さな広告代理店に入社した……64

第2章 かくも長き助走 1984年8月〜1985年3月……69

トロ編

借金して吉祥寺に引っ越した……70
四谷の間借り事務所に通い始めた……74
ほろ苦い焼き鳥の味……78
合格電報屋でひと稼ぎをもくろんだ……81
パイン事務所での暗黒時代……87
等身大パネルと愛の暮らしを……90
幻のアフリカ旅雑誌企画……96

マグロ編

伊藤秀樹への原稿発注！……101
失業保険をもらいながらライターにチャレンジ……105
オフィスたけちゃんの誕生……107
放送作家にしてやると騙された……110
こうしてエロ本の仕事をすることになった……115
エロ本の仕事で女の子の路上撮影……118
高橋名人とカメラ……124
初めてのライター仕事……127

第3章 時間だけはたっぷりあった

1985年8月～1985年12月……131

トロ編

オイルぬりぬりマンの夏……132
いきなり単行本の著者になった……139
本が出ても何も変わりはしなかった……143
スポーツライターへの道が開かれた!?……149
間借りを脱し、新宿に共同事務所を開くことに……153

マグロ編

読者チャレンジ企画とAVの助監督……157
アダルトビデオの助監督という仕事……160
決意というより成り行きでライターに……163
金はないが、時間だけはたっぷりあった……166
会社の役員になってくれと頼まれた……169

第4章 トロとマグロの誕生

1986年1月～1987年1月……173

トロ編

データ原稿書きで、手のひらが真っ黒だ……174
スキーができないスキー雑誌のライター集団……178
ラーメンとカレーを食べまくった初取材……183
彼女と別れ、妹と経堂に住む……187
事務所がギクシャクし始めた……192
ぼくが本当にフリーになった日……197

マグロ編

デカい明日になりそうな『ビッグ・トゥモロウ』の仕事……201
タダほど高いものはない。スキー合宿顛末記……205
「北尾トロ」が誕生した瞬間!……210
ライターの三種の神器がそろう!……215
クリスマスイブの出来事……219
パインの事務所にお別れ……223

第5章 脳天気商会 1987年1月〜1988年1月……227

トロ編
スイスでの単独取材……228
作家志望の後輩が居候にやってきた……232
脳天気商会、テキトーに誕生……237
岡本君引き込み計画……242
初ライブと初小説……248
そろそろ中央線に戻ろうか……252

マグロ編
スキー田舎紀行……258
バンドやろうぜ!……263
30歳までにライブをやるぜぃ!……266
ついにライブの日程が決まった!……269

第6章 先行きは未確定 1988年4月〜1988年12月……273

トロ編
気分は悶々 未来は不透明……274
田辺ビルの日々と岡本君のライターデビュー……279
キミにはスポーツマンの爽やかさがない……283
いつまでも明けない空に……287

マグロ編
新連載「プータローネットワーク」と事務所の居候……292
ドント・トラスト・オーバー・サーティー……296
消費者金融とNTT伝言ダイヤル……299
下血報道とフリーペーパー……302
そして僕はからっぽな自分に気がついた……305

あとがき 北尾トロ……314
プロフィール……317

まえがき

本書は、僕、下関マグロと北尾トロが、学校を卒業し、ライターという職業に就くまでの過程がレポートされています。それぞれの立場から交互に原稿を書いていますが、なにせ昔のことなので、思い違いがあるかもしれません。いや、けっこうあると思います。

時代的には1983年（昭和58年）〜1988年（昭和63年）の6年間。僕たちはちょうど20代半ばから30歳のころの話です。世の中はバブルに突入していくさなかでした。

若いころ、感動したり、わくわくしたとき、このことは一生覚えておこうと思ったものです。でも、人生五十年以上生きていると、そういったこともほとんど忘れていたりします。自分に都合のいい部分だけ、都合のいいように記憶しているのが人間なんだなということが、今回、ふたりの原稿を見比べると、よくわかります。なので食い違っている部分もたくさんありますが、それを含めて楽しんでもらえればと思います。

ただこれだけは間違いではないと思うのは、僕は北尾トロに出会わなかったら、ライターになっていなかっただろうということです。北尾トロだけではありません。多くの人との出会いやら、友情やら、憎しみやら、そういうものすべてで今の自分が成り立っているということがわかってきました。ということは、本書の中に登場するすべての人に感謝しなければならないということです。昔はそんなこと、カッコ悪くて考えもしませんでしたが、今は本心から、自分に関わってくれたすべての人に感謝したいと思っています。

さて、本書に登場する人々ですが、本名で登場している人もいれば、仮名にしてある人もいて、ごっちゃ混ぜになっています。この人は仮名だとか、本名だとかは文中でことわっていません。そのあたりを了解して読んでいただけると助かります。

しかも、僕、下関マグロは、本名の増田剛己《ますだたけき》で登場していますし、北尾トロも同じく本名の伊藤秀樹《いとうひでき》となっています。実際、今でも僕は北尾トロのことを「伊藤ちゃん」と呼ぶし、向こうは僕のことを「まっさん」と呼びます。

僕たちと同世代、つまり80年代に社会人になった人なら、あの時代の雰囲気がよくわかると思います。あの時代、すでに社会人だった人生の先輩たちからは、相変わらずお前らは青いなと思われるかもしれません。そして、これから何か仕事に就こうという若い人。こんなにいい加減で大丈夫かなと思うかもしれませんが、たぶん大丈夫です。

下関マグロ

1983年3月〜1984年8月
トロ・マグロ　25歳

●ヒットソング

ラッツ&スター『め組のひと』

原田知世『時をかける少女』

大川栄策『さざんかの宿』

松田聖子『ガラスの林檎/SWEET MEMORIES』

チェッカーズ『涙のリクエスト』

安全地帯『ワインレッドの心』

第1章
出版業界に転がり込んだ

●おもな出来事

東京ディズニーランド開園

寺山修司死去

ファミリーコンピュータ発売

大韓航空機撃墜事件

三宅島大噴火

愛人バンク「夕ぐれ族」社長らが逮捕

江崎グリコ社長が誘拐される「グリコ・森永事件」発生

ロサンゼルスオリンピック開催

上編 1983.11

序章

大学3年末の試験が終わってすぐ、生まれて初めての海外旅行でインドへ行き、すっからかんになって帰国。そのまま九州の実家に転がり込んでしばらく過ごした4月初旬、ひとり暮らしをしていた阿佐ヶ谷のアパートに戻り、2ヵ月ぶりで大学に行ったら留年が決定していた。インドで遊んでいる間に、法政大学社会学部では追試が終わっていたのである。

間抜けだ。落とした必修単位は英語かなにかだったと思うが、ほとんど白紙の答案を提出したにもかかわらず、ぼくは追試とか、留年なんてことが全然頭になかったのである。留年者を貼り出した掲示板の前で呆然としていると、通りかかった知り合いがニヤニヤしながら声をかけてきた。

「もう一度3年生かよ。ま、お前らしいな」

どこが〝らしい〟のかはわからなかったが、いまさら騒いでもしょうがない。それより、この事実を親にどう伝えるかだ。父は他界しており、母は決してラクな生活をしているわけじゃない。この上、1年余計に学費と生活費の面倒を見てもらうのは心苦しい。今年はともかく、5年目となる来年は、学費くらい自分で出すべきだろう。

その5年目、ぼくはほとんど大学へ行かず、アルバイトばかりしてなんとか卒業にこぎつけた。だが、サラリーマンになりたくなかったので、就職活動もしなかったし、自分の将来にさしたる関心もなかった。

何もしなかったわけじゃない。九州に戻ってもしたいことなどないのだ。母方の親戚が菓子舗をやっている関係で、うかうかしていると菓子職人になれと言われる可能性があった。それを避けるためにも東京にいる理由は必要だ。

そこで年が明けてから新聞広告で映画会社の「にっかつ」の求人募集に応募。しかし面接の前夜、当時封切りされていた『嗚呼！おんなたち　猥歌』を見に行った帰り、チンピラに絡まれてボコボコにされ、翌朝は顔面が腫れ上がって家から出られずあえなく断念してしまった。卒業間近の3月には、またしても新聞広告で書店ルートセールス（百科事典などを営業する）の仕事に応募。面接のみで採用され、ホッとしたのもつかの間、研修初日の昼休みには「やっぱり入社は辞めます」と口走り、当てのないまま社会人になってしまったのである。卒業式には出なかった。

もともと就職などしたくなかったのだから落ち込むこともなかったけれど、就職が決まったと喜んでいる母には働いていると嘘をついた。その嘘も帰省した夏にはバレ（営業マンのはずなのに、運転がド下手だった）、「なんかおかしいと思うとったんよ。でも3時間で辞めたなんて……」と、深い深いタメ息をつかせてしまうことになる。

明るい見通しなどどこにもないまま、ぼくは、いまでいうフリーターとして無為な日々を過ごしていた。好きなことは競馬だけ。地下鉄の地盤沈下を調べる夜間測量のアルバイトをし、週末は馬券を握りしめ、当たれば金がなくなるまで遊び、負ければ翌週もアルバイトをする単調な生活。でも、困ったことにこれがなかなか快適なのだ。サラリーマンにだけはならないと決めていたが、別にやりたい仕事もないわけで、その日暮らしは性に合っている。もちろん漠然とした不安はあるのだが、まぁどうでもいいやと思っていた。

どうでも良くないと思っていたのは母である。だらだらフリーターを続ける息子に、最後通告がきた。どこでもいいから就職するか、学校に行くか、田舎に帰るべし。就職も九州に戻ることも眼中にないボンクラ息子は、学校という選択肢にすがりつく。ちょうどそのとき、競馬で当てた10万円が手元にあり、その金で行けそうな専門学校を探すと、ひとつあった。「ジャーナリスト専門学校夜間部」というところだ。ジャーナリストになりたいなどとは思っていなかったが、おもしろいかもしれない。ぼくは翌日、高田馬場にあるその学校へ行き、ルポライター養成講座みたいなところに入学を申し込んだ。でも、やる気がないから出席しない。行ったのは3回くらいだったろうか。ルポライターや出版業界への興味が高まることもなかった。

アホらしい。その頃のぼくは、阿佐ヶ谷から引っ越した高円寺のアパートで猫を飼い、それなりに楽しくやっていた。前述した週払いのアルバイトでカツカツだけど生活だけはできている。仕事は終電後から始発前までで、昼間は時間が自由になるから映画も観れるし本も読み放題。勤め人になることを希望している母には悪い気もするが、やりたいことが出てくるまでは、いまの暮らしでいいじゃないか。

そんなふうに開き直りつつあったある日、大学の後輩から電話がかかってきた。卒業して田舎に帰るので、自分がしているバイトを引き継がないかという用件だ。小さな編集プロダクションで、原稿取りなどの雑用をするらしい。

「だめだよ、オレ、夜中のバイトしてるから」

「困ったなあ。ボク、誰か後がまを見つけないとやめられないんですよ。ヒマそうなのは先輩しかいないんです。話を聞きにくるだけでもいいから、明日、時間の都合つきませんか」

後輩のバイト先は、神田の神保町にあった。小さなビルの一室で社長に会うと、明日からさっそく来て欲しいという。なんだか忙しそうな雰囲気だ。きっと自分にはうまくやれないだろうと思い、じつは夜中にバイトをしていて、そっちを辞めるわけにはいかないのでムズカシいと逃げを打った。が、人が足りなくて困っているらしい社長は動じない。

「いいよ、最初は掛け持ちで。うちは月にバイト代11万。細かいことはおいおい教えるから。いいね」

そう言われると返す言葉がない。翌日から、昼間は編集見習い、夜中は地下鉄測量のWバイト生活が始まり、のんびりした生活に終止符が打たれる。

1983年11月。大学を卒業してから1年半経ち、ぼくは25歳になっていた。親に報告したら、少しは安心するかもしれないなと思った。

1983.11
編集者になれるとはとても思えない

翌日から、編集プロダクション（以下、編プロ）イシノマキでの仕事が始まった。初仕事は原稿の受け取りで、K出版社の編集者がアルバイトで書いているオーディオ関係のコラム原稿を受け取りに行き、小学館の『GORO』編集部まで届けるというもの。いわゆる〝お使いさん〟である。

K社の編集者に会うと、まだ原稿はできておらず、喫茶店に誘われた。「コーヒーでいい？」と言われて頷くと、彼は「いま書くから悪いけど待ってて」と言い、原稿用紙を広げて資料を見ながらその場で書き始めた。2Bか3Bの太い鉛筆。丸っこい字がサラサラと升目を埋めてゆく。原稿用紙は200字詰めのペラと呼ばれるものだ。へぇ〜凄いな、喫茶店で、しかも人の目の前で原稿を書くなんて。初めて会う業界人は仕草や丸っこい字まで、洗練された感じがした。

「はい、できました。これを『GORO』の○○さんに渡してくれればいいから」

4、5枚の原稿用紙を揃えて袋に入れると、K社の編集者はひとつ大きなアクビをした。そして、ぼくが新顔であるのを思い出したのか、タバコに火をつけながら、イシノマキは人使いが荒いから大変だぞと笑った。

会社に戻ると、松山さんという先輩編集者に食事に誘われ、イシノマキのことをあれこれ教えられた。松山さんは2年ほどここで働いているらしく、実務でわからないことがあったら自分に聞いてくれと言ってくれた。親切な人だと思ったが、その後は忙しいとか給料が安いとかのグチが続き、なんとなく湿っぽい。社長を始めとするイシノマキの社員のこととか、そういう話も出たが、腰掛けアルバイトの意識しかないぼくにはどうでも良かった。

しかし、そうは問屋が卸さなかったのである。2日目には早くも男性誌向きの企画提出を求められ、それまで松山さんがやっていたと思われる仕事のほとんどが、ぼくの担当ということになってしまったのだ。

「松山にはもっと大きな仕事を受け持ってもらうことにしたから、若者向き雑誌全般は伊藤君がやってください。なに、すぐに慣れるよ。最初は戸惑っても、ひととおりやればわかってくる。松山はもうじき30歳だから読者の年齢とズレが出てくるでしょ。こういう雑誌は、読者と同年代の編集者が作るほうがいい。それはキミにもわかるでしょ」

社長の説明にはそれなりの説得力があったけれど、だからといってそれをド素人のアルバイトにやらせていいのか。疑問を感じつつ、他に適当な人材がいないこともわかる。ぼくは「はあ」と力なく頷き、自分の席に戻って社長が言った雑誌名を書き出してみた。

『スコラ』、『写楽』、『GORO』、『週刊プレイボーイ』。このうち、『GORO』は原稿の受け渡しのみ、『写楽』は写真展などの情報ページを整理するだけだから何とかなりそうだった。また、『週刊プレイボーイ』はレギュラーではなく単発の仕事で、これも基本的にお使いさん仕事だろう。そうなると、メインの仕事は『スコラ』ということになりそうだった。イシノマキでは月に2回発行される『スコラ』で、ほぼ毎号4、5ページの記事を請け負い、企画からデザインまで担当しているのだった。

「で、ぼくは何をどうすればいいんですか?」

松山さんに尋ねると、まず企画をいくつか考えて『スコラ』の宇野さんという担当者と打ち合わせをし、やることが決まったら具体的な内容を考えて宇野さんの了解を得るのだという。

「そこからライターやカメラマンを決め、取材に入るわけです。人物取材をするなら人を捜してアポイントを取る。込み入った撮影のときはスタジオを借りたりスタイリストに依頼したりしますが、『スコラ』に関しては、そういう企画はないでしょう。で、取材が終わったらデザイナーとデザインの打ち合わせをします。そして文字数を出し、ライターに書いてもらう。赤入れといって、書いた原稿をチェックするのは編集の仕事。ここまでやって素材が揃ったところで宇野さんに届ける。そのうちゲラが出ますから、確認作業をしたら終わりです。うちの担当は毎号5ページくらい。月に2本やれば、初心者には十分忙しいですよ」

赤入れ？　ゲラ？　説明された半分も意味がわからなかったが、とりたてて鋭さの感じられない松山さんがやれていたのなら何とかなるだろう。ぼくは『スコラ』を見ながら何本かいい加減な企画を考え、挨拶がてら宇野さんのところへ行ってみることにした。

『スコラ』編集部は青山一丁目のツインタワービルにあり、薄汚い格好で入っていくのは気が引けた。編集部では皆忙しそうにしていて取りつくシマがない。ぼんやり立っていると、ぼくと同世代くらいの若い男が不審そうに寄ってきた。

「何？　誰のとこにきたの」

「あのー、イシノマキですけど宇野さんいますか」

「宇野さんね、いるよ。宇野さーん！」

奥からのそりと出てきた50代くらいの宇野さんは、見るからにやる気の感じられない人だった。でも、それはどうでもいい。話すこともないので、いきなり企画の話をする。

東京の落書きアートを大量に撮影して一挙掲載、思わぬ女優がヌードを披露している映画の濡れ場研究。持参したメモを見て、しどろもどろになりながら説明した。が、宇野さんの顔色はみるみる曇る。

「そんな思いつきのメモじゃだめなんだよ、企画書はないの」

へ、企画書？　そりゃ何だ。

「そんなことも教えてもらってないのか。アイデアだけあっても、どういう構成にするかわからなきゃしょうがないでしょ。まあいいや、濡れ場研究ねぇ、おもしろそうではあるけどさ」

「そうですか、おもしろそうですか」

このおっさん、小言も言うが興味を持ってくれたようだ。まいったなあ、企画が通ったらいろいろ調べなきゃならないぞ。スチール写真とかってどうすれば貸してもらえるのかなあ。映画会社とかまわるのか。嫌な顔されそうだが、そこは気力でなんとか……。

「ハァ〜、ところでさ」

宇野さんが深い深いタメ息をついた。

「キミ、新人らしいけど、イシノマキがどういうページを担当してるか知らずに来たみたいだな。あのね、イシノマキがやってるのはタイアップ企画なんだよ」

「タイアップ？　タイアップって何ですか」

「ハァ〜。それも知らないの？　タイアップってのは、たとえばどこかのメーカーから広告費をもらってこちらで読者が喜びそうな記事を作り、新製品の宣伝をするようなページ。濡れ場研究の出番はないね」

松山さ～ん、それ教えといてよ！

「次号はスピーカーのタイアップ。はい、これがカタログ。よく見て読者が喜びそうな企画を明日までに考えてきて。ページ数は5ページ、モノクロ。じゃあ、ぼくは仕事があるからこれで」

資料を抱えてツインタワービルを出た。タイアップか。なんじゃそりゃ。しかし面倒くさいアルバイトを始めちゃったもんだな。イシノマキへ戻ったぼくは、見よう見まねで人生初の企画書を書き始めた。まずはタイトルからだ。

〈カノジョの股間にビンビンの重低音を響かせろ！〉

……疲れるなァ。

離れがたきナナオ設計

1983.11

「はい、もうすぐ中に入るから急いで作業服に着替えて」

イシノマキでアルバイトを始めて半月ほど経った金曜日の深夜12時前、ぼくは丸ノ内線茗荷谷駅の近くに止めたハイエースの車内で、あわただしく着替えをしていた。軍手をはめて、ヘルメットを装着したら準備完了。作業に必要な荷物を運ぶ段取りはすっかり板についている。

仕事の内容は単純だ。終電が行ってから始発が走るまでの間に、駅構内から線路に降り、地盤沈下を調べるための測量と、壁面のクラック（ひび割れ）調査をするのだ。測量は社員がするので、アルバイトの仕事は、ミリ単位で刻まれた板を、指定の場所に立てて持ち、手持ちのライトで照らすこと。クラック調査は、壁面に走るひび割れに沿ってチョークで線を引くこと。これは、ひび割れの太さごとに赤、青、白と色を変える。たまに工事車両が通るくらいで危険は少ないし、誰でもできる簡単な仕事だった。進む距離は1日に300メートル程度。これを月曜日から金曜日まで、毎晩続けてゆく。実労時間はせいぜい4時間だったが、拘束時間がそれなりにあるのでアルバイト代は4000円ほどと割がよく、学生時代からずっと続けている。社員や他のアルバイト連中ともすっかり顔なじみだから気楽なものだ。

仕事が終わるとハイエースに乗り込み、ラーメン屋や牛丼屋で夜食を食べてから会社へ戻る。さっさと着替えて電車に乗れば、午前7時前には家に帰ることができた。でも、イシノマキとの掛け持ちで疲れ切っているぼくにはそんな余裕がない。

「じゃあ帰るからよ。伊藤君、戸締まり頼むな」

「へーい」

社員が引き揚げた後、シャワーを浴びて買い置きしてある新しい下着に着替え、仮眠室に布団を敷いて横になると、たちまち深い眠りに引きずり込まれる。9時には設計部の社員が来て仕事を始めるので、睡眠時間は3時間しかなかった。

「なんだ、伊藤君また泊まりか。もう、ここの社員になったほうがいいんじゃないの？」

寝ぼけ顔で歯を磨いていると、ぼくと同時期にアルバイトを始め、いまは経理部の社員になった浜田さんが話しかけてくる。ナナオ設計というこの会社は面倒見がよく、長くアルバイトをしているフリーターにはたいてい社員にならないかと声がかかった。小さいけれども家族的な雰囲気で、会社の補助で専門学校に通い、測量部の社員になったヤツもいる。

「いやぁ、ぼくはいまのままでいいっすよ」

「なんか、他にもバイト始めたらしいじゃない。あのナマケモノが朝から夜中まで働いて、どうしちゃったんだろうって主任が心配してたよ。ギャンブルで借金でもこしらえてるんじゃないかって。もしそうなら、ぼくは多少の貯金があるから相談に乗るよ」

「いやいや、なんとかなってますから」

「でも伊藤君、痩せたね。頬がこけてるよ」

ぼくよりいくつか年上の浜田さんは本当にマジメで、自分はナナオ設計に拾ってもらったんだから会社のためにがんばると、出社時間より早く来ては密かに部内の掃除をするような人だ。そんな人柄にひかれたのか、測量部の作業着の洗濯などの雑務をしている女性が浜田さんに惚れ込み、密かにつき合っているのを、ぼくは知っている。会社の近くにある浜田さんのアパートに遊びに行ったとき、いずれは結婚するつもりで金を貯めていると打ち明けられたことがあった。そんな大切な虎の子を、貸そうかと言ってくれる浜田さんの人の良さに半ば呆れながら、ぼくは慌てて首を振った。

イシノマキで働きながらナナオ設計のアルバイトをやめないでいる理由はふたつある。ひとつは、金がないため。まったく貯金がなかったので、イシノマキの給料日である月末まで持ちこたえられない。その点、ナナオ設計は週給制で都合が良かった。

もうひとつの理由は、イシノマキでのアルバイトを長くやる気がなかったからだ。成り行きで始めてはみたものの、編集の仕事は忙しいばかりでそれほど楽しくはなかった。

要領が悪いせいもあって常に時間に追い立てられるので、自分の部屋にさえ帰れないのがつらい。夜の11時すぎまでジタバタ動き回り、ナナオ設計の現場に直行。この半月、部屋にいたのは日曜日だけ。貴重な休日も洗濯など身の回りのことで終わり、夜になって映画を観に行くのがせいぜいだった。

それはいい。たいした仕事もしてないのに時間がないのは能力が低いためなんだから。困るのは馬券の検討をしているヒマがないことだった。大学時代の後半から、ぼくの生活は週末の競馬を中心に回っている。月曜に『週刊競馬ブック』を買い、週の半ばからは調教タイムなどをチェックしてレースに備えるのが常。そして枠順が発表された金曜と土曜の夜は、専門紙片手に数時間かけて買い目を決めてゆく。土日は競馬場まで足を運ぶことも多かった。

そのリズムが、イシノマキに行きだしてからすっかり崩れてしまった。金曜の夜にじっくり馬券の検討ができず、土曜の競馬は仕事の合間にメインレースを買うのがせいぜい。日曜日は昼まで寝ていて、午後のレースを買うのがせいぜい。それも新宿の場外馬券場で済ませている。これまでソコソコ当たっていた馬券の成績は、このところ急降下していた。

アルバイトごときで、最大の楽しみを失うわけにはいかない。そう考えると、ぼくに合っているのはイシノマキよりナナオ設計。1ヵ月働いて給料をもらったら、イシノマキは即やめよう。結論は簡単に出ていた。

スカスカのアドレス帳 1983.12

だがそうはならなかったのである。初めてアルバイト代をもらったとき、これでやめさせてくれと社長に言ったところ、機関銃のようなトークで引き止められ、もう少し続けると答えてしまったのだ。

「どうしたの。理由があるでしょ、言ってみてよ」

「えー、その、給料11万ではちょっと……」

「わかった、上げましょう」

一瞬で逃げ道をふさがれる。

「それでいいね。キミには期待してるんだから頑張ってもらわないと。ボクはいつまでも下請けの仕事をしてる気はない。いろいろ仕掛けてるからね、いまにすごい会社になるよ。どう、社員にならない?」

「い、いえ、アルバイトでいいです」

15分程度の話し合いが終わると、ぼくの給料は1万円上がり、仕事は『スコラ』と集英社が出そうとしている新雑誌に専念し、原稿運びなどの雑務はしなくていいことになっていた。

イシノマキから脱出する計画はもろくもくずれ、ぼくがやめたのはナナオ設計のほうだった。体力的にもう限界だったのだ。ナナオ設計の人たちは、ぼくが本腰入れて編集者を目指すと思ったらしく、口々に「良かったなあ」と言う。

「ま、がんばれや。つらくなったら、いつでも戻ってきていいぞ」

ここは実家かよ。

浜田さんには話が大きくなって伝わっているようだった。

「作家を目指すそうじゃない。よく決心したね。うんうん、いずれ伊藤君が本を書いたら買うから」

そういうことじゃないんだけど。

測量部の部長は、さらに勘違いしていた。

「ウチでバイトしながら小説書いていたんだって？　伊藤君もやるなあ」

もう、ここへは戻れないなあ……。

さて、担当雑誌が減ったことで少しはヒマになるかと思ったら、いきなり松山さんが辞めてしまった。この人がどういう仕事をしていたかは最後までわからずじまいだったが、ぼくにとっては唯一の、編集仕事を教えてもらえそうな人だったのだ。

イシノマキは社長以下、デスクと呼ばれる女性編集者の高松さん、松山さん、経理担当の女性、他に会ったことはなかったが『スコラ』に出向している社員がいるらしい。週刊誌などをやっているため人の出入りは多いが、会社としては小さな規模。松山さんが辞めて困る面もあるが、逆に言えば、皆多忙なため、ぼくがどこで何をしようと誰も気にしないということでもある。

ははは、そうか、そうだったか。タイムカードがあるわけでもないし、マイペースでやればいいのだ。だいたい、ぼくなんかにサポートもなく編集をやらせるってこと自体、いい加減さの証明。だったら、こっちも好き勝手にやってやろう。

すっかり気がラクになったぼくは、会社にいる時間をなるべく減らし、神保町の古書店や喫茶店、『スコラ』のレイアウトを頼んでいるデザイン会社などに入り浸るようになった。相変わらず仕事はさっぱりできない。『スコラ』でも宇野さんにタメ息をつかせてばかりで、あまりにも赤入れ（校正）がメチャクチャなので「終わるまで帰ることならん」と編集部の隅で作業するよう命じられ、やっとの思いで解放されたときには終電車が行った後。タクシー代がなく、寒空の下、とぼとぼ歩いて帰ったこともあった。高円寺のアパートについたときには足が棒。あまりの情けなさに笑うしかない有様だ。

年末が近づき、世間はクリスマスムードに突入しようとしていた。終電帰りがあたり前になり、銭湯に行く暇もないぼくは、狭い流しに湯をためて尻を浸し、下半身を洗い終えると上半身裸になって震えながらカラダを拭く毎日である。そういえば、イシノマキで働き出してから、数少ない友人たちとまったく連絡を取っていない。愛情なんてないけど何となくつき合っている女ともすっかり疎遠になっている。どうでもいいか。どうせその程度の関係だし、これを機会に縁が切れたらさっぱりするだろう。

翌日、さっそくアドレス帳を買い替え、こちらから連絡する気のないヤツの電話番号を書き込まずに、必要な相手だけを記入した。スカスカのアドレス帳にあるのは、イシノマキで出会った新しい知り合いたちのものが大半になった。

1984.1

イシノマキの過酷な支払いシステム

カメラマンのアゴから大粒の汗がしたたり落ちていた。そばにいるライターも、まともに顔を上げることができない。シ〜ンとしてちゃダメだということはわかっていて、「その調子！」「そうそう、その感じ」と意味もなく明るい声は出ていても、内心ドキドキなのが手に取るようにわかる。もちろん、ぼくも同じだった。

だって目の前に裸の女の子がいるのだ。それも、モデルとかではなくまったくの素人である。初めて人前で脱ぐ女の子と、初めてヌード撮影するカメラマンと、初めてヌード撮影に立ち会うライター、編集者。ほんの15分かそこらの撮影が数時間にも感じられ、終わったときには心底ヘトヘトになっていた。女の子が帰るとライターは「いやぁオッパイ大きくて勃起もんだったなあ」とおちゃらけたけど、そんな気持ちの余裕などどこにもなかったことはわかり切っている。

『スコラ』で、某社スピーカーの編集記事に添え物として載せる色気のある写真を撮っていたのだ。男性誌だし、裸のひとつも欲しいという宇野さんの軽い一言がきっかけで知り合い関係を探しまわること1週間。脱げるコなんているわけないとあきらめた頃、なぜか謝礼5000円で撮影させてくれるコが現れ、今号もなんとかメドがついたのだった。やれやれだ、まったくやれやれだ。

ヌード撮影にはそれ専門のモデルプロダクションがあり、そこに頼めばカンタンなのである。

が、ケチなイシノマキの社長からはＯＫが出ない。「プロのヌードモデルじゃ新鮮味がないでしょ」と言われたけれど、モノクロの編集記事で主役はスピーカーである。ヌードの新鮮さにこだわる読者などまずいないだろう。宇野さんだって裸なら何でもいい感じだったんだから。社長の本音は経費を安く済ませたいってことだけなのだ。『スコラ』からは、デザイン代は別として経費込みページ5万円で仕事を受けているという話だった。

ぼくが社長の声を無視してモデルプロダクションに頼みたいところをグッとこらえた理由もそこにある。だんだんわかってきたのだが、イシノマキでは経費が増えるとギャラが減るという恐ろしいシステムになっていたのだ。どういうことか。たとえば4ページの記事を作る場合、売り上げは20万円になる。で、イシノマキはここから有無を言わさず5割を抜き、残った10万円が経費を含む全制作費になるわけだ。ライター、カメラマン、ときにはイラストレーターも含めた外部への支払いは、10万円から経費を差っ引いた金額なのである。つまり、経費がかかればその分ギャラは少なくなってしまう。イシノマキでは、外部を泣かせても会社の懐は痛めない搾取体制がビシッと貫かれているのだった。

これがいかに安いかは、単価を出せばすぐわかる。4ページ企画で写真が10カットにイラスト3点、原稿が400字で10枚くらいは入るとしよう。一方、経費はどうかと言えば、フィルム代と現像代、撮影時の食事代や取材や打ち合わせの喫茶代、資料代、移動費で、節約したって4万円程度は消えてゆく。これであと6万円。写真1カット3000円で計3万円、イラストも同じで計9000円、残り2万1000円を10で割ったら400字1枚2100円。説明写真が必要ならカット数はすぐ倍増するからイラストは頼めない。今回のようにモデルを使ったり、名のある人を取材して食事でもふるまえば条件はもっと悪くなる。

この業界には前もってギャラを伝えない慣習があるらしく、金の話はわからないと答えておけと言われていた。だから気にしていなかったのだが、松山さんがやった仕事のギャラが振り込まれたとき、『スコラ』を引き継いだぼくに「いくら何でも安くないか」と苦情が相次ぎ、経理の女性に確かめてわかったのだ。社長にもっと払いたいと言ったら鼻で笑われた。

「伊藤君は何もわかってないね。いいか、キミの稼ぎは今いくらだ？『スコラ』が月に8ページと、他が少し。売り上げが50万として会社に落ちるのは25万ぽっちじゃないか。我が社がキミに払っている給料や、キミが使っている電話代とか机代、原稿用紙代、名刺代なんかを合わせたらほとんど何も残らない。会社がつぶれたらギャラも払えなくなるだろう。キミが一緒に仕事しているのは若いヤツが多いんだから、うまく説明してわかってもらいなさい。それも編集者の仕事のひとつだよ」

いや、だからぼくは社員じゃなくてアルバイトなんだって！

イシノマキに出入りするフリーの人たちは、ぼくから見れば仕事ができる人が多かった。年齢が近いせいか、仲良くもなってきている。必死で代わりのフリーを探したって、またギャラでトラブルになるだけだ。ぼくは安いとこぼしながらも仕事を受けてくれる彼らに、離れて行って欲しくなかった。そのためには、ギャラは安いがおもしろいとか、やってて楽しいとか、何かなきゃいけない。

でも、ぼくには何も持ち合わせがなかった。できることは遊びであれ食事であれ彼らに誘われたら断らないことと、仕事の負担を減らすために一部を自分が書くことしか思いつかない。前者は自分にとっても楽しいことで、後者はギャラ減らしの役に立つ。あとはそうそう、あるライターが言っていた。やりたい企画を通して欲しいと。

イシノマキにいる時間がますます減ってきた。いったん会社へ行くものの、昼からは出っぱなし。用がないときは新宿をうろつき、たまに時間があるときは名画座にしけこんで時間をつぶす。あとはたいてい打ち合わせと称してライターなどと喋るのだ。そして夜になると締め切りを控えた彼らのところに行って、資料を見やすく整理し、飯を作り、終電がなくなれば泊めてもらった。進行状況を見ながらキャプションとか小さなコラムを自分で書く。ギャラが減っても、ややこしい作業をしなくても良くなることを彼らは喜ぶことがわかった。ぼくにしてみれば、確実に原稿がもらえ、指導を受けつつ赤入れまでできる利点がある。

すっかり図々しくなったぼくは、出入りする女性ライターの家で飯をごちそうになったり風呂に入れさせてもらったりして、アパートに帰らずしてサバイバルする方法も編み出した。まわりに同世代の女の子が増えたのに誰ともつき合いたいなんて思わない。そんな余裕はどこにもなく、大した仕事でもないのに毎日無駄に動き回り、くたくたになり、それでも身の回りに起きるあれやこれやが、やけに楽しい。

ある出版社の雑誌で、初めてライター発の企画が通った。それ以外にも頼まれたページがあり、それを自分で書くことにしてこっそりギャラを調整し、いつもより多めのギャラが支払えたときはざまみろ社長と思った。とはいえ家計のやりくりみたいなセコいやり方にすぎず、抜本的解決にはほど遠い。イシノマキにいるかぎり、ずっとこんなことが続くかと思うと気が滅入る。そんなときは会社に持ち込んだギターを皆が帰った後でかき鳴らし、でたらめな歌をがなるのだった。

「お。まだいたのか。いまなら終電間に合うだろう、ヒマならうちにこいよ」

そんなとき、いいタイミングで電話をくれるのがぼくより5歳ほど年長のライター、パインである。終電に乗って家を尋ねると、パインはすでに一升瓶ワインを片手にご機嫌になっている。

「で、伊藤ちゃんはいつまでイシノマキにいるの。あそこでいくらがんばってても先が知れてると思うけどな」

「だけどオレ、何もできそうにないから。サラリーマンとかやりたくないし、編集者はだんだんウンザリしてきたし」

「ライターは？　フリーになってみれば」

パインみたいに？　その選択はどうかなあと笑って済ませた。これまでライターになるなんて考えたことがなかったのだ。ライターか。編集者よりはラクかもしれないなあ。ギャラの支払いで頭を悩ませるなんてアホらしいことはしなくていいもんなあ。

その話はぼくもパインもすぐ忘れた。翌日からは、いつものドタバタした毎日。そしてある日、めまぐるしく動いて時計が0時を回ったとき、今日が26歳の誕生日だと気がついた。たまたま、その日は仕事がヒマな上、誰の誘いもない。日の高いうちにアパートに戻り、銭湯に行き、コインランドリーで汚れ物を洗う。こたつに潜り込んでテレビを見ていると、急に自分に腹が立ってきた。

友達ができたと喜んでるけど、イシノマキでの仕事はあまりにも冴えねえ。パインに言われるまでもなく、いい加減でさよならしないと何ともならん。

翌日、社長にバイトを辞めさせてくれと言いに行った。これで3度目。引き止められても、断固辞めてやる。

フリーライターの名刺をつくってみた

1984.2-5

3ヵ月働いたところで、やっとイシノマキを辞めることが了承されたものの、ふたつ条件があった。

ひとつ目は、他の編集プロダクションに行かないこと。社長はぼくがどこかの編プロに入り直す気でいると疑っていたのである。

「うちにきたとき、伊藤君は電話ひとつかけられなかったよね。かけさせても、敬語は使えないしメモも取らないほどだった。それが、いまでは何とかできるようになっただろう。そういうことも含めて、うちで培った編集ノウハウがよそに行くのは困るんだよ」

そんなことまで言われたが、編集だけは二度とやるまいと思っていたぼくにはどうでも良かった。

もうひとつは後任が決まるまではいままでどおり仕事をすることである。いきなりいなくなられたら、ぼくがやっている仕事をする人がいなくなるというのがその理由だ。こっちはまあしょうがない。今後の身の振り方も決めていないし、後任くらいすぐに決まるだろう。

これが甘かった。イシノマキにはいろんな人間が出入りしており、業務拡大のため募集広告も出していたようなのだが、なかなか社長のメガネにかなうヤツがいないのだ。

その頃、『週刊ポスト』の仕事を柱のひとつとしていたイシノマキは、『週刊文春』の「疑惑の銃弾」報道でヒートアップした、いわゆるロス疑惑事件の取材で盛り上がっていた。デスクの高松さんは記者と打ち合わせをしたり電話をかけまくったり、鼻息も荒く三浦和義容疑者を追いかけていた。締め切りの前後ともなるとテンションはさらに高まり、騒然とした雰囲気になる。掲載誌も売れていたし、関係者はみんな生き生きしていた。

夕方まではうるさくて仕事ができないので、ぼくは『スコラ』をお願いしているデザイン会社に入り浸り、夜になるとイシノマキに戻るようになっていった。

そんななか、いつも壁際にポツンと座り、企画書らしきものを書いている増田剛己という同年代の男がいた。イシノマキには壁沿いにずらりとフリー記者用のデスクが並んでいて、いつもそこにいるからフリー記者なのかと思ったのだが、実はどこかから派遣された見習い編集者らしく、ぼくの後任候補ではなさそうだ。声をかけると、社長からとにかく企画を考えて企画書にしろと命じられていると冴えない顔つきで言う。

「ぼくは企画なんて考えたことなくて、企画書の書き方もよくわからないんだよ」

何かとてもつらそうだが、増田君にはここにいなければならない事情がありそうだった。

『スコラ』に出向していた社員が戻ってきて、イシノマキは企業と組んだ複数の雑誌の創刊準備にも追われていた。ぼくは某家電メーカーのPR雑誌を手伝い、増田君は『クルー』という雑誌のスタッフに組み入れられた。その間に伏木という、通信社で働いていた牧師の息子が後任候補として入ってきた。このチャンスを逃したら、またしばらくイシノマキを離れられないと思ったぼくは、引き継ぎと称して宇野さんに紹介したり、一緒に記事を作ったりした。なんとかイシノマキに居着いてくれなきゃ困るのだ。

好奇心旺盛な伏木君は編集の仕事にも興味がわいたようで、ぼくの後任に収まってくれることになった。それで、ぼくはようやくお役御免になったわけである。後任が決まるまで3ヵ月ほどかかったから、結局イシノマキに半年いた勘定だ。

晴れて自由の身、と言いたいところだが、困った問題が起きていた。住んでいたアパートの大家とケンカして、5月いっぱいで部屋を出なければならなくなってしまったのだ。

困っていると、何かと面倒見のいいパインが「しばらくうちに居候してもいいよ。少し仕事を手伝ってくれたら家賃はいらない」と言ってくれ、後先考えない性格のぼくは「じゃ、お願いします」と世話になることにした。そうなると、もう成り行きである。すすめられるままに名刺を作ると、自称・フリーライターの一丁上がりだとパインが笑った。

「これで格好はついたから、食っていけるかいけないか、あとは伊藤ちゃん次第だな」

パインの住むマンションは広めの2DKだが、一部屋使えるわけでもないので、大半の荷物を捨てることにした。残したのは身の回りのものとオーディオセット、レコードくらいだから、引っ越しは赤帽で楽勝だった。仕事のアテはないけれど、ぶらぶらしているのは得意だ。住むところさえあれば、あとはなんとかなるだろう。

根拠はないが楽観的だった。フリーなんていうとしっかり自立しているみたいだが、パインを除けば、まわりにいるのはその日暮らしみたいな連中ばかり。自分と似たようなタイプである。

フリーライター初仕事と居候生活 1984.6–8

名刺を作ったからといって、すぐに仕事があるわけでもない。編プロのバイトをやめるついでにライターを名乗ったようなもので、計画性もなければ具体的なアテもなかった。

さらに金もない。手元にあるのはイシノマキから最後にもらった給料の残り8万円だけである。身の自由は手に入れたものの、当座はパインの仕事を手伝うことが主な仕事。これは家賃の代わりなので収入には結びつかない。

だが、これはまずい、ライターとして身を立てるべく動き出さねば……と思わないのがナマケモノのナマケモノたるところで、時間があるのをいいことに毎日ぶらぶらと街へ出て名画座で映画なんか観てしまう。食べ物はパインのところにあるし、8万円あれば2ヵ月は生きていけると消極的に計算してしまうのだ。面倒見のいいパインのことだから、それくらいだったら居候させてくれるのではないかという甘えもあった。

毎日外出するのは、始終男ふたりでいたら煮詰まる、という理由からだ。時間がつぶせる映画館はその点でも都合が良かったのだが、観たいものがそうそうあるわけでもない。そこで7月に入るとプールへ通い始めた。パインのマンションから徒歩15分のところに区営プールがあったのだ。

とはいえ、ぼくはカナヅチなので泳ぎにいくわけじゃない。プールサイドに寝転がって文庫本を読むのである。これがまた快適で、スイスイ読める。開高健、吉行淳之介、寺山修司の未読本を片っ端から読みふけった。夜はパインと喋ったりキャプション書きを手伝ったりで、なんとなく一日が終わっていく。

「伊藤ちゃんは映画とか音楽とか競馬に詳しいんだから、企画書を作って売り込みにいけばいいと思うよ」

いつの間にかぼくを伊藤ちゃんと呼ぶようになったパインから、少しは営業でもしてみたらどうだとアドバイスされ、試しにいくつか企画書を書いてみた。

「あまりおもしろくない。これじゃ通らないだろう。それに、ターゲットが見えない。提出する雑誌を想定して書いたほうがいいぞ」

それは困る。ぼくには、ぜひこの雑誌で仕事をしたいなんてところはないのだ。好きなジャンルについても、映画は観るもの、音楽は聞くもの、競馬はするものであって、書きたいとは思わない。

「割り切ってやるしかないんじゃないか。俺はこれからはこれだと思ったから無理してパソコン買って、そのおかげで死ぬほど仕事が来てる。そういう強みを持つとラクだよ。伊藤ちゃんは文章、そこそこ書けるんだから」

う～む。正しいことを言われている気がするが、心の底からうなずけないのはどうしてだろう。

居候中、少しは仕事もした。パインの手伝いで『ホットドッグプレス』という男性誌でモデルをやったり（主役は女の子だから男は誰でもいいのである）、イシノマキに出入りしていた記者に頼まれて週刊誌のデータ原稿を書いた。記者からは何でもいいからネタを探せと言われ、怪しいハンコ屋をつかまえて話を聞いたのだが、取材が甘いという理由で未掲載。それ以上のことは、しつこく尋ねても喋ってくれなかったと言い訳したら「おまえ、金使ってないじゃないか。うまいもんでも食べさせて、相手が喋らないと申し訳ないなって気持ちになるように持っていくんだよ。経費は出すからバンバン使え」と叱られた。高級な店なんか知らないし、手元にごちそうする金もないんだとは言えなかった。この仕事では、サッカーの釜本選手が現役引退するから電話でコメントをとれと命じられ、やってはみたものの、こちらはサッカーのルールさえよくわかっていないため、釜本選手の怒りを買ってしまった。また叱られ、そのうち記者からは連絡が来なくなった。

イシノマキからも仕事をもらった。やはり週刊誌の企画で、女性ロッカーの特集をするという。SHO‐YAや白井貴子、浜田麻里などを取り上げたいが、音楽に詳しい人間がいないからキミに頼みたいと、デスクの高松さんに言われた。

「どこが受けているのか、音楽的な目標は何か、彼女たちの本音を聞き出してきて。データマンだから書いてなんぼよ。記事にまとめるのはアンカーがやるから、伊藤君はとにかくたくさんの話を聞きだせばいいの。わかるわね」

「はい、それならできそうです」

「じゃ、お願いね。ところで、ふたつだけ全員に聞いて欲しいことがあってさ、何歳で処女をなくしたかっていうのと、今日の下着の色は何色かっていうのを必ず聞いておいてね。ほら、おじさん雑誌だからそういうのに興味があるのよ。ノーコメントならそれでいいから」

ちょっと嫌な予感がしたが、せっかくの仕事であるから張り切って取材を申し込んだ。みんな熱心に答えてくれるので、処女喪失話は切り出しにくかったが、マネージャーの目を盗むように、インタビューの最後に汗をかきながら質問していった。ノーコメントもあったが、なかには真剣に答えてくれる人もいる。テープ起こしをしながら膨大な量のデータ原稿を書き、その最後に「処女喪失は19歳の時、先輩と。今日のパンティの色は薄いブルー」などと書き添えた。これで一丁上がり。仕事は終わったはずだった。

ところが、雑誌発売の数日前、高松さんから電話がかかってきて、記事のゲラ刷りを見た複数の事務所がカンカンになって怒っているという。

「まったく生意気なのよね。せっかく記事にしてやろうっていうんだから、少々の誇張はあたりまえじゃない。ま、伊藤君のせいじゃないんだけど、あなたが取材したんだし、事務所に謝りに行ってきて」

どんな記事ができ上がっているかも知らず飛んでいくと、音楽の話などほとんどなく、男遍歴の話題ばかりを集めた記事のコピーを見せられ、罵倒されまくった。相手が怒るのも無理はない。そこに書かれているのは、ぼくも聞いていない話ばかりだったからだ。取材相手のひとりは掲載を断ったほどである。ショックだった。こんな適当な作りをしていることにも失望したし、ぼくの報告を聞いた高松さんが何度も「取材してやっているのに生意気だ」と高飛車に繰り返すのにもうんざりだ。今後一切、イシノマキの仕事は引き受けないと決めた。

これがライターという仕事の実際なのか……。

そんなわけで、半ばふてくされつつプール通いをしていたぼくに、増田君がいい話を持ってきてくれた。以前在籍していた『スウィンガー』という雑誌で、エッセイを書く仕事である。

「伊藤ちゃんの名前で書くんだから、気を使わず好きなこと書けばいいよ」

「え、無名のライターがそんなことしていいの？」

「スワップ雑誌だから、読者はコラムなんてあまり読まないんだ。だから何でも書いていいって編集長が言ってた」

「他には誰か書くの？」

「マンガ家の原律子さんが書くみたいだよ」

え……、原律子といえば『スコラ』でもすごくおもしろい四コマを描いている人気作家じゃないか。その隣にぼくの署名入り原稿が載るというのである。フリーライターになってはみたものの、仕事といえば雑用兼務のキャプション書きや命じられるまま動くデータ取材、まるで興味を持てないパソコン関係の原稿が多かったぼくはそれまで、名前を出して好きなように原稿を書いた経験がなかった。それが、原律子と肩を並べてコラムが掲載されるというのである。

初めて転がりこんできたチャンスに、ぼくは張り切った。スワップ雑誌だろうと関係ない。おもしろい、そう読者に思われるものを書きたい。だが、おもしろいエッセイって何だろう。エッセイなど書こうとしたこともないぼくには、書き方のコツなどわからなかった。違う、これも違う。大量の原稿用紙をゴミ箱送りにしながら手探りで進む。全然うまく書けないが、それでも楽しかった。この仕事をちゃんとやることで、やっとライターになれるのだと思った。

わずか1ページ、1500字の注文を、原稿用紙を埋めては消し、埋めては消しで、3日かかって書き上げた。下痢の話と、歌舞伎町はパンティストッキングに似ているという話を組み合わせた内容だったが、増田君がおもしろいと言ってくれたので嬉しかった。何かを書いて、人におもしろいと言ってもらったのは、このときが初めてだったのだ。書くことに限らず、他人からホメられたことなどなかった。ひょっとして、自分はライターに向いているのかも……。現金なもので、それまではパインみたいなプロのライターにはなれそうにないと弱気でいたのに、なんとかなるんじゃないかと思えてくる。

その気持ちにすがりつくしかない事態がすぐに起きた。ある日、知り合いの女と会うことになり、たぶん朝まで一緒だろうと踏んで、今日は帰らないからとパインに断って外出したのだ。そうしたら、女とケンカになり、仕方ないので終電で戻ってくると、パインがベッドに女を連れ込んでいたのである。ここはパインの家なのだから、女を連れ込んだって一向にかまわない。女は

1984年頃のトロとマグロ。喫茶店にて

前に会ったことがあるライター志望のコのようだったが、パインが誰とつき合おうとどうでもいいことだ。ぼくは「いいからいいから」と言って別室の床で寝た。

でも、良くはなかったのである。翌朝、眼を覚ますとすでに女の姿はなく、パインが神妙な顔で言うのだ。

「居候してもいいと言ったけど、いつまでもじゃなあ。こういうことだからさ、伊藤ちゃん、そろそろ部屋を探してくれないか」

パインの部屋に転がり込んでから、3ヵ月以上が経っていた。なんとかなる、じゃなく、なんとかしなくちゃいけない。それも、早急に。

序章　マグロ編　1978-1983

　1978年に一浪して入った大阪にある桃山学院大学だったが、単位が足らず、5年目も大学に通うことになってしまった。

　足らなかった単位はほんの少しだったので、5年目はあまり大学に行く必要はなかった。そのため、バイトをするか、バイトがないときはパチンコ屋にいた。パチンコは予備校生のころからやっていたので、この頃はセミプロぐらいの腕になっていた。

　バイトは、広告代理店でお手伝いのようなことをやっていた。

　1982年の暮れ、広告代理店で仕事をしていると、上司から、忘年会に誘われた。仕事が終わって、僕たちの部署だけでの忘年会が中華料理屋で開かれた。忘年会といっても社員3人、そしてバイトは僕ひとりの計4人。ごく普通の食事会である。

　直接は仕事をしたことがなく、これまでほとんど口をきいたことのなかった杉田さんは、酒に酔ったせいだろうか、このときは僕に話しかけてきた。

「増田くん、就職はどないすんの？」

「あ、とくに就職活動してないんですよ」

　そう答えると杉田さんは「なにかやりたいことあるの？」とニコニコしながら聞いてくる。

「いえ、やりたいことはないんですけど、とりあえず東京へ行こうか思うてるんです」

本当に理由などない。ただなんとなくそう思っていたのだ。大阪に5年ほどいたので、今度は東京にでも行こうかなと漠然と考えていた。そこで、僕は杉田さんに聞いてみた。

「いまのような仕事、東京でありますかね」

いまのような仕事というのは、この広告代理店でやっていた仕事だ。その内容は、不動産関係のマーケティングのお手伝いである。たとえばある地域に行ってアンケート調査をやったり、聞き込み取材などを行い、レポートするというものだった。杉田さんは、「心当たりがあるんで、また来年にでも」と言った。その年はそれで別れたのだが、翌年の2月の終わり頃、バイトを終了するので、杉田さんに挨拶しにいくと、1枚の名刺をくれた。

「この人ね、人手が欲しいと言ってたんで、東京に行ったら訪ねてみれば」と言う。

ありがたいことだ。名刺の肩書きは代表取締役となっていた。

3月になって、僕は東京へ行った。宿泊先は高校時代の同級であった岡本くんの下宿だった。岡本くんも一浪一留で大学を出たのは僕と同じで、普通よりも2年遅く社会に出ることになった。しかし、僕と違うのは、就職先がちゃんと決まっていたことだ。

彼の下宿は荻窪にあった。一泊した次の日、駅前の公衆電話で杉田さんから渡された名刺の会社に電話してみた。男性が出たので、用件を告げると「ああ、杉田くんから話は聞いてますよ。すぐこれますか?」と言い、新宿駅に着いたら、西口から電話をするようにと言われた。

中央線に乗り、新宿まで行き、公衆電話で行き方を聞いた。雑居ビルの一角の狭い部屋がその会社だった。ひとり分のデスクに来客用の椅子があるだけだ。

こちらも少々驚いているが、先方の代表取締役はもっと驚いている。僕が大学を出たばかりの人間だったからだ。

「杉田くんには、即戦力の人とお願いしておいたんだが……」と申し訳なさそうに言う。帰りに、その人が書いたという本をもらった。不動産セールスに関する本だった。

その本をパラパラめくりながら、荻窪駅に戻ってきた。僕は駅前の不動産屋へ行き、本天沼に部屋を借りることにした。

腹が減って、カップヌードルと『週刊就職情報』を買って岡本くんの下宿に戻った。この日、岡本くんはバイトで出かけていたが、入り口にある下駄箱の隅に鍵が置いてあった。僕はそれを使って部屋に入り、これは大変なことになったぞと思いながらお湯を沸かし、カップヌードルを食べながら『週刊就職情報』をめくった。

就職活動は大学を卒業してから

1983.3

夕方、暗くなった岡本くんの部屋でボーッとしていると、いきなり電灯がついた。

「なにしちょるん？」

入り口に岡本くんが立っていた。東京弁が板についていた岡本くんだが、ふたりだけで話すときは、山口弁が出る。

「あてにしてた会社、ダメになったんじゃ。じゃけぇ、これから職さがしをせんといかんことなった」

「じゃ、もう少しここにおって職をさがしてもええよ」

岡本くんは、そう言ってくれたのだが、「いや、どうせ東京に出てくるんじゃから、部屋を借りたよ。もう手付金は払ってきた」と言い、先ほど、不動産屋でもらったアパートの図面を見せた。

「なんじゃ、ウチの近所じゃのぉ」岡本くんは笑った。

そりゃそうだ。駅前の不動産で物件をさがしたのだから近所になる。

そして、翌日、僕はいったん大阪へ戻った。

南海高野線の狭山駅から近い木造の古いアパートに僕は住んでいた。引越し業者に電話したり、NTTに電話の移転のお願いをしたり、ガス、水道、電気会社にも電話をした。大忙しだった。

それから、バイト先の杉田さんにことの顛末を説明し、お礼を言った。杉田さんは、申し訳ないと謝るのだが、とんでもない。紹介してもらっただけでも感謝していると告げた。

あらかた用事を済ませ、その日の夜、駅前の喫茶店「シエン」でハンバーグ定食を注文した。このハンバーグ定食も食いおさめなのだ。

そこへ、岸川くんがやってきた。彼もハンバーグ定食を注文しながら、こう話しかけてきた。

「先輩、来週の卒業式はどないすんですか？」

先輩と呼ばれたものの、今は同級生となり、いっしょに卒業するのだ。

「俺はもう明日から東京やねん、卒業式には出られへんなぁ」

そう答えて、ハッと気付いた。大阪の知り合いにまったく挨拶してなかったのだ。僕は食事を終え、歩いてひと駅先の北野田駅へむかった。そして駅前にある新東洋というパチンコ屋をのぞいた。

何人か顔見知りがいたので、東京へ行くことを告げた。ゲンさんという10くらい年上のパチプロの人に「東京にきたら、寄ってください」と東京の住所を書いた紙を渡す。ゲンさんはそれを胸のポケットにしまいながら、「東京は大阪に比べて換金率が悪いさかい、行きとうないんや」と苦笑いをした。そして床に置いた紙袋から、セブンスターを1カートン出して、僕に手渡し、「まあ、元気でやりぃや」と言ってくれた。ちょっと泣きそうになった。「島兄弟や鉄アニキにもよろしくゆうてください」。そう言ってパチンコ屋を出た。それから銭湯の前にあるお好み焼き屋に寄って、東京に行くことを話した。

翌日、引越し業者のトラックが荷物を引き取りにきた。大家さんに挨拶をして、僕も新幹線で東京へ向かう。

それにしてもここ数日間、大阪弁、山口弁、標準語、といろいろな言葉をしゃべってきたなぁ。これからは、東京に住むのだから標準語かぁ。そんなことを思いながら、新居となる荻窪のアパートへ向かった。

3月ももう半ばだ。4月から社会人になるためには、モーレツに就職活動をしないといけない。

『週刊就職情報』など、就職雑誌を見て会社をさがした。チェックしたのは広告・マスコミというジャンル。最初に受けたのは、コンサート会場でスライドなどを映す仕事をしている会社だった。そういう業種があることを初めて知った。面接ではいい感じだったのだが、数日後、不合格の電話がかかってきた。

次に受けたのは小さな出版社だった。会社は乃木坂にあった。株式会社ＳＥＳというところで、『スウィンガー』という雑誌を発行している。どういう雑誌かは知っていた。スワッピングの雑誌である。

大学時代を過ごした大阪では、日本橋にあった古本屋街でこの種の雑誌をよく立ち読みをしていた。大阪の古本屋は一角にビニ本やエロ系の雑誌を置いていた。ビニ本はビニールで包まれ、中身を見ることはできないが、雑誌は中身を見ることができた。ＳＭ系、スワッピング系の雑誌、サブカル系のエロ雑誌など立ち読みをし、気に入ったものを買ってくるということはよくやっていたので、たいていの雑誌は知っていたのだ。だから『スウィンガー』も知っていた。

しかし、その『スウィンガー』が募集しているのは、編集の仕事ではなく、「営業職」であった。ただし、募集広告には〈編集への道あり〉と書かれていた。

編集の仕事がやれるかもしれない。そう思って僕は面接に出かけた。

あとからわかったが、面接が行われたのは社長室であった。血色のいい小柄な男性が社長だった。人なつっこい笑顔、育ちのよさをうかがわせるしゃべり方の人だった。もうひとり営業部長という人がいた。年恰好は社長と同じくらいだろうか。こちらも温厚な紳士だった。

面接を終えた数日後、営業部長から電話がかかってきた。

「第二次面接を行うので会社にきてもらえませんか？」と、日時を告げられた。

どのくらいの応募があったのかわからないが、最終選考に残ったのは今度は僕を含めて3人。

営業部長、それに今回は彼らより若い、営業一課の課長という人が加わった。彼らの前で僕らは討論をする。お題はズバリ、雑誌『スウィンガー』の売り上げをのばす方法だった。内容はともかく、僕はとにかく他のふたりよりたくさんしゃべることを心がけた。幸いあとのふたりは口下手の男たちであった。

スワッピング雑誌を発行する出版社へ就職

1983.3-9

討論形式の面接を終えて家に帰るとき、ボーッとしていたのだろうか、地下鉄の乗換えを二度も間違えてしまった。

帰宅して、しばらくすると、SESの営業部長から電話があった。

「増田くんですか？　ご本人？」

「あ、はい、そうですが」

緊張して返事をすると、「当社では、あなたを採用することになりました」と電話の向こうの部長は淡々と言った。

「はい、ありがとうございます」

「来週の月曜日から出社できますか」

「大丈夫ですよ、よろしくお願いします」と僕は電話を切った。その日は3月30日金曜日だった。次の週の月曜日は4月2日。晴れて4月から社会人だ。なんだかホッとした。

何がよかったかはよくわからないが、最終選考に残った3人のうち、新卒で応募したのは僕ひとりだったのかもしれない。

月曜日の朝、僕は背広にネクタイを絞めて張り切って出社した。

営業職がどういうものかといえば、書店まわりである。

『スウィンガー』という雑誌は、取次を通さず、書店と直接取引をしていた。配本は宅配業者にまかせていたが、返品と集金は営業マンが訪問してやっていた。そのため、関東を中心に全国の書店をまわるのが僕の仕事だ。

初出勤の日は、阿部さんという人から引継ぎをした。この人が辞めるので、求人広告を出したようだ。阿部さんはこの日だけではなく、しばらくは会社にいて、仕事についてあれこれおしえてくれた。出勤初日、会社で新入社員歓迎会を兼ねた花見が催されることとなった。小さな会社で、新入社員といっても僕ひとりだけである。それでずいぶんと飲まされ、いつしか酔いつぶれてしまった。生まれて初めて、前夜の記憶がないほど飲んだ。そして、気がつけば、まったく知らない家で目が覚めた。

「増田くん、増田くん」と、僕の名前を呼ぶ男がいる。起き上がると、そこにいたのは、同じ会社の編集部にいる鈴木くんであった。どうやら、彼がタクシーで自分の家まで運んでくれ、蒲団に寝かせてくれたようだ。

鈴木くんは年齢は僕よりふたつ下だが、すでに社会人として経験を積んでいた。ＳＥＳに来る前は『ぴあ』で編集の仕事をしていたと言っていた。僕は、鈴木くんのことをいつしか尊敬の意味も込めて「スーさん」と呼ぶようになっていた。

会社のオフィスは雑居ビルというより、たぶんマンションとして作られたものだろう。広めの３ＬＤＫといったところだろうか。

リクルートスーツ姿のマグロ

手前の大きな部屋が編集部で、ダイニングかと思える部屋が経理部。その奥に営業部があった。経理部の向かいの少し狭い部屋が社長室である。

SESの社長は田中浩という人だった。「わんぱくでもいい、たくましく育って欲しい」というハムのテレビCMに出ている俳優と同じ名前だ。

彼は以前、藤村有弘という俳優のマネージャーをやっていた人である。といってもプロダクションではなく、タレントひとり、マネージャーひとりで動いていたそうだ。

藤村有弘といえば、我々の世代にとっては、夕方、NHKでやっていた人形劇『ひょっこりひょうたん島』のドン・ガバチョの声としてよく知られていた。テレビドラマなどで個性的な役をこなしていた人でもあった。その藤村有弘が突然亡くなり、社長はこの仕事を始めたようだ。最初は、ホームダイヤモンドというスワッピング雑誌の会社にいたらしいが、そこからスタッフをごっそり連れて独立し『スウィンガー』を創刊したのだ。

田中社長は、経営者としては優秀かどうかわからなかったが、愛すべき人であった。そして、顔も広かった。

6月に沖雅也という俳優が、新宿京王プラザホテルの最上階から飛び降り自殺をした。「おやじ、涅槃でまってる」という遺書は話題になった。

自殺した直後から社長室には電話がじゃんじゃんかかってきていた。マスコミからの取材で、田中社長は丁寧にそれに答えていた。

これ以外にも取材はよく会社にきていた。応対するのはたいてい社長である。芸能界のことをコメントすることもあれば、スワッピングについて話すこともあったようだ。

会社に入って、半年ほどした時期にスーさんが、「いい物件があるから一緒に住まない？」と言ってきた。2DKの家で、風呂もあると言う。場所は中野坂上。マンションの名前がよかった。「フレンドマンション」である。友達かぁと僕は思った。考えてみたら東京に友達は少なかった。

僕は、荻窪の風呂なしのアパートに住んでいたのだが、そこは家賃が3万円くらいだった。アパートといっても普通の民家を改装した造りで、六畳の部屋にトイレと簡単なキッチンがついている。近くに銭湯があったので、そこを利用していたのだが、仕事で遅くなったときなど、銭湯に行けない場合もしばしばあった。だから、できれば風呂があるといいなと思っていたところに、スーさんの提案である。家賃が10万円。ふたりで折半すれば5万円ずつとなる。

というわけで、スーさんと一緒に住むことになった1983年の秋である。営業部員である僕は朝に出かけたが、編集部員のスーさんは昼過ぎに会社に行くことが多かった。

スーさんと一緒に住むことで、僕も編集部に顔を出すことが多くなった。

初めて編集部に行ったときのこと、女性の編集者がおもしろがって「ほぉら」と女性器の写真を見せてきたことがあった。これには驚いた。編集部には、修正されていない性器むき出しの写真がたくさんあった。読者のカップルから送られてくる写真もあったが、フィルムそのものが送られてくることもあって、それを現像してあげていたからだ。

そんなエロい写真も何度か見ていると慣れてくる。最初は、会社のなかでもスワッピングを趣味にしている人がいるのかと思ったが、そういう人はいなかった。

編集部は男性が3名、女性が2名。みんなマジメに編集作業をしていた。これは他のエロ本や変態雑誌も同じことである。マジメに仕事をしなければ本は出ない。扱う文章や写真がエロなだけで、仕事そのものは普通の雑誌と変わらないのだ。

1983.10 フリーライターって素敵な職業かも

当時の『スウィンガー』の編集長は佐々木公明という人で、僕よりひとつかふたつ上であったろうか。編集部にいるとき、この佐々木編集長から、何か新しい企画はないかと問われた。そこで、提案したのがテレフォンアタックというコーナーの企画である。

それまでスワッピング雑誌は手紙の回送という形でメッセージ交換をしていた。まだ文通など手紙というメディアが主流の時代だったからだ。そんなまどろこしいことをしないでも、電話番号を誌面にそのまま出すという方法があるのではないかと提案した。もちろん、まだ携帯電話もない時代である。自宅の電話番号を誌面に公開するわけだ。カップルや夫婦の人は無理だとしても、独身でひとり暮らしの自分のような人間なら、気軽に電話番号を掲載するのではないかと思ったのだ。この提案に対して編集長は、「おもしろいけど、最初はメッセージがないから、増田くん載せてよ」ということで、僕がメッセージを出すことになった。

その日以来、ウチの電話は鳴りっぱなしだった。かけてくるのは、夫婦、カップル、単独の男女というように様々な人たちであった。

同居のスーさんは編集部の人だから、そういう電話がかかってきても理解はあったというか、文句を言わなかった。しかし、おもしろいと思ったのも最初のうちだけで、そのうちだんだんつまらなくなり、スーさんも僕も我が家にくる人たちに電話をとらせていた。そのうち、増田のところへ行けば、エッチな人妻から電話がかかってくるぞ、というような噂が広まり、様々な人が我が家を訪れるようになっていた。考えてみれば、これはテレクラそのものなんだけれど、お金などは取っていなかった。

ハマっていたひとりがフリーライターの宮津であった。彼は僕よりもふたつみっつ上で、体格の大きな人で、風俗を中心にライター活動をやっていた。このとき僕は初めてフリーのライターと称する人に会った。

もっとも、フリーライターという職業を知ったのは、日本テレビの『11PM』という深夜番組だった。中学生のころ、親の目を盗んで、こっそり見ていたのだが、そこにはポール・モーリアの「オリーブの首飾り」のテーマ曲とともに、中年男が登場し、風俗の現場をレポートするというコーナーがあった。「フリーライターいそのえいたろう」というテロップが流れており、僕はそのとき、初めてフリーライターという職業があるということを知ったのだ。

そのテレビで見ていた、いそのえいたろうが、あるとき田中社長を取材にきたことがある。いそのえいたろうは、営業部の部屋にも遠慮なく入ってきて、カメラのシャッターをパシャパシャ押していた。先輩社員は、「勝手に写真撮っているよ」と小声でブツブツと文句を言っていたが、僕は、「あ、いそのえいたろうだ」とひそかに興奮していた。

だが、身近で現実のフリーライターと会ったのは宮津氏が初めてだった。

宮津氏は、いろいろなものを我が家に持ってきてくれた。そのなかでもおもしろかったのが、警察無線を傍受できる受信機。これはヘタなラジオ放送よりも迫力がある。事件の捜査状況がすべてわかるのだ。独特の符帳のようなものがあり、最初はよくわからなかったが、聞いているうちに、警察へ通報がされ、事件現場に警察官が行って、解決するといった顛末がすべてわかるようになるのだ。交通事故、窃盗、喧嘩など様々なものがあった。テレビでよくやっている警察活動に密着したドキュメンタリーをリアルタイムで聞いているようなかんじなのである。

今はデジタル化、暗号化されていて、傍受することは困難になったが、当時はまだ秋葉原へ行けば、警察無線を傍受するための受信機は売られていたようだ。

そのほか、刺青のシールや大人のオモチャなど目新しいものもいろいろ見せてもらった。時に宮津氏は自分が書いた記事が載っている夕刊紙も持ってきてくれた。「ほら、ここにあるこれ」と宮津氏が指さした記事は、小さな風俗記事が多かった。ソープランドなどのお店を紹介する記事で、宮津氏は少し得意げに、自分の書いた文章を読みながら解説を加えていく。

「短い文章だけど、最初のところで、笑いを入れて……」というような具合である。文章を書いた人が、目の前にいて、その文章を解説してくれているということが、なんだかものすごいことのように感じたものだ。

このように新しい世界を次々に見せてくれた宮津氏だが、あるとき、氏から電話があった。近所で風俗嬢のお姉さんたちが飲んでいるので、来ないかと言うのだ。たまたまウチの近所だったこともあって、僕は出かけて行った。

そこは、中野新橋のマンションの一室であった。部屋には宮津氏と、きれいなお姉さんたちが何人もいた。お酒や高そうなお寿司がある。なんでも、この部屋のお姉さんが、このところ2回も泥棒に入られたそうで、ゲン直しに宴会をやっていたのだ。そして、お姉さんたちはみんなソープランドで働いている人たちだそうだ。なんだか頭がくらくらするような経験だった。ライターをやれば、こういう人たちと楽しく時間を過ごすことができるのか。なんかライターって素敵な職業だなぁと思った。

名刺をつくればライターになれるというけれど 1983.12-1984.3

1983年の年末から1984年の正月。僕はひとりで中野坂上のフレンドマンションにいた。スーさんは年末から栃木の実家に帰っていたが、僕は山口の実家には帰省しなかった。理由は、単純に金がなく、電車賃が払えなかったからだ。

この冬は寒かった。最初、今年の冬が寒いのか、東京が寒いのかわからなかったが、そのうち、全国的に寒いのだということがわかった。

もともと金がなくて帰省しないのだから、どこかに行く金もない。とにかく、部屋にこもって過ごした。部屋にはスーさんがクリスマスに買ったファミコンがあった。正式名称はファミリーコンピュータで、その年の夏に出たヒット商品であった。まだソフトはドンキーコングくらいしかなかったけれど、年末年始の間ずっとそれをひとりでやっていたのだ。

年が明けて帰ってきたスーさんにそのことを言うと、彼は苦笑いをしていた。僕らはそのころ、会社を辞めて自分たちで仕事をやろうという話で盛り上がっていた。写真集を作るような編集プロダクションをやろうというのだ。

僕は編集作業などまるでやったことがなかったので、「大丈夫かなぁ」と聞いてみた。スーさんは、「大丈夫だよ」と言う。宮津氏のことが頭に浮かび、フリーライターで楽しい日々を送る自分を想像した。

スーさんは編集プロダクションの名前を「BIG HEAD」にしようと言う。日本語では頭でっかちかと僕は思ったが、スーさんは「アメリカのスラングではお馬鹿さんというような意味があるんだよ」と言う。ほっほー。なんだかピッタリの名前のように思えた。なにより感激したのは、スーさんが「BIG HEAD」というロゴの入った僕の名刺を作ってくれたことだ。住所はフレンドマンションになっている。

会社に居ながら少しずつ「BIG HEAD」の仕事もやっていこうと言っていたが、いっこうに仕事は始まらなかった。編集についてまったく素人だった僕は、何をどうやっていいのかわからなかったのだ。

しかし、会社は3月に辞めることにした。本当は年末にでも辞めたかったのだが、1年いると退職金が出るというので、ちょうど1年である3月の末日まで勤務したのだ。

しかし、退職金が出たとはいえ、それ以降の収入のメドはなかった。「BIG HEAD」のほうもまったく仕事らしい仕事はなく、僕はたちまち家賃の5万円が支払えなくなってしまった。

仕方ないので、スーさんにそのことを話し、マンションを出て、近くの三畳の部屋を借りることにした。住所も中野区中央から中野区上高田に変わった。家賃は2万1000円と半分以下になった。もちろんスーさんも家賃全額は払えないので、フレンドマンションを出ることとなる。

さて、家賃は減ったが、とにかく収入はない。

そんなときに、ふと思い出したのが、衣浦氏である。当時、飛鳥新社の発行する『ぺるむ』という雑誌があった。今ではちょっと想像しがたいのかもしれないが、80年代というのは、リサイクル雑誌というジャンルがあり、小さなブームでもあった。今ならヤフオクなのだろう。不要になったものを時には写真入りでリサイクル雑誌に投稿する。投稿して掲載されるまでけっこう時間がかかるわけだが、それを読者が見て、直接電話したり、手紙を出すというようなもので、今から考えると効率のよくないシステムだったが、当時としては画期的な試みであったと思う。

調べてみたら、飛鳥新社から1983年（昭和58年）の5月に創刊されている。僕が見たのは夏頃の号だったと思う。

当時はこういったリサイクル専門の雑誌もあったし、タウン誌などにもこういうリサイクル情報が載っていた。大学時代を過ごした大阪でも、地元のアルバイト情報誌にこういった、「あげます、ください」みたいなコーナーがあってよく利用した経験がある。

考えてみれば、当時の雑誌というのは、今、インターネットで行われているものの、元のようなものがいくつかあった。『ぴあ』なんていう情報誌もそのひとつだったし、『シティロード』というのもあった。で、情報交換から不要品の売買なども雑誌が担っていた。中には文通コーナーのようなものもあり、貴重な出会いの場であった。

僕も大阪にいた頃は、アルバイト情報誌の文通欄で知り合った女の子とつきあっていたりした。話はそれたが、『ぺるむ』という雑誌に仲間募集というような投稿があり、電話番号が出ていた。そこに電話したことから、衣浦氏とのつきあいが始まった。学生社長である衣浦氏の事務所はお茶の水にあり、行ってみるとそこは、会社というよりも学生のサークルのような場所であった。しかし一応、オナハマという会社組織になっており、編集プロダクションのようなことをやっていた。

その衣浦氏に電話すると、とにかく仕事を斡旋してくれるとのこと。半信半疑で会社に行くと、イラストレーターだという僕より少し若い男とともに衣浦氏の運転するジープに乗せられた。夜の7時くらいだったろうか。3月のことで、まだ寒かったことを覚えている。車の中で衣浦氏は、「増田くんのこと、経験者だって言ってあるから、そのつもりでね」と言った。これは困ったことになったなぁと思った。実は僕には編集やライター経験のようなものは一切なかったからだ。しかし、まあ、なんとかなるだろうとも思っていた。

ジープはイシノマキのあるビルの前で止まる。

今から考えればこれが面接だったのだと思う。

オフィスの出口に近い席に姫路という男がいた。背は低く、年はひとまわりくらい上であろうか。社員はパラパラといて、空いている席が目立っていた。しかし、この男がここのボスであることはなんとなくわかる。少し尊大なかんじがしたからだろうか。どういうわけかその時、僕はこの社長と話がはずんだ。

「先にジープに乗ってて」と衣浦氏は言う。僕とイラストレーターくんは、下に降りて、ジープに乗った。幌のスキマから風が入ってきて寒かった。しばらくして戻ってきた衣浦氏の口ぶりでは、僕が合格し、イラストレーター氏は不合格というようなことだった。

といっても僕は、そのままイシノマキに入るのではなく、衣浦氏の会社であるオナハマから出向ということであった。簡単に説明すると、僕はオナハマから給料をもらいながら、編集プロダクションのイシノマキへ出向という形になったのだ。たぶん、ババを引いたのは衣浦氏だと思う。僕は15万円の給料をもらったが、たぶん衣浦氏側にはそんなに金は入っていない。なぜなら、僕はほとんど仕事ができなかったからだ。

1984.4-6
編集プロダクション「イシノマキ」は天国か地獄か

まあ、事情というのは、あとからわかってくるのだが、伊藤秀樹が辞めたため、その穴埋め要員として僕が「イシノマキ」に雇われたのである。

そんなことはまったく知らない僕だったが、初めての編集プロダクションで、とにかく何をどうしていいのかわからない。一応、イシノマキへは朝10時くらいに顔を出すのだが、ほとんどの人は出社していなかった。指示や説明もなく、何がどうなっているのかがよくわからない。僕自身も、業界感覚が身についた段階でなく、「空気を読む」とか「気を利かせる」ということがまったく不可能だった。

社長の姫路さんはいつもいる人ではなかった。仕方がないので、経理の女性なんかと無駄話をして1日を終えるなんてことが何日か続いた。何日間そんなことをしていたのか記憶があいまいだが、とにかく最初のうちは退屈で居づらくてしょうがなかった記憶がある。

そして、数日経過したときにデスクの高松さんという女性から「増田くん、仕事なんだけど」と、ようやく声がかかった。忘れもしない、それは『週刊ポスト』の仕事だった。その内容は、〈今からでも間に合うゴールデンウィークの宿〉で、僕が担当したのは、泊まれる宿の表組みであった。

こういう表組みをするのも、ライターの仕事なのだ。後にいくつもの表組みを作ったが、この時はまさに初体験であった。

〆切りまでは1週間あったので、最初の数日は本屋でガイドブックかなんかを買ってきて、リストアップしていたが、なかなか取材の電話をかけられない。

わからないことがあっても、僕はライター経験者ということでここに籍を置かせてもらっているので、誰かにヘタな質問をするわけにもいかない。

わけのわからないまま、とにかく電話をしなくちゃいけないと思って、ガイドブックを見ながらあちらこちらの宿に電話をかけまくった。

「私、『週刊ポスト』の記者の増田と申しますが、ただいま〈今からでも間に合うゴールデンウィークの宿〉という取材をしておりまして……」

全部話さないうちから「あー、ゴールデンウィークはもうすべて埋まってるから」と電話を切られたのがほとんどであった。

「あ、ウチは間に合っているから」という御用聞きの断り文句みたいなのも多かった。

100軒の表組みを作らなくちゃいけないのに、1軒の掲載許可も取れないまま時間は過ぎて行った。

やっと、1軒の掲載許可が取れ、あちこちの宿の非協力的な対応の理由がわかった。

「あのー、いいんだけど、これ料金はいくらぐらいかかるの?」とその宿の人だけは不安げながらも率直に聞いてきたのだ。

ああ、なるほど、広告と思われていたんだと合点がいった。僕はそれまで出版社の営業社員だったから、電話の口調も営業っぽかったかもしれなかった。

なので、次からは「これは広告ではなくて、一般の記事なので、料金などは一切かかりません」と説明した。

それで少しは調子が上がったが、〆切りの日になっても半分くらいしか表組はできていなかった。まずいと思いながらイシノマキへ出勤していたが、高松さんは状況がわかると、怒るより先に、どうやって本日中にデータをあげるのかを考え、テキパキといろいろなライターに指示を出した。もちろん責任を感じている僕も、ラストスパートであちこちに電話をかけまくる。そして、なんとか〆切りの夕方には表組ができあがったのだ。

当時の原稿は、大きな方眼用紙に罫線を引いて、そこへ手書きで文字を埋めていくものだった。まだ当時は珍しかったファクスで、編集部まで送ったが、うまく届かず、担当の編集者が取りにきたことを覚えている。

僕のおかげで作業がギリギリになり、高松さんは一刻でも早く仕上げたことをアピールするため、信頼性のないファクスで必死の送信を試みたのだ。実際のところ『週刊ポスト』編集部がイシノマキからかなり近く、歩いて10分もかからなかったことには後から気付いた。

とにかく、その夜は打ち上げということで、高松さんに神保町にあるロシア料理店へ連れて行ってもらった。生まれてはじめて、あの壺みたいな容器にパンで蓋をした料理を食べた。

生まれて初のロシア料理であったが、堪能する余裕など1ミリもなかった。

なぜならその食事の場で、高松さんは、「あなた、経験者じゃないわね」と速攻で指摘してきたからだ。事実とはいえ、経験者というかっこいい立場から、ただの青二才にひきずり戻される現実に、僕の心は大いに揺れた。

そして翌日から、僕は最初の数日間と同じように、毎朝イシノマキへ行き、一日中ボーっと座っている日々に戻った。退屈だったが、あせりのようなものはなかった。なぜなら、僕はイシノマキに派遣社員としてきている。月給15万円は仕事をしてもしなくてもオナハマという会社からもらえるのだ。

こういう状況は天国なのか、それとも地獄なのか……。自分でもよくわからなかった。

イシノマキでは、本当に多くの人が出入りしていた。ただ、僕自身はイシノマキにおいて特異な存在であったため、どの人がどういうことで、ここにいるのかというのがよくわからなかった。伊藤秀樹も、夕方になると会社にきていた男、くらいの印象しかなかった。彼はいつもマイペースで、オフィスの片隅にいる僕に向かって「お前、いっつも暗いなぁ」などと声をかけてくれた。いったいどんな人なんだろうかと思っていたら、ある夜、会社に置いてあるエレキギターを取り出して、ステレオセットにつないで音を出していた。どうやら、ギターはこの人の私物のようだ。会社にギターを置いている人だということがわかったが、どういう人かということはますますわからなくなった。というのも、そのギターの腕はお世辞にもうまいとは言えなかったからだ。

イシノマキは編集プロダクションといいながら、いろいろなことをしている会社で、岡林信康のコンサートなんかもプロデュースしていた。僕は部外者ということもあり、こういったことからはまったくの仲間はずれであったが、ほとんどの社員がこれに関わっていたと思う。北関東のどこの街かは忘れたが、伊藤秀樹もＰＡとして参加していたようだ。彼はＰＡもやるんだ。彼はきっと音楽畑の人なんだろうと思ったりもした。

さらにイシノマキは、病院の経営にも乗り出していて、企画書だか図面のようなものを持ってきて、社長と打ち合わせをしている人もいた。もういったいなんの会社かわからない状態である。

編集プロダクションらしいことといえば『クルー』というサラリーマン向けのフリーペーパー

を創刊しようとしていた。ここに関わっていたのが、広告代理店ハリウッドの葛飾氏である。僕がいた頃、『クルー』の企画書はできていたが、創刊されたのはもっと後だった。寒い日に、僕も配布の手伝いをやらされたのだが、ギャラは厚手のスタッフトレーナーだったことを記憶している。

イシノマキはしょっちゅう面接をやっていた。社員だけではなく、外注スタッフも募集していたようだ。敦賀もそれで応募してきたひとりで、僕と同じ年だったせいか仲良くなった。元埼玉新聞の記者で、『週刊ポスト』の仕事をやっていたと思う。後に僕がフリーになるきっかけを作ってくれた人物なのだが、この時期は仲がいいというくらいである。

パインもそんな外注ライターのひとりだったと思う。どういう経緯で会ったのかは覚えていないが、たぶん伊藤秀樹から紹介されたのだと思う。イシノマキで会った記憶はない。ちょうど伊藤秀樹がパインの家に居候するころ、パインが僕に相談をしてきた。

「彼のことどう呼ぶかって迷ってるんだよ。どう呼べばいいかなぁ」という相談だ。僕もよくわからない。イシノマキで彼は「伊藤くん」と呼ばれていたから、それでいいのではと言うと、「一緒に住むわけだし、それではちょっと他人行儀だから、〝伊藤ちゃん〟と呼ぼうと思うんだけど、どう?」と言う。ならば、それでいいんじゃないの。というわけで、僕も彼のことを伊藤ちゃんと呼ぶようになった。

ちなみに、伊藤ちゃんは僕のことを「まっさん」と呼ぶようになっていた。

前述したようにイシノマキでの僕のポジションは最初はこの伊藤秀樹がやめた穴埋めというよ

うなものだったはずだ。しかし、僕が編集やライターについてド素人だということがわかり、新たに、ロイター通信にいたという男を雇い入れた。伏木という男だった。たぶんけっこうな競争率で伏木は採用されたのだと思う。考えてみればこの時代、ライターや編集者になりたいという人は今とは比べものにならないほど多かったように思う。

伏木という男はやり手という触れ込みで、たしかにできそうなかんじが漂っていた。黒縁の丸メガネをかけたスリムな体型の男で、浅黒く日焼けした顔は健康的だった。

「伏木です。よろしくね」と手を差し出す。一瞬なんのことかわからない。おお、握手か、握手なんだ。あわてて僕も手を出すと、その手をギュッと握り、大きく振る。まさにシェイクハンド。こういう人が仕事のできる男なんだ、そう思っていた。

が、すぐにメッキが剥げた。雑誌の企画を考えるということがまずできなかったのだ。

「増田さん、伊藤さんにお知恵を拝借できないですかね」

そう伏木に頼まれ仕方なく、伊藤ちゃんに電話をして会社まできてもらい、僕も加わって『スコラ』の企画を考えたことがあった。このとき初めて、雑誌の企画の立て方を知った。何本か企画を考え、その翌日、伏木といっしょに青山ツインタワーにあった『スコラ』の編集部へ行く。レースクィーンのような美人がお茶を入れてくれたのが印象的だったが、僕の中では編集者とかライターになろうという気持ちはなんとなく失せていた。

マグロ編

1984.6-7
小さな広告代理店に入社した

オナハマからの6月の給料の入金が遅れていた。僕はそれをもらいにオナハマへ行った。あらかじめ電話してあり、衣浦氏は渋々といったかんじで僕に15万円の現金が入った封筒を渡す。そのとき、彼は外まで見送ってくれた。資金繰りがけっこう苦しいという話を聞いた僕は、衣浦氏に「やめさせてくれ」と言った。

衣浦は激怒した。僕の胸ぐらを掴み、「えっ、どういうことだよ、このヤロー」とゆさぶった。当時の僕としては、金のことというよりも、きちんとした仕事もできずにイシノマキにいる自分がイヤだった。

そこで辞めたことは、相手にとっても僕にとっても正解だったと思う。イシノマキからオナハマに対して支払われた金額は、僕の働きに応じた微々たるものであろうに、僕は月給15万円をもらっていた。衣浦氏の怒りは当然だ。一人前になってオナハマの初期投資を穴埋めする努力もせず、いきなり辞めたいとは何ごとかということだ。

しかし、ここで関係が終わってよかったんだと思う。僕はそのままそこに居続けても、オナハマに対して利益を生むことが無かった気がするからだ。実際、その頃の僕には、そういう自信もやる気も全くなかった。ライターや編集者というのが、自分に向いている仕事ではないと痛感していたからだ。

僕には、オナハマを辞めたい理由が、もうひとつあった。イシノマキに出入りしていた広告代理店の社長から、自分の会社に来ないかと誘われていたのだ。

イシノマキの入っているビルのエレベーターでのことだ。

「お前、よかったらウチに来いよ」

そう、北関東訛りでしゃべりかけてきた男がいた。広告代理店ハリウッドの社長、葛飾さんだ。僕がイシノマキでなにもすることがなく、クサっているのを知っていて、声をかけてくれたのだろう。それにしてもせいぜい顔を知っているくらいで、よくそんなことが言えるなぁとちょっと不思議な気分だった。僕で大丈夫なのだろうか。とにかく詳しい話を聞くため、翌日、ハリウッドを訪れることにした。

オフィスは、新宿7丁目、明治通り沿いのマンションの一室だった。社長の葛飾さんと、経理その他なんでもやる女性社員がひとりいるだけの会社だ。女性社員はまだ20代だったが、なかなかしっかりしていた。社長の葛飾氏は40歳手前くらいで、中堅の広告代理店から独立した人だった。たぶん当時はこういう人は多かったと思う。広告といってもほとんど雑誌媒体が中心だったろうが、インターネットが登場する前の時代には、それなりに需要もあったのではないかと思う。

「給料は15万でいいか?」

以前もらっていた金額と同じだ。悩む間もなく、僕はハリウッドに入社することになる。これがちょうど1984年の6月の終わり頃のことだ。この年は本当に僕にとっていろいろなことが起こった年だった。結局3ヵ月ごとに職が変わっている。3月までは『スウィンガー』というスワッピング雑誌の営業をやっていた。4〜6月まではイシノマキという編集プロダクションにいて、7月〜9月まではハリウッドに所属することになる。

僕は編集者やライターになることはあきらめ、将来は、葛飾さんのように、ひとりで気ままに広告代理店でもやれればいいなと思った。しかし、実はここでも仕事らしい仕事はなかった。それでも、僕は葛飾さんには損をさせていないという自信が少しある。

僕が『スウィンガー』時代に知り合った岩国さんという人からおもしろい仕事をもらっていたからだ。僕よりもほんの少し年長の岩国さんは『女性通信』という雑誌を発行していた。当時、「夕ぐれ族」を代表とする愛人バンクなるものが流行していて、『女性通信』は愛人志願の女性が個人広告を掲載している雑誌だった。『スウィンガー』を発行するSESという会社は、多くの書店流通網を持っていた。『女性通信』もSESの販売ルートで流していたのだ。そういった関係で僕は岩国さんと知り合うこととなった。宮崎県出身で、早口でしゃべる岩国さんには、その後も何度か仕事を世話してもらうことになる。

僕がSESをやめてほどなく、岩国さんも『女性通信』の発行をやめていた。『スウィンガー』の社長が趣味の延長のような形で雑誌を発行していたのとは違い、岩国さんは愛人バンクというものに興味があるわけではなく、お金になりそうだからやっていたというところがあった。僕にはそんなことは見当もつかなかったが、岩国さんは愛人ブームというものがそんなに長続きはしないと考えていたようだ。そして、新しい事業に乗り出していた。それがオリーブオイルの化粧品販売であった。

岩国さんに呼び出されたのは、まだイシノマキに在籍していた頃であった。池袋にある事務所に行くと、「仕事をしませんか？」といきなり言われた。雑誌の読者プレゼントコーナーに商品のオリーブオイルを掲載してもらうため、出版社をまわる仕事である。雑誌にもよるが、ひとつ掲載されると5万円をくれるという。

商品写真を預かり、試しにいくつかの雑誌社をまわってみた。昔は今ほどセキュリティもうるさくなかった。背広にネクタイ姿で編集部へ行き、そこらへんにいる人間に「読者ページの担当者の方はどなたでしょうか？」と聞いてみる。たいていプレゼントコーナーは読者コーナーの中にあったからだ。教えてもらったら、その人にオリーブオイルの商品写真とニュースリリースを渡し、「読者プレゼントできますよ」と言うのである。

リリースにはこんなことが書かれていた。

「読者5人にオリーブオイルをプレゼント、応募者全員に試供品を差し上げます」

今なら、無料お試し商法（そんな呼び名があるかどうか知らないが）として、テレビのCMなどでもおなじみだが、たぶんそういう商法の走りではないかと思う。

資料を渡すと、あとは新しい号が出る頃に書店に行って、記事が載っているかどうかチェックする。載っていれば、その雑誌を買って、岩国氏のところへ持っていく。そうするとすぐに5万円をくれるのだ。僕は「これでよく5万円もくれるなぁ」と思った。こまめに出版社をまわると、載せてくれるところはけっこうあった。あまりにマイナーな雑誌の場合だと3万円だと言われることがあったが、たいていは5万円もらえた。

僕はこの売り上げすべてを広告代理店ハリウッドに入れるという約束をした。そのためかなり自由に毎日を送れたと思う。とりあえず、出社して、それから出版社をまわってくるといって、外出し、夕方には再び会社に戻るといった毎日であった。

時には葛飾さんにお供してクライアントをまわることもあった。葛飾さんは有名な靴メーカーなどをクライアントに持っていた。ときにはちょっとしたパーティなどにも連れて行ってくれた。当時の僕にはどういう関係のパーティかはよくわからなかったが、葛飾さんとそういう場所へ行くのは楽しかった。若い僕はたいてい、「葛飾さんのところへ来る前はなにをしていたのか」と聞かれるので、「以前は『スウィンガー』というスワッピング雑誌で営業をしていたんですよ」というような話をした。たいていこういう話題は食いつきがよかったからだ。

ところが、あるパーティからの帰りに葛飾さんは、「増田、お前、よくスワッピング雑誌の話をするけど、あれ、あんまりしないほうがええぞ。むしろそういうことは隠しておけ」というようなことをポツリと言った。これにはちょっと驚いた。これまで喜んで話を聞いている人ばかりで、こういう忠告めいたことを言ってくれる人は初めてだったからだ。

この人は僕のことについて親身になって考えているのかもしれない。そう思った。これまで会った怖いキャラクターの人々とは違う何かがそこにあった気がする。そして、僕にはこのあとで、まさに運命ともいえるような人々との出会いがやってくる。

まだ自信もない、自分が何者かもわかっていない日々だったが、葛飾さんとの出会いによって僕は地面から少しだけ芽を出したかんじがした。

1984年8月〜1985年3月
トロ・マグロ　26歳

●ヒットソング

マイケル・ジャクソン『スリラー』

吉幾三『俺ら東京さ行ぐだ』

中森明菜『飾りじゃないのよ涙は』

斉藤由貴『卒業』

C-C-B『Romanticが止まらない』

アン・ルイス『六本木心中』

第2章

かくも長き助走

●おもな出来事

写真週刊誌「FRIDAY」創刊

新紙幣発行

「1万円札福澤諭吉」「5000円新渡戸稲造」「1000円札夏目漱石」

シンボリルドルフが史上初の無敗の三冠馬に

ゴルバチョフがソ連の書記長就任

フジテレビ「夕やけニャンニャン」放送開始

日テレ「天才・たけしの元気が出るテレビ!!」放送開始

松田聖子と神田正輝が結婚

借金して吉祥寺に引っ越した

いたいだけいていいよと言ってくれたからといって、先の計画もなくでは好意に甘え過ぎである。出て行ってくれとパインに言われるのも仕方なかった。新しい住処を見つけなければ。

さりとて引っ越し資金などあるはずもなく、借りるアテは親しかなかった。半端に借りたってすぐに困窮するのは目に見えているので、１００万円の借金を申し込む。状況がわからない親は息子が居候生活をしていることを気に病んでいて、なんとかOKが出た。

部屋を借りるにあたり、どうしても欲しかったのがシャワーとクーラーだ。独り暮らしを始めてから、風呂付の部屋に住んだことがなかったのである。クーラーも同じだ。

吉祥寺で物件を探すと、家賃5万円のワンルームが見つかった。収入がほとんどないことを考えると家賃を払っていける自信はなかったが、こぎれいなワンルームの誘惑には勝てない。前家賃まで入れても当座の支払いは6ヵ月分の30万円。手元に70万円残ればしばらくはなんとかなるだろう。

引っ越しは赤帽1台で済む量だったのだが、パイプベッドやテーブルを買わねばならないと言ったら、増田君と伏木君が手伝いにきてくれた。買い物は短時間で終わり、引っ越しそばをほ

1984.9

おばってから高架沿いの古ぼけた喫茶店に入る。平日の昼過ぎだというのに本日の予定はもう終了。急ぐ用事もない。要するに3人ともヒマ人なのだ。

「ユニットバスとはオシャレですなあ。建物の名称が『コーポ インマイ ライフ』なのはカッコ悪いように思いますが」

伏木君は横浜の古いアパートに住んでいて、当然風呂もシャワーもない。

「広くていいよね。ぼくなんて三畳一間だよ。手も伸ばせば何でも届いて便利なんだけど、身動きとれないもんな。そこは工夫して住んでるけど、アレだな、地震があったら確実に死ぬね」

増田君のアパートは家賃2万円くらいだそうだ。ぼくもシャワーなんて贅沢を言わずに分相応の物件を探したほうが良かったか。

「何をおっしゃいますやら。伊藤ちゃんはもうバリバリのフリーライターなんだから、どんどん稼げるでしょ。現にイシノマキからも仕事がきてるんだから」

「いいですなあ、うらやましいですなあ、はい」

どうもふたりは、ぼくがフリーライターとして順調なスタートを切ったと勘違いしているらしい。それは誤解だ。居候中の2ヵ月半は無収入だったし、イシノマキではトラブったし、やった仕事と言えばパインのアシスタントと増田君に依頼された『スウィンガー』だけ。エッセイを読んだと仕事が舞い込むこともなかったし、媒体が媒体だけに、親に見せて安心させることもできない。RCサクセションじゃないが、いいことなんてありゃしないのである。

「えぇー、そうだったの？　ぼくはキミがいきなり売れっ子になってるとばかり思っていたから頼んだのに」

増田君が驚いたように言うと、伏木君もすぐに調子を合わせる。

「イシノマキで敏腕編集者としてならした伊藤さんでさえそんな状況とはキビシいですなあ」

イシノマキでは単なるバイトだって。それに、ぼくの後は伏木君が引き継いで無難にやってると、いつか社長が言っていたよ。

「それが私、つい先日イシノマキを辞めまして」

「はやっ」

「働いたのは3ヵ月ほどですか。伊藤さんの記録はあっさり抜かせていただきました。それでまあ、真似するわけじゃないですが私も名刺を作りまして」

伏木君が差し出した名刺には、フリーライターの肩書きがあった。と、すかさず増田君も名刺入れを出す。

「なんじゃこりゃ」

そこには〝なんでもやります オフィスたけちゃん〟と印刷されている。

「ぼくも広告代理店に籍だけは置いているけど、この際便利屋でもやろうかと思って作ってみたんだよ。ね、いいでしょ、オフィスたけちゃん。親しみやすくて」

「で、何か依頼されたの？」

「いや〜それがさ、名刺渡すとウケるんだけど、不思議なことに誰からも仕事は頼まれないね」

「増田さん、このオフィスというのはどこかに事務所があるということなんでしょうか」

「まさかでしょう伏木君。オフィスたけちゃんの事務所は、ぼくの住む三畳間に決まってるじゃん」

「はぁそうでしたか。そりゃまた地道な……がんばってください」

コーヒー1杯で粘れるだけ粘ったが、わかったことと言えば、3人とも自称フリーライターや自称便利屋でしかなく、仕事もなければ将来の展望も開けていないということだけだった。お先真っ暗なわけである。打開策はないのだろうか。

「じっとしてても仕事なんか来ないよ。雑誌とかに営業をかけるしかないんじゃない？」

オフィスたけちゃんはさっぱりだが、広告営業の仕事もしていて3人の中ではもっとも世間と接している増田君が即座に答える。

「パインからもそう言われたよ。企画書を書いて持ち込めって」

「なるほど、それが良さそうですね。ふんふん、参考になります。それで、伊藤さんはどういう企画書を作ったんですか」

「それが、作ってないんだよ」

「ふんふん、それはなぜ？」

「何となく、かったるくて」

「……」

「プール通いで忙しかったし、馬券の検討もしなくちゃならないしさ。金がなくて買えなくても、検討はしてないと勘が鈍るから」

「……増田さんは広告営業ですから、企画書はそれこそ日常的にお書きになってるわけですよね。良かったら書き方のコツなど伝授していただけないかと」

「え、いや、ぼくは営業っていっても読者プレゼントに採用して下さいってお願いするだけだから。伏木君、人に頼ってないで自分で企画考えればいいじゃない」

「ふんふん、それはそうだ。では家に帰って今夜からさっそくやります。書き上げたら伊藤さんと増田さんに見てもらいますから！」

自らを鼓舞するように叫んだ伏木君だったが、いつまで経っても読んでくれという連絡はなかった。ぼくはぼくで、熟考を重ねたはずの馬券がつぎつぎに外れ、虎の子の70万円を減らし続ける毎日。増田君のオフィスたけちゃんにも仕事は入らない。

その頃から増田君と会う機会が増えた。お互いにヒマだったし、同年代で話が合う。そのうち、ぼくは彼のことをまっさんと呼ぶようになった。会うのはだいたい吉祥寺のぼくのところ。レコードを聴いたり、井の頭公園を散歩したりと、やってることはたあいない。どちらも金がないため飯を食うことさえ慎重に検討を重ねてからという感じだ。時間だけがたっぷりあった。ぼくもまっさんも会うと饒舌になり、話だけは尽きなかった。

四谷の間借り事務所に通い始めた

1984.9-12

引っ越しして電話が復活したため、八重洲出版という会社で働く大学時代の友人から連絡がきた。

「ライターになったんだってな。仕事はあるのか」

「ない。毎日ぶらぶらしてる」

「そうか、じゃあオレんとこで仕事しろよ」

持つべきものは友である。『ドライバー』の編集をしているヤツは、すぐに仕事を与えてくれた。

「オレも駆け出しだから割のいい仕事は提供できないけど、大井競馬場でイベントがあるから、行って適当に記事にしてくれたらギャラは払う。安いけどな。その代わり、たぶん記念品とかくれるから。交通費や食事代も出る。やるか？」

う〜ん、微妙な仕事だ。でも、車に詳しくないぼくに与えられる仕事はそんなものだろう。贅沢は言っていられない。大井競馬場まで行くと、それはカー用品か何かの新商品発表会で、借りてきたカメラで写真を撮ってしまえば取材は完了。資料と記念品のタオルをもらったらおしまいだった。ぼくは競馬場の近くで昼食を食べ、短い原稿を喫茶店で書いて編集部へ持っていった。

大学時代のゼミ仲間でPR関係の仕事に就いていた別の友人からは、女性誌の編集をしているプロダクションを紹介してもらった。自分は忙しくなったので、後を引き継いでもらえないかという話だ。実際はどうだったかわからない。姉御肌の女なので、そういう言い方でぼくに仕事を振ってくれたのかも知れなかった。頼まれたのはPR雑誌の小さなコラム。こういう細かい仕事をやってくれるライターは他にいないかと訊かれ、まっさんもやることに。ふたりで写真と文章を分担し、店取材も行った。

しかし、単発の小さな仕事だけで食べていくことは不可能だ。この業界は支払いも遅い。虎の子の資金はみるみる減っていくばかりである。

そんなとき、パインから連絡があった。四谷にある編集プロダクションに机が借りられるから、そこを事務所にして働かないかという。パインはそこの社長と知り合いで、新雑誌の編集を請け負うため、家賃も不要らしい。断る理由はなかった。

その編プロはアートサプライというところで、社員も数十名いてイシノマキよりずっと大きかった。パインが奪取したのは広い事務所の一角にある机5つほどのスペース。参加メンバーはぼくの他にまっさん、伏木君、イシノマキ時代から知り合いの歳下ライターの坂出君など。周囲にいた駆け出し連中も顔を揃えていた。いってみればパイン軍団みたいなもの。有象無象の衆であれ、パインにとってはこれだけの若いスタッフを集められることが重要だったのだろう。

が、ここでおもしろいことが始まったかと言えば、そうじゃなかった。請け負った新雑誌は『ロンロン』なるパソコン誌だったからだ。パソコン関係の新雑誌は続々登場していて、その波に乗り遅れたくない某出版社が、パインが持ち込んだ〝文化系パソコン誌〟の企画を全面的に採用したのだ。

だけど、ぼくにできそうなことはほとんどない。そのため、主要な記事はパインや彼の仲間であるライターが執筆し、駆け出し組はカタログページを作ったり、超初心者向きのレポート記事を担当した。それさえできないパソコン音痴のぼくは、もっぱらキャプション書きやお使いである。

それでも家に閉じこもっているよりは全然良かった。仕事は楽しくなくても、アートサプライに行けば誰かいるからだ。でも仕事はヒマなので、ほとんど雑談ばかりで時間が過ぎていく。最初は愛想の良かったアートサプライの人たちも、パインチームの大半が雑魚の集まりだと気がついたのか、何も構ってくれなくなる。仕方なく、まっさんや伏木君らとバカ話に精を出していたら、しょーもない雑談は少し控えるようにとパインに叱られた。そういうときは外に出て飯を食べながら延々と話し込む。行くのは安くて量が多い店。1日1食か2食の生活だったから、味より胃袋を満たすことが先決なのだ。

年末が近づくにつれ、いよいよ懐が寂しくなってきた。かくなる上は、有馬記念で勝負に出るしかない。競馬の負けは競馬で取り戻すのだ。本命が確実視されているのは史上最強の誉れ高きシンボリルドルフだったが、ぼくが大好きなミスターシービーも出走を予定している。そこで、オッズは安いが両馬の枠連とミスターシービーの単勝に、有り金15万円注ぐことにした。大儲けはできないが、まず負けは考えられない。確実に資金を増やし、年明けの金杯からまた頑張ろうと思ったのだ。

ところがミスターシービーが伏兵カツラギエースに交わされて痛恨の3着。中山競馬場で大声を出していたぼくは、冷たい座席に腰を下ろし、ショックで動けない事態になった。親に借りた金を、こんなことで使ってしまって、オレはなん

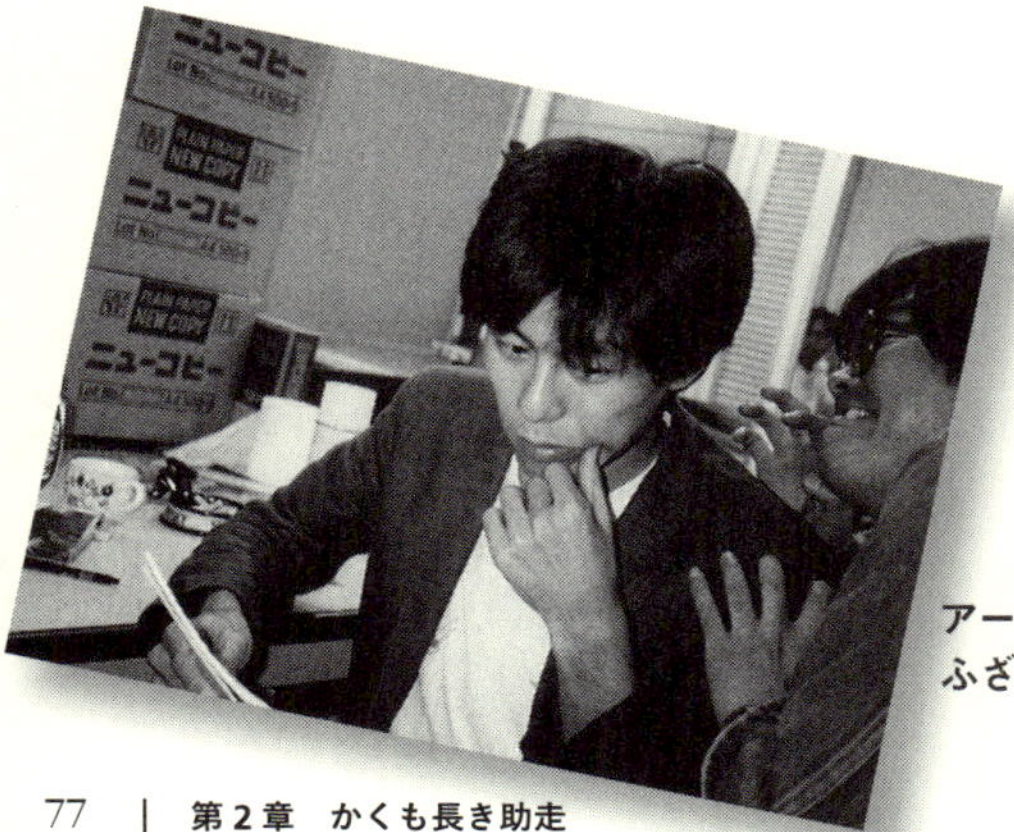

アートサプライの事務所でふざけるトロとマグロ

て情けない息子なんだろう。ライターなんかやめて、新聞広告でまともな働き口を探したほうがいいのでは。

殊勝な気持ちは長続きしなかった。吉祥寺に戻る頃には、嘆いていてもどうにもならん、年末に帰省する金を何とかしなければと現実路線に頭が切り替わり、催促がうるさくなさそうな友人に借金申し込みの電話ラッシュである。仕事の営業はしないのに、こういうことだけ迅速なんだからしょうがない。

九州まで往復する交通費が確保できたので、クリスマスは寝て過ごした。実家に戻ると「あんた、痩せたね」と母に言われた。貸した100万円について一言も触れなかったのは聞くだけムダだと思ったからのようだ。

1985.1 ほろ苦い焼き鳥の味

1985年になっても代わりばえのしない日々が続いていた。1月、ぼくは27歳になったが、それで状況が変化するわけでもない。唯一の趣味であり、かつては生活費稼ぎの手段でもあった競馬は、資金難のため当分封印。週に3日ほど四谷に行く他は、自宅でおとなしく過ごす。借金した100万円がきれいさっぱりなくなったので、前年にやった仕事のギャラが銀行に振り込まれるのをひたすら待つ毎日だった。もっとも、入金額が少ないので、家賃を払うといくらも残らず、生活はちっとも向上しなかった。

だからといって暇を持て余すかというとそうでもない。時間があるし、周囲には似たような連中が多いから、ちょくちょく誘いがかかるのだ。用件が仕事じゃないだけなのである。

前年の秋頃はテレビ局の仕出しアルバイトなどで忙しそうにしていたまっさんも、いまでは以前のようにヒマそうで、赤い3輪スクーターに乗っては遊びにやってきた。やっと花開いたかに思えたオフィスたけちゃんだったが、あっという間に開店休業状態に戻ったようだ。

「時間あるでしょ。これからニューメキシコって事務所に行くんだけど、すぐそこだから一緒に行かない？」

ある日、いつものように喫茶店でうだうだしていたら、まっさんに誘われた。ニューメキシコは広告代理店のようなところだが、名刺を作ったりもしていて値段が安いので、新しいのを頼めばいいという。

「伊藤ちゃんの名刺って貧乏臭いから、そろそろ新しくしたほうがいいよ」

ぼくは引っ越してから名刺を作らず、住所をボールペンで書き換えた古いのを使っていたのだ。

ニューメキシコの事務所は吉祥寺駅からすぐ、映画館の並びにある大きなマンションにあった。1DKくらいで広くはないが、いかにもオフィス然としている。代表は水島という同い年のヒゲ男だった。

「ぼくは小さな出版社で編集をやってて、独立したばかりなんです。一応広告代理業をやってます」

友人を誘って男3人でやっているという。水島君の机の上には、雑誌に入稿する広告のゲラなどが積まれていた。なんかすごいな、ちゃんとしてるな。

「いやいや、まだ会社組織にしてないんですよ。いずれはそうしたいんだけど、旅行雑誌の枠を埋める広告取りをボチボチやってる状態で、地方の宿に電話営業しては出稿をお願いしてます。希望としては、編集タイアップ記事とか、ムックとか、そういう仕事をしたいんだけど。まあまあ、ごゆっくり。ぼく、ちょっと外に行ってきます」

まあそうか。でなきゃ名刺をデザイン込み100枚2000円で作る仕事なんかしないよなあ。ここにもまた、駆け出し仲間がいたというわけだ。

戻ってきた水島君は、なぜか焼き鳥を手にしていた。

「仕事中だからビールってわけにも行かないけど、これ、良かったらどうぞ」

あちゃー。こっちは手ぶらできたのに、なんだか悪い気がする。手を出さずにいると、まっさんが「うまそうだね、ごちそうになります」と1本取った。

「水島君は気ぃ使いなんだよ。でも、せっかくだからキミも食べたら」

名刺100枚の利益が飛んでいったに違いない焼き鳥の味はほろ苦かった。吉祥寺とはいえ一等地にオフィスを持ったら、小さな仕事をこなすだけでは追いつかないはずだ。内情は結構大変だろう。ぼくもまっさんも水島君も、いまのところてんで冴えないな。

けれど、水島君にはイジケたところがなかった。名刺を取りに行ったのをきっかけに話をするようになると、自分は必ず成功する、しないわけがない、と力強いことを言うのだ。

「でなけりゃ何のために会社辞めたかわからないじゃないですか。いまは小さな仕事を拾っていくしかないけど、ぼくらは3人でニューメキシコをでかくしていきますよ」

そうか、そうだよな。ぼくだってカツカツの生活をするためにライターになったんじゃない。どうせやるなら、『スウィンガー』のエッセイみたいに、署名原稿を頼まれるような書き手になりたいのだ。

「そうそう。お互いにがんばっていきましょう。増田君だって、いつまでも便利屋ってわけでもないだろうし。いずれ俺たちの時代がきますって」

「くるかなァ」

「どうかなァ。ま、とりあえず焼き鳥でもつまみに行きませんか?」

1985.2

合格電報屋でひと稼ぎをもくろんだ

アートサプライの事務所は四谷と半蔵門の中間にあり、食事処には不自由しなかったが、決して安くはない。そこで、少しでも食費を安く上げたい駆け出しライターたちは、上智大学の学食によく足を運んだ。ここなら300円もあればまともな食事にありつける。食べるのはもっぱらカレーで、定食だと贅沢した気分。経済事情は学生以下だ。

だが、挨拶代わりに「金がない」と言い合っているのも飽きてくる。何かてっとり早い現金収入の手段はないだろうかと考え、受験生相手の合格電報屋を思いついた。

「上智なら地方から受験に来る学生も多いから、けっこう注文があるんじゃないの。仕事もラクだよ。受験日、試験が終わった頃に行って2時間勝負ってとこだな。あとは発表日に見に行って『サクラサク』とか『サクラチル』とやるわけよ」

まっさんと伏木君に提案すると、ふたりとも乗り気だ。

「元手もかからないし、いいバイトになりそうじゃん。伊藤ちゃん冴えてるねえ。伏木君もやろうよ」

「もちろん一枚噛ませていただきます。どれくらい流行りますかね。受験生が1万人いるとして、その半分が地方からの受験組とすると、お客さん候補は5000人ってとこですか。この商売、ライバルはいるんでしょうか?」

昔からやってる商売だろうから、きっといるんじゃないか。

「じゃ、10組いるとして、1組あたりのお客さんは500人か。仮に10人にひとりが依頼してくれたとすると50人。ウハウハですなあ。増田さん、料金はいくらにしましょう」

「ま、いまどき電報って人は少なくて、大部分は電話でしょう。合格電話が500円、電報は打つのに金がかかるから1000円ってとこなんじゃない」

500円で計算すると、50人で2万5000円か。悪くないねえ。そこまで高望みはしないけど、深夜番組のサクラをやるよりはいいだろう。

「合格しても落ちていても、電話は素早く、すみやかに結果を伝えて切らないとな」

「そこですな。話し込んだりしたら、電話代がかかります。う〜ん、どういう具合にかければいいんですかね。増田さん、ちょっと実演して下さいよ」

「よし。じゃあ伊藤ちゃん母親役やってよ。もしもし合格電話屋ですが」

「はい」

「今日、結果発表がありまして、息子さんは」

「どうでしたか？」

「息子さんは」

「じらさないで下さい」

上智大学の学食で。暇つぶしに
しょっちゅう行っていた

「不合格でしたっ！　ガチャ」

試験当日、我々3人は四谷駅から大学正門に向かう路上で受験生を待ち受けた。午前中に下見して、警備員がいる学内でやるのは危険だと判断したのである。年齢的にはギリギリ大学生に見えなくもないはずだが、くたびれたジーンズと、これまた年期の入ったジャンパー姿なので、人相風体が怪しすぎるとの自主規制だ。

「キャンパス内に何組のライバルがいるかわかりませんが、とりあえずここは誰もいませんね。ただ、どうなんでしょう。このやり方で受験生たちの信頼を得ることができるでしょうか」

伏木君が不安がるのはもっともだった。目立たなければいけないと、首からでっかいガバンをつり下げたスタイルなのだ。ガバンには住所などを書く名簿が乗っているだけで、他には何もない。そこで急遽、「合格電報・電話承ります」とか「電報1000円、電話500円ポッキリ。発表後即連絡！」、「実績抜群！　幸運を呼ぶ電報・電話屋」といった文字を書き付け、ガバンの下に貼ることにした。

「どうなんでしょう、うさん臭さが増したようにも思えますが」

「それは錯覚だ伏木君。必要な情報はすべてここにある」

「ですが……。すみませんが、持つ係は伊藤さんがやって下さい。ぼくと増田さんで学生たちに声をかけます。そろそろ受験生が出てきましたよ。増田さん、行きましょう」

「伊藤ちゃんまで声を張り上げたらかえって不審だから、キミは落ち着いた顔をしてここにいてよ。あとは、人気のあるところを見せるためのサクラかな。名簿に我々の住所氏名を書いておく、と。よし、伏木君、レッツゴー!」

勢い良く飛び出すふたり。現金収入がかかっているとなると積極性が違うようだ。この勢いがどうしてライター活動に出せないかなあ。つくづく不思議だ。

しかし、意気込んで声をかけ始めたものの、反応はまったくない。無視どころか、受験生がふたりをよけるように歩いている。

その理由は見ればわかった。まっさんは寒いのか、飛び跳ねたり左右にステップを踏んだりしてしょっちゅうカラダを動かしている。そして、これはという相手を見つけると近寄って行き、耳元で囁くように勧誘しているのだ。チョビ髭にサングラス風眼鏡のその姿はポンビキにしか見えない。

一方、丸眼鏡の伏木君は威圧感こそないものの、基本的なところを勘違いしている。

「なぜか合格率がアップする電話に電報、えー電話に電報はいかがっすか。信用と実績が幸せを呼びまーす。電話、あ、電報の御用向きはございませんか〜」

これではチリ紙交換か駅弁売りだ。

誰一人として申込者のないまま20分が過ぎ、大学から吐き出される受験生が増えてきたところで、ライバルまで現れた。部活かサークルの資金稼ぎにするのか、正門の前で上智の学生らしき数名が合格電話屋をやり出したのである。しかも敵は女子大生までいて、可愛い声で勧誘しているではないか。くそ、負けるわけにはいかん。我々は心をひとつにし、声を絞り出した。

「合格電話、発表後すぐに連絡しますよ〜」

「サクラサク、サクラサクの電報はいかがっすか!!」

「たった500円で合否情報が届きます－！」

するとどうだ、ポツポツと客がつくではないか。どうやら合格電話代500円は破格のようで、他は1000円で受けているらしい。動きがヘンでも半額ならば頼もうという受験生がいたのである。

30分もすると門から出てくる受験生が激減したので、我々は撤収することにした。依頼を受けたのは10人足らずで全員電話。目標の売り上げにはほど遠かったが、実労1時間でこれなら御の字である。すぐに山分けし、冷えきったカラダを温めようとラーメン屋に入った。塩辛いタンメンのスープは労働の味がした。

申込者はひとりを除いて不合格だったが、合格者に連絡すると、母親らしき人に何度も礼を言われたそうだ。

「電話代がかさんじゃったけど、悪い気分じゃなかったよ」

電話係だったまっさんは、ちょっと嬉しそうにしていた。

でも、その後もバイトに励んだかというと、そうでもない。この頃から少しずつライター仕事が増え始めたからだ。好きも嫌いもなく始まったライター生活。でも、ぼくはそれで食べていくしかないと考えるようになっていた。

パイン事務所での暗黒時代

1984.12-1985.3

パインの事務所では月刊誌の『ロンロン』に加えて、パソコン周辺機器のムック製作が始まった。パソコンが一般的になってきたので、この手のカタログ的な企画はすんなり通るのだ。いち早くパソコンを使いこなしていたパインにとって仕事はいくらでもあり、ひとりではさばき切れないほどである。そこでパインは、少しでも知識のある若手ライターにどんどん仕事をまわし、編集プロダクション「オールスター」を立ち上げる計画を練っていた。

「俺はもう30過ぎだろ。このままライターで食っていけなくもないけど、プログラミングから自分でやるほど詳しいわけじゃないし、パソコンの専門家になりたいわけでもない。それよりは編プロのおやじになるほうが、この先生き残れると思ってるんだよ。伊藤ちゃんも手伝ってくれると助かるんだけど」

そう言われてもパソコンは大の苦手。ぼくの出番はあまりなさそうだ。

「伊藤ちゃんにそれは期待してないから。むしろ俺にはこないパソコン以外の仕事を中心にやってってくれればいいんだ」

パインは先々、ぼくに編プロの主要スタッフとして働いてもらいたいようなことを言う。そういえば、パインの部屋に居候していたときから、そんなことを言っていたなあ。それに最近はまっさんあたりともそんな話をしているようだ。

ひとりじゃ心細い気分もあったので一瞬うれしかったが、何か引っかかる。また、イシノマキのような日々が繰り返されるのではという恐怖だ。パインには世話になっているし、先輩ライターとしてつき合う分には楽しいのだけれど、自分が編プロの社員になることには抵抗を感じる。いい予感がしない。返事を濁すと、パインは首を傾げて言った。

「いますぐどうこうじゃないから考えといて。いずれはここを出て自前の事務所を借りるつもりだから」

ムック製作は佳境に差し掛かり、ぼくも大量のキャプション書きを手伝った。資料にあるスペックを整理するだけなので、ぼくにもこなせる。また、この仕事を通じてパインの仲間たち、デザイナーやイラストレーターとも知り合った。みんな、少し世代が上の気のいい人たちだ。フリーとして何年もやってきているので、淡々と仕事をこなし、ソツがない。腕のいい職人を見る思いがした。

この仕事には伏木君も参加しており、ぼくと同じくキャプション書きに精を出していた。どちらも仕事が遅く、毎晩のように終電近くまで働いても予定が消化できないのだが、家に帰ったってやることもない。内職に精を出す人のように、原稿用紙の升目を埋めるだけだ。

「助かりますなあ。こういう仕事は頭を使わないでいいですから。パインさんのおかげで来月も家賃が払えそうです」

そうなんだ、まったくそうなんだ。ぼくの住居は家賃が5万円。光熱費や交通費でざっと2万

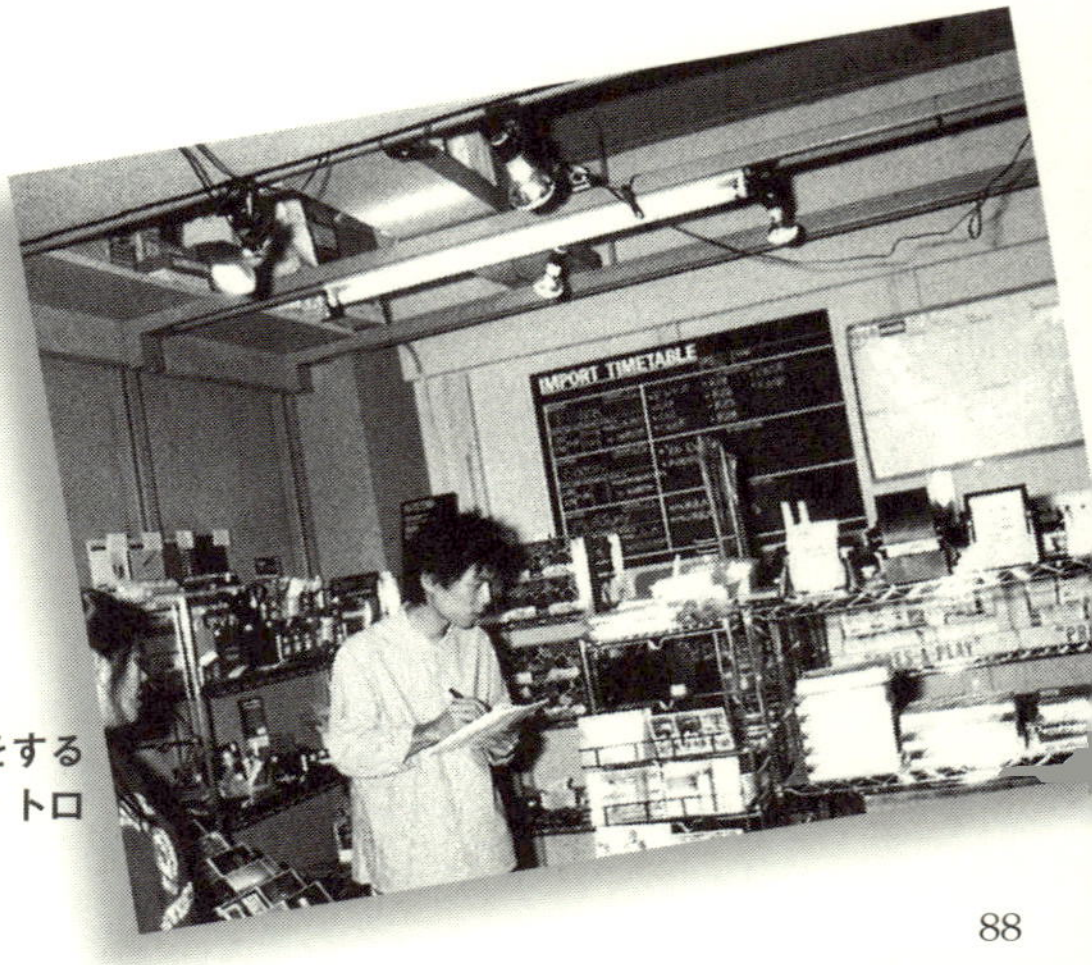

雑貨屋の取材をする
見習いライター・トロ

円。定期仕事を持たない我々は、生きていくのに最低限必要な金さえラクには稼げないのである。だから仕事を与えてもらうとホント助かるのだが、しょせんはその程度でもある。

「そうですなあ。坂出君のような能力があって、パソコンを持ってなくても原稿が書けるようじゃないと、食っていくのはキビシそうです」

「まったくだなあ」

「はあ……。チラシのスペックをただ書き写している我々は、これからどうなっていくんでしょうか」

坂出君というのは、やはりイシノマキに出入りしていたライターのひとりで、ぼくより3歳くらい歳下だった。シャツのボタンを首元までしめたシティ・ボーイ風の格好をいつもしていて、歳下とは思えないほど落ち着きがあり、原稿もうまい。パインも坂出君の能力は高く買っていて、大事な部分は彼にまかせる。仕事をすることは少なかったが、一緒に食事をしたりするうちにだんだん打ち解け、ぼくは彼のことを坂やんと呼ぶようになっていった。

坂やんは、パインのこともクールな目で見ていて、仕事を振ってくれる先輩ライター以上でも以下でもないつき合い方をしていた。主戦力のひとりだから事務所に席はあるが、完全にフリーの立場で関わるのだ。ぼくには坂やんのやり方がベストなように思えた。

パインの手伝いをいくらやってもライターとして一本立ちすることはできそうにない。むしろ、やればやるほど雑用ライターに近くなる。パソコンに詳しいライターはまだ少なく、勉強すれば食うに困らない仕事があるかもしれないけれど、ぼくはどうしてもその気になれないのだ。

そんなことを口にすると、パインはシビアに言う。自分は仕事を選ばずやってきて、稼げるライターになることができた。大事なのは収入で、名を売るなんて二の次。単価の高い仕事を頼まれるかどうかが、プロとしてのランクを決める……。

何も反論はできない。そりゃ、金を稼ぐに越したことはない。だけど、ぼくはパインのように金にこだわって働くのはイヤだ。読んでおもしろい、人を楽しくさせる原稿を書けるようになりたいのだ。そのためにも、パイン以外の仕事のルートを確立せねば。

そんな折、女性向け転職雑誌の『とらばーゆ』から仕事がきた。家賃の支払いにも悩んでいる駆け出しライターとしては考えるまでもない。やるべしである。まだまだ仕事を選べる身分じゃないのだ。ところがぼくは担当者に会うこともせず逃げた。気が進まないというだけの理由で。

じゃあ、やりたい仕事って何なのか。思いつくのは愛読している『写真時代』などだ。でも、ぼくには売り込みにいく勇気も、提出する企画もないのである。これじゃうまくいきっこないのは自分でもわかる。

はぁ〜困った。毎日、立ち食いそばばかり食べていたら、だんだん顔色が悪くなってきた。

等身大パネルと愛の暮らしを

1985.2

いつものようにアートサプライ内のパイン事務所でうだうだしてると、まっさんがやってきて

写真を撮るのが楽しくて、
路上でもセルフタイマー

仕事の話があるという。

「最近知り合った『ムサシ』っていうエロ本の編集者から、何かやってよって言われてるんだよ。一緒にやんない？」

「ほぅ、『ムサシ』か」

「あれ、知ってるの？」

「まったく。でもヒマだからいいよ。やる、やります、やらせてください！」

「ギャラはすごく安そうなんだけど、打ち合わせの経費は出るから、うまいもんでも食べてくれって。しゃぶしゃぶでも食べに行きますか」

「いいねえ。しゃぶしゃぶなんて一度しか食べたことないよ。行こう行こう。企画会議ってことで」

まっさんが見せてくれた『ムサシ』はエロ度の低い、あまり特徴のない雑誌だった。いかにもお手軽なヌードグラビアが並び、合間に息抜きの活字ページがある。我々は活字の企画で4ページほど受け持つことになった。まっさんによれば締め切りなどもゆるく、何かできたら載せてやるから持ってこい、という感じらしい。編集者にしてみれば活字ページはオマケみたいなもので、おもしろい記事ができればめっけものということだろうが、こっちはヒマを持て余す身。自由に書かせてもらえる媒体となれば張り切らないはずがない。

それに、すでにゲップが出るほどしゃぶしゃぶを食べてしまったから、何かしなければ編集者に申し訳ない。

「ぼくが写真を撮るから文章は伊藤ちゃんが書きなよ」

まず役割が決まる。企画のほうは、いちおうエロ本だからエッチな方向で攻めたほうがいいだろうと意見が一致。ぼくが犬に扮装し、新宿のアルタビルの前で、「バター犬です」と書いたカードを首にぶら下げて女の子をナンパ、カラダのどこかにバターを塗ってもらいそれを犬が舐める方向でいったんは固まった。なにしろ、しゃぶしゃぶ腹一杯でご機嫌なので、そんな気味の悪い企画に乗ってくれる女の子がいるかどうかなんて考えない。バターを塗る場所が胸ならともかく、手首だったりしたら果たしてエロいのかという疑問もあるにはあるが、ここまでやって手首かよってことで、読者も笑ってくれるんじゃないか。

「問題は犬の着ぐるみをどうするかだね。ああいうの、借りると高いらしいよ」

「伊藤ちゃんの知り合いにボランティアで作ってもらえばいいんじゃない？」

「おお、そうだな……って、そんな都合のいい女いねーよ」

「わかった。じゃ、着ぐるみなしで。ぼくがヒモで引っ張るから四つ足で歩いてよ。首輪をつけたら犬に見えるんじゃない？」

「見えねーよ！」

あっけなくバター犬企画は挫折。実現可能なことで、まっさんが編集者に提案したのが、化粧品屋や旅行代理店の店頭に置かれているキャンペーンガールの等身大パネルを恋人に見立てた同棲企画だった。実際の大きさと等しいのだから、妄想力を高めれば、これはもうリッパな異性だ。

吉祥寺界隈で1体調達してきて、我がコーポインマイライフにご案内。おずおずと肩に手を回

シャワー中。
この娘と暮らしました

し……カラダの厚みがないのが興ざめだが、そこは気合いで乗り切って、恋人気分を醸し出してみた。

「挨拶が済んだらデートでしょう。井の頭公園でも行くかね」

カメラマン増田の指示で、ぼくとパネル子は外に出る。公園のベンチで愛を語るふたり、の図だ。

「いい感じだ伊藤ちゃん。シュールっちゅうの、こりゃ『ムサシ』でも大受け間違いなし」

「チューしちゃおうかな」

「お、手が早いね。初日でそこまで行きますか」

「行きますとも。もうね、俺ガンガン攻めちゃうタイプだから」

パネル子とはそれから数日間、一緒に暮らした。体温がないため添い寝するときひんやりするのが難点だったが、妙なものでだんだん愛着が出てくる。まっさんもいないのに、ぼくは何かするたび、パネル子に話しかけるようになっていた。出かけるときなんか、声色使うもんなあ。

「アナタ、行ってらっしゃーい」

「うむ、今日も頑張ってくるよ！」

しかし、愛の暮らしは長く続かなかった。数日後、まっさんがやってきて締め切りが近いことを告げたのだ。

「わかった。では最後にパネル子とシャワーを浴びさせてくれ」

「勝負に出るねえ。よし、失敗しないように撮影するよ」

全裸男と立て看板、炎の濡れ濡れカットである。ずぶ濡れになったパネル子はあえなく剥がれてゴミと化し、同棲生活は幕を閉じた。

しばらくしてからギャラをもらった。ふたりで1万円だった。しゃぶしゃぶを食べたから安いとは思わなかった。

幻のアフリカ旅雑誌企画 1985.3

「アフリカの雑誌をやりたがっている人がいるんだけど会ってみない？」

することもなくテレビで『11PM』を見ていた1985年の3月頃、デザイナーの友人から電話がかかってきた。海外なんて学生時代にインドへ旅行したことしかないが、こっちはおもしろそうな仕事に飢えている身。返事は考えるまでもない。

「行く！　コンゴでもケニアでも行く！」

「まだ企画段階で、これから会社に話を通さなくちゃならないらしいのよ。で、そのためにダミーっていうか、イメージを形にしたい。ついては、一部原稿つきのページを作りたいってことなんだけど。ギャラも出るんだか出ないんだか」

「ダミー？　よくわからないけど、やる！」

「じゃあ紹介するよ。よかったわ、ヒマなライターはいないかって言われて伊藤君しか思いつかなくてさ」

その一言は余計だ。でも事実だからしょうがないか。

数日後、アフリカ雑誌の発案者に会った。学研の福岡という40歳くらいのおじさんである。学研と言えば『科学』『学習』とか学年誌のイメージが強いが、大きな会社で、いろんな雑誌をだしているらしい。そこで、と福岡さんは身を乗り出した。

「最近は情報誌が流行だけど、単なるカタログ雑誌はつまらないと思うんですよ。ぼくは前から旅雑誌がやりたくてね、他社がやらないようなものをと考えていったとき、アフリカだと思ったわけ」

「はあ。ということはアフリカへは何度も」

「行ったことないんだよね」

「は?」

「行ったことないけど憧れはある。でも、どんなところなのか、どこをどうまわればいいのかよくわからない。普通のガイドブックにはありふれた情報しか載っていないし、『地球の歩き方』はバックパッカー向きでしょ。ぼくはね、これから個人旅行の時代がやってくると思うんだ。日本人がいろんなところを旅してゆく時代。そのツールとなるような、大人のニーズに耐え得る読み物が充実したアフリカ雑誌を作りたいんですよ」

なぜアフリカなのかいまひとつわからない説明だったが、カタログ誌にはしたくないとか、個人旅行の時代がくるとか、福岡さんの話には駆け出しライターをその気にさせる魅惑的なフレーズが散りばめられていた。

「ウチは知っての通り堅い会社ですから、企画が通るかどうかはわからないんだけど、どうしてもやりたいんだよね。新しいことにチャレンジしたいんだよね。伊藤君は旅好きと聞きました。力になってくれませんか」

旅と行っても海外はインドしか。それもひどい貧乏旅行で……。

「インド！　いいじゃない。アフリカもやろうよ。あの広い大陸を飛び回ってくれませんか。アフリカに興味があっても出かけるまでには至らなかった人たちのために、そこで何が起き、どういう暮らしが営まれ、どんな体験ができるのか、肌で感じたことを存分に書いてみようよ。ぼくはそういう大胆な雑誌を編集するのが長年の夢なんだよね」

くぅ、シビレるぜ。ぼくは少し酔ったように雑誌とは何か、編集者とは何かを語り続けるこの人に、心の中で〝夢見るおじさん〟とあだ名を付けた。

「それで、ダミーとかいうのを作ると聞きましたが」

「あ、そうそう。変わった雑誌だから、ただ企画書を書くだけでは通りにくいでしょ。そこでダミー版を作り、こんなイメージの雑誌だというのをカタチにして提案するつもりなんです。通常ならダミー版は企画が決まってから広告クライアント向けに作るものなんだけど、ぼくにとっては学研そのものがクライアントみたいなものだからね、熱意を示すためにも自腹を切って、企画会議でバーンとさ、上に見せたいと思ってるの」

おぉ、〝夢見るおじさん〟は本気だ。上から何か出せと言われてひねり出したのではなく、自らの意思で企画を立ち上げていく。必要とあらば自腹だって切る。こういう人こそ編集者と言えるのではないだろうか。

ダミーは12か16ページの内容で、若干の記事とデザインのアイデア案、広告サンプルなどで構成されるという。ぼくが頼まれたのは記事部分。映画『カサブランカ』を題材に原稿用紙4枚のエッセイを書く仕事だった。

「ビジュアルを組み合わせて2ページ作ります。お礼は2万円しか出せないけど、やってもらえるかな」

素朴な疑問はいくつもある。アフリカ雑誌に需要があるのか。需要があったとしても学研がそれを許すか。アフリカに行ったことのない人間がトップのアフリカ雑誌って無理があり過ぎないか。そして、最大の疑問は、大事な役割を持つダミー版の、貴重な記事をなぜぼくなんかに任せるのかということだ。気合いを入れて作るなら、誰もが名を知る作家に書いてもらうほうがいいのでは。一般公開されないダミー版なので頼みにくい事情はあるにせよ、せめてアフリカ通の書き手に依頼するべきじゃないのか。にもかかわらずぼくに頼んだのが引っかかるのだ。

まあ、あれこれ考えたってラチがあかない。目的は企画会議を通過させることなんだから、期待に添うものが書けなければ却下されるに違いない。約束だから原稿料はくれるだろうが、見切られて創刊メンバーに自分が入れなくなるようなことにはなりたくない。

図書館で『カサブランカ』製作の逸話を探し、モロッコについての本を読み、何度も何度も推敲して原稿を書いた。約束の日、緊張しながら原稿を見せると、福岡さんは時間をかけて熟読し「いいね、おもしろいよ」と何度も言ってくれた。編集者に目の前でほめられるのは初めての体験だ。嬉しさがこみ上げてくる。

「結果が出たら連絡します。今後も力になって下さい」

やった。これでやっと、ライターらしい仕事ができるかもしれない。そう思うと身も心も軽くなり、パインから振られる雑務みたいな仕事にも精が出る。

だが、連絡はなかなかこない。2ヵ月後、ギャラは振り込まれたが、それっきりだ。アフリカ雑誌の企画は通らなかった、そう考えるべきだろう。舞い上がっていた気持ちはしぼみ、淡々とした日常が戻ってくる。

あの調子で、いきなりアフリカに飛ばされても大した仕事はできなかっただろうから、残念な気持ちと同じくらいホッとした気持ちもある。ただ、失敗するにしろ、得がたい経験ができるのは魅力的だ。ぼくには大きな成功はもちろん、大失敗の経験さえまだないのだから。

気を取り直そう。ダメだったかどうかはまだわからない。結果が出たら連絡すると言われたのだから、いずれ電話くらいかかってくるだろう……。

マグロ編 1984.8

伊藤秀樹への原稿発注!

1984年の夏は暑かった。東中野の自宅を出て、新宿駅で下車し、歩いて新宿7丁目にある広告代理店ハリウッドのオフィスへ向かう。朝から汗びっしょりになって出社した。オフィスはマンションの一室で、クーラーがよく効いている。

部屋はふたつある。社長の葛飾さんがいる奥の部屋と手前の部屋には女性社員の松山さんがいた。初出社の日、汗まみれの僕は、流し台で顔を洗っていると、松山さんに「ちょっとぉ、そんなところで顔を洗わないでよぉ」ときつい口調で言われた。

すると葛飾社長が「まぁまぁ、ええじゃないかぁ」と笑う。こういうことが多かった。松山さんが叱り役で葛飾さんがなだめ役である。

松山さんは僕よりひとつかふたつ年上で、葛飾社長の秘書的な存在でもあり、経理から雑用までなんでもこなしていた女性である。

僕はこのとき初めて、なぜバスルームに洗面台というものがあるかを理解した。顔はこっちで洗わなくちゃいけないんだ。トイレに入り、そこにある洗面台の鏡を見た。イシノマキ時代には自由な服装で出社していたが、広告代理店ハリウッドにきてからは、就職活動用に大阪は北野田駅前の長崎屋で買った紺のリクルートスーツを着ている。SESで働いているときも毎日のように着用していた。

広告代理店ハリウッドには、朝、出社してすぐに外出。夕方には会社にいったん戻ったが、せいぜいその日の報告を松山さんにするくらいだ。葛飾社長も僕と同様にほとんどの時間は外出していた。

前にも書いたように僕の大きな仕事のひとつは、雑誌編集部を訪れて、オリーブオイルを読者プレゼントのコーナーで取り上げてもらうというものだった。

たいてい、朝、どこの出版社へ行くかをピックアップした。事前に知っているところはアポの電話を入れたが、知らないところはアポなしでもだいたい大丈夫だった。もちろん、いつどこの編集部を訪れたのかは記録しておいた。理由は、読者プレゼントコーナーにオリーブオイルが掲載されたかどうかをチェックするためだ。

当然ながら、僕が昔いたスワッピング雑誌『スウィンガー』にも足を運んだ。編集部の出社時間はお昼過ぎだったが、午後いけばたいてい佐々木編集長はいた。

僕はSESを円満に退社したので、イシノマキ時代はなかなかくることができなかったけれど、広告代理店ハリウッド時代には、よく訪れた。田中社長にも挨拶をし、それから営業部、経理部をのぞき、最後に編集部へ行った。

アニメのムーミンのような雰囲気の佐々木編集長にオリーブオイルの資料を渡して、掲載をお願いした。すると、逆に「増田くん、いい書き手の人っていないかなぁ」と言われた。当時の『スウィンガー』誌には、富島健夫や寺山修司などといった有名作家がコラムなどを書いていた。

「ええ、いますよ」

僕は安請け合いをしてしまった。書き手といって頭に浮かんだのは、イシノマキで知り合った伊藤ちゃんくらいだった。

「前にいた編集プロダクションで知り合ったんですけどね、『週刊ポスト』とかに白井貴子とかそういう有名人を取材して原稿を書いている人がいるんですよ。まだ若いんですけど、やり手ですよ」

僕はいかに伊藤ちゃんがすごいライターなのか力説した。実際、佐々木さんが求めているのはエッセイストで、僕が知る伊藤ちゃんは、データマンといわれる取材記者で、両者はまったく別のものである。でも、原稿用紙に原稿を書いているのなら同じライターだという気持ちがあった。

「だったら、原稿もらってきてよ」

佐々木さんはそう言った。僕はまるで御用聞きのように手帳を出して、佐々木さんが注文するエッセイの文字数などをメモし、外に出た。SESがあったビルは、乃木坂駅の出口のすぐ隣にある。その階段を下りて最初にあった公衆電話で伊藤ちゃんの家に電話した。

「うん、わかった。それじゃ、新宿のDUG（ダグ）で」

用件を話すと、そう言って伊藤ちゃんは電話を切った。この時期、伊藤ちゃんとは新宿で会うことが多かった。彼が指定する喫茶店は、DUGかニュートップスという喫茶店だった。彼から教えてもらったこの喫茶店を僕はほかの人と会うときにもよく使った。

佐々木さんからもらった『スウィンガー』を伊藤ちゃんに手渡し、「ほら、ここのエッセイのページ、見開き2ページなんだけど、ここは毎回いろんな人たちがエッセイを書いているんだよね。書いてみない?」と言った。

断られたらどうしよう、そんなことも考えたが、伊藤ちゃんは断らなかった。

「いいよ、やるよ。締め切りはいつ?」

「来週でどうかな?」

うなずく伊藤ちゃんに佐々木さんから聞いてきた文字数を言うと、「ああ、わかってるよ。これくらいの分量で書けばいいんでしょ」と言う。さすがにプロは違うなぁと思った。おっと、大事なことを忘れていた。佐々木さんから聞いてきた原稿料を告げると、それにも無言でうなずく。

それから1週間後、今度はニュートップスという喫茶店で伊藤ちゃんと会った。茶封筒を渡された。中には原稿用紙が入っていた。

「ちょっと拝見」

僕は、まるで編集者のように原稿用紙を取り出した。市販の400字詰めの原稿用紙だった。ほう、プロはこういう原稿用紙に書くんだ。読んでみた。内容は下痢の話だった。エッセイというのはこうやって書くのかとなんだかすごく勉強になった気がした。すぐにSESまで行き、佐々木さんに原稿を渡す。

「で、例の件は大丈夫でしょうか」

僕としては、最優先の課題は、なんといってもオリーブオイルの読者プレゼントである。こうして、伊藤ちゃんの原稿をもらってきているのは、そのサービスのひとつである。

佐々木さんは、そっちはもう入稿したから大丈夫だと言う。1ヵ月後に僕は編集部へ行き、3冊の『スウィンガー』をもらった。1冊は、伊藤ちゃんへ。そしてもう1冊はオリーブオイルの岩国さんのところへ、そしてもう1冊は自分用だ。

1984.8 失業保険をもらいながらライターにチャレンジ

お盆のあとだった。雑誌『スウィンガー』の編集長である佐々木公明さんが、電話をくれた。

「増田くん、独身だから、ちゃんとご飯食べてないんじゃないの？ たまにはウチにきなよ」

佐々木さんは新婚で、同じ会社の女性と結婚していた。だから、僕は両人を知っているのだ。家の場所を聞けば、歩いていけるほどの距離ではないか。

約束の日、佐々木さんの家に行くと、スーさんもいた。かつて一緒に暮らしていたスーさんである。彼は今、落合に住んでいると言った。

佐々木さんの奥さんの手料理をいただきながら、スーさんになにをしているのかと聞けば、「失業保険をもらっているからなにもしてないよ」という答えだった。

ほっほー、失業保険かぁ。それもいい。SESは、ちゃんと雇用保険を支払ってくれていたのだ。だからそれをもらわない手はないとスーさんは言う。

もっと詳しく知りたくて、僕はスーさんにあれこれと質問した。スーさんは、栃木訛りの早口な言葉で説明してくれる。

「職安では、まず大人数で話を聞き、それから個別の面接があるんだよ」

今はハローワークという名称だが、当時はまだ「職業安定所」であった。通称、「職安」である。失業保険をもらいながら、職をさがせる役所だそうで、そういうこともこのとき初めて知った。

「やりたい仕事を絞るほうがいいみたいだよ。僕の場合は〝編集〟がやりたいと言ったんだけど、そうすると『そういう仕事はこちらに求人がないんで自分で探してください』と言われるんだ」

ほっほー。僕は身を乗り出して聞いた。

「ヘタになんでもやりますなんて言うと、いろんな会社の面接に行かされたりして大変だからね」

なるほどねぇ。

「でも、バイトとかできないんでしょ」

「そんなことないよ。たとえば、ちょっと原稿を書いて原稿料をもらったっていうような場合には、それを申告すればいいんだよ」

この言葉に僕は、ぐらついた。原稿を書いて原稿料をもらうかぁ。これはチャンスかもしれない。

僕はこのころ、だんだん業界のことがわかってきていた。原稿料というのは、仕事をしても2ヵ月か3ヵ月後でないと入ってこない。だから普通のサラリーマンからフリーライターに転職するとしたら、せめて3ヵ月分の生活費のたくわえがなければ無理なのだ。僕などはとてもそんな貯金はなかった。しかし、失業保険なら3ヵ月間お金はもらえる。

僕は、挨拶もそこそこに、佐々木邸を辞して、東中野の三畳間に戻り、失業保険を申し込むための書類を探した。たしか、会社を辞めたときにいろいろな書類を経理の人にもらったよなぁ。そんなことを考えながら、探した。三畳には多すぎるほどのものが僕の部屋にはあった。いろいろなものをどけていくと、書類はあった。「離職票」「雇用保険被保険者証」である。あとはこれを持って職安に行けばいいのだ。

僕は広告代理店ハリウッドの葛飾社長に会社を辞めたいと言った。

「なんだ、なにか不満でもあるのか?」

葛飾社長は意外そうに言った。僕は正直に話そうと思った。

「失業保険をもらいながら、フリーライターにチャレンジしたいんですよ」

「うん、わかった。うまくいかなかったら、いつでも戻ってきていいぞ」

詳しいことは聞かず、あっさり了承してくれた。さらに「戻ってきてもいい」とは……。なんとも泣きそうになった。

それでもまだ1ヵ月はハリウッドで働くつもりだった。

1984.9 オフィスたけちゃんの誕生

9月になり少し涼しくなった日の夕方。いつものようにハリウッドに戻り、帰宅しようとしたら、松山さんが、「増田くん、時間ある？」と聞いてきた。ええ、大丈夫ですけど。

「じゃ、いっしょに帰ろうか」

会社のあるビルは明治通り沿いに建っている。

「増田くんは、東中野の駅を使っているのよね」

「ええ、そうですよ。定期券は新宿～東中野で買ってます」

「ウチの会社からだと大久保駅のほうが近いのよ」

「えーっ、早く言ってくださいよ」

というような会話をしながら、明治通りから大久保通りへ出て、駅方向へ歩く。まだ明るかった。

「ご飯食べていく？」と言われ、断る理由もないので、ええと言うと、「そこのお蕎麦屋さんでいいかしら」と言い、僕らは蕎麦屋に入った。松山さんは、わかめうどんを頼み、僕は天丼を頼んだ。

「増田くん、フリーライターになるの？」

食べながら、松山さんが聞いてきた。

「なれるかどうかはわかりませんが、チャレンジするつもりです」と言うと、「そう、がんばってね、何か準備をしてるの？」と言われ、ハッとした。何もしていないのだ。

お店の代金は、松山さんが払ってくれた。それまで厳しく接していた松山さんの口調が優しくなり、いよいよ僕はハリウッドをやめるんだと実感した。新大久保駅から電車に乗るという松山さんと別れ、僕は大久保駅方向へ向かおうとして、足を止めた。

　そうだ、何かを始めなきゃ。足は新宿方面へ向かった。職安通りを越えて、靖国通りまで歩き、僕はアドホックビルに入った。ここに文具店があり、その一角に名刺屋さんがある。僕は名刺を作る決意をした。肩書きはフリーライターだと、歩きながら思っていたのだが、いざお店の人の前で、申し込み用紙のようなものに書き込むとき、やはり「フリーライター」とは書けなかった。悩んだ末につけた肩書きが「オフィスたけちゃん」である。

　本名が「剛己」だからたけちゃんなのだが、どうにもダサいネーミングだ。

　9月25日に最後の給料をハリウッドでもらった。給料袋を葛飾さんからもらったとき、僕はお返しにできあがった「オフィスたけちゃん」の名刺を渡した。

「ラーメン屋みたいな名刺だな」と葛飾さんは言った。

　翌、9月26日、水曜日に生まれて初めて職安へ行った。職安でのやりとりは、まさにスーさんに聞いた通りだった。大人数で話を聞き、個別で面接をする。最初に行ったときに希望の職種を紙に書かされた。僕はそこに迷わず「編集」と書いた。個別の面接では、係の人から、予想通り、そういう求人はないから自分で探してくれと言われる。最後に書類を提出すると、その期間の失業保険給付の手続きが終わる。保険金は銀行振り込みであった。

　今は手続き後の給付制限期間が3ヵ月だが、当時はそれが1ヵ月だったはずだ。

　職安では正しい申告をしないと大変なことになると脅された。大人数で話を聞くときは、たいてい不正受給の話が中心なのだ。こっそり働き、そのことが発覚すると、もらった保険金の3倍の額を返済しなければならないし、この先10年間は失業保険を得られないという罰則があるのだそうだ。そして、発覚するほとんどのケースがタレコミからだそうだ。

「今日もそういう電話が職安にはたくさんかかってきます」

だから、たとえば引っ越しの手伝いをしてお金をもらった場合などは、ちゃんと申告するようにと言われた。

僕はこの期間に、ライターか広告代理店の仕事をやって、それで得た収入はちゃんと申告しようと考えた。ただ具体的に何か仕事が決まっているわけでもなかったので、生活を切り詰め、この3ヵ月で自分の人生の方向を決めようと考えていた。

とにかく営業だ。僕は「オフィスたけちゃん」の名刺を会う人ごとに渡した。あるとき東中野の書店でエロ本を立ち読みしている女性がいた。おもしろそうな人だと思い、その女性が書店を出たところで声をかけ、名刺を渡した。今から考えればワケがわからないが、とにかく新しく作った名刺を人に渡したかったのだ。

放送作家にしてやると騙された 1984.11-1985.2

最初に買ったワープロは富士通のマイ・オアシス2だ。高見山がテレビコマーシャルをしていた「ザ・文房具」というシリーズのワープロで、こんなに小さいと宣伝していたわけだが、相撲取りのなかでも巨体の高見山が持っているのだから、そりゃ小さく見える。たしかにそれまでのワープロに比べれば価格も安く、小さかったが、それでも机の上を占領していた。購入したのは中野坂上でスーさんとルームシェアを始めた時期だ。つまり、まだ『スウィンガー』の営業マン時代。

価格は50万円くらいだった。もちろん現金では買えないので、丸井のローンである。

買った理由は、当時流行していたミニコミ誌を自分でも作ってみようと思ったからだ。しかし、新しく買ったワープロは、まったく使いこなせなかったし、ミニコミ誌についてもどういうものを作りたいかというような具体的なものはなかった。ただ漠然と作りたいと思っていただけである。その思いつきのために50万のローンを組んだのだから、今から思えばなんともアホな話だ。

そのうち、スーさんと一緒に住んでいたフレンドマンションの家賃が支払えなくなり、そこを出たことはすでに書いたが、引っ越した先は、近所にあった三畳の木造アパート。そこは、あまりにも手狭なので、ワープロはオナハマの事務所に置かせてもらうこととした。向こうも、タダで使えるのだから、衣浦社長は大歓迎であった。

で、僕はオナハマからイシノマキへ出向することになり、その両方ともやめ、広告代理店ハリウッドに所属したが、そこもやめてしまった。

そんなわけで、ワープロをオナハマに預けて1年が経過。すっかりワープロのことは忘れていた。

その日、たまたま辞めたばかりの広告代理店ハリウッドへ行くと、僕が座っていた席にオナハマの衣浦社長が座っていた。その隣にはオナハマの女性スタッフがいる。このあたりのいきさつは、よくわからないが、オナハマは以前の事務所を引き払って、ハリウッドに間借りしているようだった。

その女性スタッフが使っていたのは見覚えのあるワープロだった。思わず「あ、僕のワープロだ」と声をあげると、衣浦社長は、「増田くんのワープロはけっこう使わせてもらってるんだよ。もし使わないんだったら、ゆずってくれないかな」と言った。ローンが30万円近く残っていたが、「20万円、キャッシュならいいですよ」と言うと、了解された。その場で20万円をもらい、その足で上野へ向かった。原付バイクを買うためだ。ホンダの三輪バイクの「ジャスト」を買った。色は赤で価格は13万円。

当時の僕にはワープロよりも原付バイクが必要だったのだ。これから後の何年間かは、都内のあちらこちらをこの原付バイクで走り回った。

11月17日の土曜日の夜の10時、僕はこの原付バイクで六本木のテレビ朝日へ出かけた。『ミッドナイトｉｎ六本木』という深夜番組の観客になる仕事をするためだ。観客になる仕事、最初に聞いたときは、そんなのあるんだろうかと思った。しかし実際、公開放送スタイルの番組では、客はギャラをもらって客席に座っているのだ。

なんていい商売だろう。そう思ったが、すぐにそれは間違いだと気付いた。テレビ朝日の大きめのスタジオに10時に集合し、あれこれ注意などを聞き、12時過ぎに生放送開始。終わるのは深夜の2時過ぎである。電車はすでにない。ギャラは１０００円くらいだったと記憶しているが、タクシーを使えば赤字になってしまう。僕のようにバイクで来ている者はいいが、電車の人はつらそうだった。

当時は、フジテレビが『オールナイトフジ』という深夜番組をヒットさせたことで、各局とも似たような番組を土曜日の夜に放送していた。生放送というのがポイントで、お色気などもあるというところが共通していた。

ただ、これは得したなと思ったのは、番組のゲストが伊丹十三だったことだ。ちょうどこの日は『お葬式』という伊丹氏の監督デビュー作品が封切られた日で、宣伝を兼ねての登場だった。生の伊丹十三を初めて見た。背の高い、かっこいい男性だった。話は映画『お葬式』の脚本を書いた万年筆の話だったことを覚えている。

このサクラの観客仕事を誰からどういう経緯で引き受けたのか忘れてしまったのだが、帰り際にギャラをもらった。茶封筒に１０００円札1枚。それをくれた男が、「テレビ番組の制作に興味があるなら、今度ウチの事務所に遊びにきてよ」と名刺を渡してきた。ちょうど僕も無職の時代、翌週、すぐに出かけていった。場所はどこだか忘れてしまったが、六本木か赤坂あたりの雑居ビルの一室だった。狭い事務所に40歳から50歳くらい、当時の僕からすると父親くらいの年齢の男性が2名ほどいた。ひとりは先日、名刺をくれた男だ。

「この前のような公開の番組の客集めをやっているんだけど、友達とか呼んでくれないかなぁ。頭数でお金を払うから、そのほうがいいでしょ」

男がそう言う。そのほうがいいというのは、自分が行って１０００円をもらうだけの仕事よりは、何人か集めるほうがもっと金になるということだ。たしかひとりあたり300円とかそういう金額だったように記憶している。ちなみにテレビ業界などで、こういうエキストラ的な人を集める仕事を「仕出し」と言う。ここの事務所は仕出し屋さんだったのだ。ただ、そんなことはあとから知ったことであり、当時の僕にはそういうことはよくわからなかった。返事を渋っていると、奥から出てきたもうひとりの男に「放送作家とか興味ない？　ウチも制作に関わっているから、もし放送作家になりたいなら、まずはこの仕事から手伝ってよ」と言われた。放送作家かぁ。そういう仕事もあこがれるよなぁ。よし、じゃやってみるか。

というようなことを言うと、「そう、じゃ今週の『ミッドナイトｉｎ六本木』から頼むよ」と言われた。放送作家になるぞ、そんなことを思いながら、僕はこの仕出し屋の仕事を全力でやった。知り合いに電話をかけまくって、「公開放送見に行かない？」と誘ったのだ。もちろん、伊藤ちゃんにも声をかけた。

テレビ朝日の番組が中心だったと思うのだが、年末のお笑い特番から、年が明けてもまだ仕出しの仕事はやっていたと思う。

最初のうちは、会社の人がギャラを届けてくれていたのだが、そのうち事務所までいちいち取りに行かなくてはならなくなった。僕に全額が預けられるというわけではなく、エキストラひとりひとりがその会社に行かなくてはならないのだ。前述したようにギャラは1000円や多くても1500円くらいだ。わざわざ交通費と時間をかけて取りにいくのは面倒だということで、行かない人も多くなってきた。

そして、２月の寒い日、ギャラを受け取りに会社に行くと、なんだか様子がおかしい。ドアを開けると、なにもないガランとした部屋であった。瞬間、やられたと思った。もぬけの殻である。僕は人集めをしたギャラがすべてパァになり、放送作家になるという夢もここで終了した。まあ、冷静に考えれば、仕出し屋さんの元で働いていて、放送作家になれるはずもないのだけれど。人間、必死になっているといろいろと見えなくなってくるのかもしれない。

こうしてエロ本の仕事をすることになった

1984.11

フリーライターになるためには自分を売り込まなくてはいけない。そう思って、できるだけいろいろなところへ顔を出すようにしていた。麹町にあるパインの編集プロダクションもそのひとつだった。買ったばかりの原付バイクで、早稲田通りか小滝橋通りで新宿に出て、そこから新宿通りをまっすぐ四ツ谷方面に走る。

ＪＲ四ツ谷駅を通り過ぎると、右に上智大学がある。その並びのビルに『週刊サンケイ』の入っているビルがあった。ここには、オリーブオイルのＰＲ仕事で一度お邪魔したことがあるなぁ。などと思いながら通り過ぎる。

ルノアールがあり、その先につけ麺大王がある。その先に「蛇の目寿司」があって、その手前のビルの地下にあったのがアートサプライという編集プロダクション。パインたちはここの一角に間借りしているのだ。

パインが僕に期待をしていたのは、広告営業だった。

「編集プロダクションで、広告部門があるところは少ないから、そういうのをやろうと思うんだけど、どうだろう」

パインは低い声でそう言った。そして、協力してくれないかと言われたが、僕はイエスともノーとも言えなかった。というのも広告代理店をひとりでやっていくということに限界を感じていたのだ。

でも、パインの事務所はおもしろかった。伊藤ちゃんや若いライターがたくさんいたからだ。だから仕事というよりは、たまり場に遊びに行くという感覚だった。

そんなたまり場で、久しぶりに敦賀くんと会った。イシノマキで顔見知りになり、けっこう親しく話す仲だった。もともとパインの事務所にはイシノマキにかかわりのある人が多かった。

敦賀くんはもともと埼玉新聞の記者だったが、すぐに退職。一時、白夜書房（後にコアマガジンになる）で編集の仕事をしたこともあると言っていた。年齢は僕と同じだが、彼は僕のことを「増田さん」と呼ぶ。

その敦賀くんが「増田さん、ちょっと話があるんですが……」と言う。「なんですか？」と聞き返せば、ここではなんだかまずそうである。

「じゃ、ルノアールにでも行きましょうか」

僕たちは外に出て、すぐ近所のルノアールへ行った。

話はこうだった。敦賀くんは、あるエロ本の仕事を請け負った。それは素人の女の子をナンパし、レポートするというもので、その仕事で取材する女の子のあてがないので、なんとかならないかというのだ。

「うーん、あてがないわけでもないけれど」

以前いたスワッピング雑誌の関係者にでも聞けばどうにかなると思っていた。

「じゃ、カメラマンやりませんか?」

藪から棒になにを言うかと思えば……。

「前、カメラ持ってたじゃないですか」

「あれはコンパクトカメラだからちょっと仕事には使えないんじゃないのかなぁ」

「じゃ、一眼レフカメラを貸しますよ。大丈夫ですよ」

なんとも強引な話である。さらに話は急な方向へ進む。

「その出版社はこの近所にあるんですよ。今から一緒に行きませんか?」

またまた強引である。

「若生出版というところなんですよ」

僕たちは新宿通りを半蔵門方向へ歩き始めた。

ほどなく着いたビルのワンフロアに若生出版があった。

僕らは中に通されるわけではなく、オフィスの入り口のところに待たされている。出てきたのは僕らと同年代くらいの男であった。敦賀くんが挨拶して、僕を紹介してくれた。男は、だるそうに柳井と名乗り、名刺をくれた。忙しいから早く帰ってくれというような雰囲気だった。僕も少しムッとしながら、つい最近作った「オフィスたけちゃん」の名刺を渡す。すると柳井は、「あれーっ、この名刺見たことあるよ」と素っ頓狂な声を出して、奥へ引っ込んでいった。待つこと3分。ほどなくして、笑いながらやってきて、「ほらほら、同じ」と2枚の名刺をこちらにかざしている。えっ、なぜ、僕の名刺がここに……？

「東中野の本屋で女の子に名刺渡さなかった？」

そう言われ、あーっと気がついた。そうそう、本屋さんでエロ本を読んでた女の子に名刺を渡したっけ。

「あれはさ、橋本杏子ってモデルの女の子で、気持ち悪いからってんで、オレにこの名刺を渡したんだよ」と言いながら大笑いをしている。と、柳井は僕のことをおもしろがってくれて、応接室に僕たちを通し、さっそく仕事の話をしはじめた。これが僕のエロ本初仕事となるのである。

1984.11 エロ本の仕事で女の子の路上撮影

若生出版の柳井が応接室で見せてくれた雑誌は『ムサシ』という、ごく普通のエロ雑誌だった。まだインターネットもない時代、エロ雑誌というのは、いまから考えられないほど種類があったし、部数もけっこう出ていた。

エロ本の取材で
深夜の歌舞伎町に
たたずむマグロ

業界にはまだ余裕があり、当時は僕のようなズブの素人でもライターやカメラマンになれたのだ。

『ムサシ』での最初の仕事は、3ページほどのモノクロ記事であった。「新宿でナンパした素人の女の子」というような内容である。敦賀くんが文章を書き、写真は僕が撮影することとなった。僕と敦賀くんは、まず実際に夜の歌舞伎町でナンパをしてみた。敦賀くんから借りた一眼レフのカメラをカバンに入れ、一晩中歌舞伎町で粘ってみたが、やったことのないナンパなど成功するわけもない。そこで、どこでどう知り合ったのか今ではまったく覚えていないが、顔が出ないことを条件に若い女の子に写真を撮らせてもらうことになった。いわゆるヤラセというやつだ。撮影場所は新宿のラブホテルだった。敦賀くんが3人で入ってもOKのホテルを探してきて、そこで撮影をした。

いまナンパした女の子をホテルに誘って撮らせてもらいました、というようなシチュエーションの写真だった。具体的な絵はまったく思い浮かばないが、唯一はっきり覚えているのは、こんなに出るかというくらいに、僕の顔面からボタボタと汗がしたたり落ちていたことだ。

撮影したフィルムはモノクロであった。このとき、敦賀くんからプロカメラマン専用のラボの存在を教えて貰った。こういうヌードを撮影したものは、町のDPEに持って行っても現像やプリントをしてもらえない。しかしプロ専用ラボならば、ヘアや性器が写っていても現像してくれるのだ。昔はそういうラボがあちらこちらにあった。

僕は四谷にあったラボへフィルムを入れ、翌日もらいに行った。運良く写っていた。何枚か紙焼き写真を選び、喫茶店「ルノアール」で待ち合わせた敦賀くんに渡した。

「また仕事やろうよ」

僕はそう言ったが、敦賀くんは浮かない顔をしていた。

「原稿料、安いからねぇ」と言ったっきり黙っている。

たしかにそうだった。僕が若生出版の柳井から聞いたギャラはとても安く、生活していくにはとても無理というものだった。

それから僕もすっかり若生出版のことは忘れていたのだが、しばらくすると『ムサシ』の柳井から電話がかかってきた。

「またお願いしたいんだけど」

僕は遠回しに、前回の仕事では苦労が多い割りには得るものは少なかったというようなこと言うと、「カメラマンだけだと割りにあわないかもしれないけど、文章も書けば少しはましかも」と言う。

えっ、それはライターの仕事ということか。

「僕にできるのかなぁ」

少し弱気になっていると、逆に柳井が驚いている。

「できるでしょう。だって、普通に日本語話しているし」

「えっ、日本語話せればライターになれるの？」

「まあ、ほかはよくわからないけど、エロ本はそうだよ」

そうなのか。じゃ、ちょっとやってみようかな。とりあえず、どういうことをやればいいのかを柳井に聞いてみた。

「なんでもいいよ。好きなことをやっていいから」と柳井は言う。

「わかったよ。じゃあ、これからそっちに行くよ」

歩きながら、あれこれ企画を考えた。そして、柳井に話したところ、いくつかの企画をおもしろがってくれた。そのひとつは等身大のパネルと同棲するという企画だった。

ギャラはページ5000円。もちろんその5000円は、写真と文章をあわせたギャラである。ひとりで引き受けようと思ったが、やはりそこまでの自信はない。敦賀くんに電話したが、彼はもうやらないという。そこで、パインの事務所にいた伊藤ちゃんに声をかけてみた。伊藤ちゃんはいっしょに仕事をしてくれるそうだ。

雑誌『ムサシ』だけではなく、ふたりで組んでの仕事は他にもやった。僕がカメラマン、伊藤ちゃんがライターという組み合わせもあれば、その逆もあった。

ひとつは『ロンロン』という、パインの事務所が請け負っていたパソコン雑誌である。そこのカラーページの見開きで、道行く女の子に『ロンロン』を見せて感想を聞くという企画をやった。感想を聞くというのは、とってつけたようなもので、要するに可愛い女の子が写っていればいいのだ。しかし、モデルプロダクションに女の子の調達を頼むとギャラが発生する。それにひきかえ道行く女の子はノーギャラだ。当時、雑誌でよく使われた安直な企画である。

四谷から歩いて市ヶ谷に行った。市ヶ谷駅から飯田橋方面へ行く土手で、女子大生らしい女の子に伊藤ちゃんが声をかけていく。声をかけて話を聞いてくれそうだったら名刺を渡し、雑誌を見せて企画の説明をする。ＯＫが出れば、僕は女の子のところへ行ってカメラを向け、シャッターを切るという段取りだった。しかしそうトントン拍子に事は運ばない。

「ダメだね、市ヶ谷は」

伊藤ちゃんはそう言い、僕たちは総武線に乗って新宿駅まで行った。新宿南口あたりで、女子大生に、伊藤ちゃんが声をかけはじめた。

立ち止まって写真を撮らせてくれる女の子はけっこういた。市ヶ谷に比べ、こっちは調子いいぞ！と、思っていたら、警官2名がやってきた。

「向こうで苦情を言ってる人がいるんですが……」

そう僕らに声をかけてきた。僕は適当に謝ってその場を去ろうとしたのだが、伊藤ちゃんはキッとした表情になり強い口調でこう言った。

「なにも悪いことはしてませんよ」

そして自分の名刺を取り出すと、警官の顔の前に突き出した。

警官はその名刺をいったん受け取り、じっくり見たあとで、伊藤ちゃんに返した。

「そんならいいけど、苦情が出ないようにやってくださいね」と言って警官たちは去っていった。

そのとき僕は、伊藤ちゃんは仕事に対する気迫が僕とはぜんぜん違うなぁ、なんかすごいなぁ、としみじみ感じたのだった。

マグロ編

高橋名人とカメラ

1984.12

パインは、歌舞伎役者のような古いタイプの二枚目で、声が低く、話し方に妙な説得力がある男だった。

パインの事務所に顔を出すようになってから数日後のことだ。

「会社の名前、『オールスター』にしたよ。ほら、前に話しただろ、これからの編集プロダクションはいろんな道で食っていかなきゃいけないんだから」

パインはニコニコしながらそう言って、名刺の入った箱を僕の前に置いた。パインが僕の名刺を作ってくれたのだ。見ると、有限会社オールスターとあり、僕の名前の横には「営業部」という文字が入っていた。ちなみに他の人たちは「ライター」とか「エディター」という文字であった。もちろんパインの名刺には代表取締役と書かれている。

この名刺を持って、僕はパソコン関連の会社へ営業に行くことになったのだ。

パインが編集を請け負っていたパソコン関連雑誌やムックに掲載する広告をとってくるのが僕の仕事である。

といっても、給料を貰うわけではない。出来高制で、広告を取ればそこからいくらか貰うという約束であった。

ずいぶんといろいろな会社へ出かけて行った。秋葉原などの会社を飛び込みで一軒一軒まわった。我ながらよくやったと思うのだが、成果はまったく出なかった。

トロがカメラの
練習のために
撮影したマグロ

とはいえ、オールスターの誰にも言っていなかったけれど、僕は当時、失業保険をもらっていたので、実はお気楽なものだった。まあ、取れなければ取れなかったでいいか、くらいの気持ちで、せっぱ詰まったものはなかった。

それで出かけていった会社のひとつが、オールスターの近所にあった「ハドソン」というゲームソフト制作会社であった。そこは分室なのか、マンションの一室にあり、大きな机でゲームをしている男がいた。あ、テレビで何度か見たことがある、高橋名人だ。彼は当時一世を風靡していた、有名なファミコン名人だった。

飛び込みで入ったにも関わらず、高橋名人は僕の話を聞いてくれた。

時折、ヘッドセットタイプの電話機で誰かと話すのだが、それが終わると、また話を聞いてくれた。妙に話がはずみ、広告営業だけではなく、『ムサシ』で女の子の写真を撮った話などもした。

すると高橋名人は、自分が持っているカメラを買わないかと言い出した。見ればけっこう高級な一眼レフカメラである。ほとんど使わないので、半額でどうかと言う。金額はよく覚えていないが、2、30万円だったろうか。しかしそんな金は持ってない。そう言うと名人がこう言った。

「ちょうどね、欲しいビデオデッキがあるんだけど、それをローンで買ってくれればいいよ」

つまり、ビデオデッキの代金（ビデオデッキは10〜15万くらいだったようだ）をローンで支払えば高級一眼レフが手に入るというわけだ。僕は、心当たりがあるからちょっとまってくれと言い、急いでオールスターの事務所に戻り、伊藤ちゃんにその話をした。

というのも、僕はすでに中古の安い一眼レフを自分で購入していたので名人からカメラを買う必要がなかったのだ。そして、ふたりで街頭の女の子の写真を撮る仕事をしていたとき、彼も自分で撮りたいというようなことを言っていたのを思い出したのだ。

この話はうまくまとまり、伊藤ちゃんは高級一眼レフカメラを手に入れた。いま考えれば、当時の伊藤ちゃんに高級一眼レフが本当に必要だったのかとか、色々なことを思うのだが、当時の僕らはそういうことは考えない若者だった。

そんなこんなで、1984年は暮れようとしていた。それとともに僕は少々あせり始めていた。失業保険の支給が12月で終わるからだ。

広告営業のほうは思わしくない。来月からどうすりゃいいんだろうか……と思っていると、オールスターで伊藤ちゃんが声をかけてきた。

「まっさん、ライターの仕事なんだけど、『とらばーゆ』って雑誌、やる?」

おお、有名雑誌じゃないか。僕がそんなのやっていいのか……。つうか、できるのか。

しかし、仕事はない。やるしかないだろう。だいたい、いくら飛び込み営業をやっても広告が取れなきゃお金にならない。しかし、ライターは原稿さえ書けば金になるのだ。

当時、『とらばーゆ』はリクルートではなく就職情報出版という関連会社から発行されていて、新橋のビルに編集部はあった。僕はそこで初めての原稿書きに挑戦することになるのだ。

初めてのライター仕事
1984.12-1985.3

1984年の暮れ。手帳に書きとめた住所と地図を交互に見ながら、新橋にある『とらばーゆ』の編集部にやっとたどりついた。

担当は長崎さんという、僕と同じくらいの年頃の女性だった。テキパキと事務的に打ち合わせが進んでいく。

「読者ページのこのコーナーなんですけどね」と長崎さんは『とらばーゆ』のひとつのコーナーを指さした。〈私のリフレッシュ方法〉という読者の投稿ページであった。働く女性が、仕事のストレス解消にどんなことをしているかというような内容だ。

「ここに読者からの葉書があるんで、使えそうなのを選んで原稿に起こしてください」

そう言い、すでに選別された数十通の葉書を渡された。ほんの10分くらいで打ち合わせは終わった。帰ろうとすると長崎さんがこう聞いてきた。

「原稿用紙持ってます？」

いいえと答えると、バックナンバー数冊と一緒に、『とらばーゆ』という名前の入った原稿用紙の束をくれた。

まだ手書き原稿の時代、各編集部には雑誌名の入った原稿用紙が用意されており、ライターはそれに原稿を書いた。たいてい200字詰め100枚がひとつの束になっていた。

東中野にあった三畳のアパートで、僕は読者葉書を一枚一枚見ながら、適当なものを選んで電話取材した。読者葉書には大概、ほんのひとことふたことしか内容が書かれていないので、詳しい話をさらに聞く必要があるのだ。

そのときは〆切りまで1週間くらいだったろうか。400文字くらいの原稿だったが、何度も書き直した。

そして〆切りの日に書き上げた原稿を編集部まで持っていった。長崎さんは、さっと原稿に目を通す。

「いいでしょう」と言われたときには、本当にホッとした。

「では、これが次の号の葉書です」と再び葉書を大量に受け取って帰った。

1985年1月の最初の週に発行された『とらばーゆ』に、僕の書いた初原稿が掲載された。それまでにもイシノマキで『週刊ポスト』のデータマンをやっていたが、それはあくまでもデータを集める仕事で、自分の書いたものがそのまま印刷物になるわけではなかった。しかし今度は、読者投稿ページとはいえ自分が書いた原稿が活字になったのだ。

今はパソコンで書き、メールで送ったものが印刷物になる。しかし昔は、自分の書いた手書きの文字が印刷物になるわけで、今とはまた違った感慨があった。

電車に乗ったら、若い女性が『とらばーゆ』を読んでいて、ちょうど自分が原稿を書いたページを開いていた。

思わず、「これ、僕が書きました」と言いたくなるようなうれしさがあった。

しかも、その小さなコラムだけで原稿料が1万円も貰えたのだ。『とらばーゆ』は週刊だったから、これだけで月4万円になる。

とはいえこの時点では、僕にはライターを専業にしようという気持ちがまったくなかった。この頃の僕は、大学入試の電報屋の仕事をしたり、テレビ番組のエキストラ集めの仕事をしたり、カメラマンをやったりしていた。雑誌ライターの仕事もそのうちのひとつくらいにしか考えていなかったのだ。

そんなお気楽な感じで、2回目の『とらばーゆ』の原稿も仕上げ、長崎さんへ届けに行った。「今度は日高さんがこのコーナーを担当することになったんで」と言われて紹介された担当者は、僕より少し若そうな、おっとりした女性だった。

その日高さんにも慣れたころ、「増田さん、料理やりますか?」と聞かれた。

住んでいる三畳のアパートにはキッチンがない。だから料理なんかしているわけないのだが、これはなにかあると思い、「料理ですかぁ、もちろん……。好きですよ!」と答えた。日高さんは急に笑顔になり、「そうですかぁ。それはよかった。困ってたんですよ。ここのお料理のコーナーやってもらえませんかねぇ」と追加の仕事を依頼をされた。〈私のリフレッシュ方法〉の半分くらいの文字量で、原稿料5000円だった。タイトルは〈私の簡単クッキング〉というもの。読者が考えた料理を紹介するコーナーである。

「原稿料が安いんで、今までやってた人がやめちゃうんですよ」

原稿だけではない、簡単なイラストまであって、それも描かなきゃいけないというのだ。ネタは前と同じ読者ハガキから自分が選んで、アレンジする。どうにかなるだろう。どこぞの居酒屋ではないが、「喜んで‼」ってなかんじで即座に仕事を引き受けた。

イラスト部分は料理の説明である。バックナンバーを見ながらフライパンやら鍋などを真似して、苦労しながら絵を描いた。そして、週に1回、ふたつの原稿と1点のイラストを持って編集部へ行く。そんなふうに編集部に顔を出していると、また別の原稿も頼まれたりするようになった。

1985年、こうして僕の生活の中で、ライターの仕事の割合がどんどん増えていくことになる。

1985年8月〜1985年12月
トロ・マグロ　27歳

●ヒットソング
マドンナ『ライク・ア・ヴァージン』
薬師丸ひろ子『あなたを・もっと・知りたくて』
おニャン子クラブ『セーラー服を脱がさないで』
HOUND DOG『ff（フォルティシモ）』
とんねるず『雨の西麻布』
レベッカ『フレンズ』
少年隊『仮面舞踏会』

●おもな出来事
日航ジャンボ機墜落事故
ロス疑惑の三浦和義が逮捕
女優の夏目雅子死去
ファミコンソフト「スーパーマリオブラザーズ」発売
メキシコ大地震
テレビ朝日「ニュースステーション」放送開始
阪神タイガースがプロ野球日本一

第3章
時間だけはたっぷりあった

上田編 1985.8

オイル ぬりぬりマンの夏

季節は巡り、暑い夏がやってきた。去年の今頃はパインの家に居候してプール通いをしていたのだ。あれからもう1年。相変わらず生活費にも事欠いてはいるが、ライター稼業で持ちこたえてきたのは上出来のような気もする。

キンキンに冷房を効かせた部屋で、ベッドに寝転がってU2の新譜を流しながらハイライトに火をつける。イシノマキのときは風呂なしアパート住まいだったことを思えば、ずいぶんマシになったもんだ。たまたま出合った仕事だけれど、辞めてしまいたいと思わない。最近はもっとうまく書けるようになりたいと欲も出てきて、自分でも驚く。こんなの初めての経験だ。

親父が典型的なサラリーマンだったため、ぼくは幼い頃から2、3年おきに転校を繰り返してきた。そして、平日はほとんど顔を合わせることもなかった親父は、ぼくが19歳のとき、目標だったマイホームを持つ前に、48歳で突然この世から去っていった。何だろう、この人生は。ぼんやり過ごしていたぼくに、親父の生き方はひどく虚しいものに思え、自分はその轍を踏まないようにしようと誓った。

といっても、特別に好きなことがあるわけでも、やりたい仕事があるわけでもない。引っ込み思案な性格で、新しい環境に飛び込んでいくのも苦手だ。そこでぼくは、親父を否定するために〝絶対にサラリーマンにはならない〟という決意にしがみつくようになり、大学卒業後もプータロー生活を続けてきた。元来不器用で、フリーライターなる職業も知らなかった自分が、こうしてその仕事をするようになったのは幸運なことかもしれない。

ひとつ、わかってきたことがある。もっとメジャーでやりがいのある仕事をしたいと願っても、実力がなければ頼まれないし、頼まれたとしても一度切りで終わってしまうだろうということだ。不満はあっても、ぼくは取材をしたり原稿を書いたりする仕事が苦手じゃない。1年前に比べれば、いいことなどなかったにもかかわらず、むしろ好きになっている。モンモンと悩んで文章を書くことも、徹夜して原稿用紙を埋め続けることも嫌じゃない。つまりこれは、けっこう向いているということじゃないのか？

『ムサシ』からまた仕事を頼まれたとまっさんから電話がかかってきて新宿で会った。前回やったパネル子との同棲生活みたいに、くだらないのがいいと言う。

「あと、今度は生身の女の子で記事にしてくれって。夏だし、遊びがてら海にでも行くかね。ビキニの女の子でも適当に撮影してさ」

いいねえ、『ロンロン』で鍛えた女の子撮影の腕が活きるってか。だけど、女の子の写真を並べるだけじゃつまらないよな、記事としては。

「そこなんだよ。ナンパ企画にしないと。トーンはお笑いでいいんだけど、裸は無理でもそれなりにエロさが欲しいね。それに、せっかくやるからには誰も考えつかなかった企画にしないと埋もれちゃうよ」

「なるほど、もっともだ。で、まっさんはナンパしたことあるの？」

「ないよ。伊藤ちゃんは？」

ない。まったくの未経験。

「……やり方もわからないようでは成功はおぼつかないね。それに成功したって、その先どうするかってこともあるよね。キャンプでもするかね。うーん、普通過ぎておもしろくない。何か仕掛けが必要だよね。そうだ、浜辺で焼いてる女の子にサンオイルを塗ってあげるのはどう？男の夢を実現、とかさ」

「それだー！　オイルを塗らせて下さいって看板持って浜辺を営業するんだよ。いまなら無料で、とかさ。オイルぬりぬりマン参上！　いーねー、まっさん冴えてるよ」

「よし、それで行こう。この企画は絶対とおるよ。じゃ、伊藤ちゃん頑張って下さい」

「え、ぼくがぬりぬりマン？」

「当然でしょう。パネル子の企画でもキミが被写体だったんだから、キミじゃなくちゃ編集者が納得しないよ」

まったくそんなことはないと思うが、いいくるめられてしまった。

鎌倉の由比ガ浜に到着後、すぐ水着に着替え、看板を持ってビキニの女の子のまわりをウロウロする。

「えー、浜辺で日光浴中の皆さん、サンオイルの補充は充分でしょうか。背中、太ももを無防備にさらしますと後で大変なことになりますです。そこでワタシ、オイルぬりぬりマンにお任せ下さい。塗って差し上げます。無料です。塗らせて下さいビキニの貴女」

道中、まっさんと考えてきた営業文句を口にしてみたが、振り返る人は誰もいない。

「セリフはいいんだけど声が小さいねえ。それじゃ誰にも聞こえないよ」

そんなこと言われても、恥ずかしくて大声など出せんわい。出したとしたってヘンな眼で見られるだけ。ヘタすりゃ監視員が飛んでくる。

「こうなりゃ個別にアタックするしかないな」

「おぅ、ノッてるね伊藤ちゃん」

なわけないだろ。でも、ここまできて収穫なしでは帰りたくない。自分はライター、これは仕事なのだと言い聞かせ、ふたり連れの若い子に近づいた。

「ちわ。オイルぬりぬりマンです。サンオイルを背中に塗るサービス業っていうか、そういう企画で雑誌の仕事してて、良かったらオイルをですね、塗らせてもらえませんか」

「は？　あんた誰」

「ですから私、オイルぬりぬりマンでして」

「やだっ」

「だよね。見知らぬ男にオイルを塗られるなんてカンベンしてほしい。わかる、わかるけどそこをひとつ、すぐに終わるから」

「いいです。友達に塗ってもらうから」

あっけなく玉砕だ。でも、こんなのはいいほう。ほとんどは話しかけても無視、聞こえないフリだ。その様子を冷静に撮るまっさんの顔も次第にしょっぱくなる。

「どうもイカンね。伊藤ちゃんには照れがある。こんなバカな企画考えちゃったんだからもっと弾けていかないと」

「そうだな、明るく声をかけないとな」

何組も断られてヤケになってきたのか、もはや羞恥心はない。気持ち的にも、オイルぬりぬりマンに成り切ってきた。そして通算10組目。

「オイル乾いてるんじゃない？ 塗ってやるよ。いいからいいから、オレそういう仕事だから、そのままの姿勢でいいんだから。頼むよ。お願いします！」

「えーっ、じゃあお願いしようかなあ」

ぬ、塗らせてもらえるのか。OK出たってことなのか。

「写真も撮りたいんだけど。顔出るのまずかったら下向いててくれればいいから」

背中だけだったが夢中で塗った。時間にして1分くらいのものだったが、終わったときには全身に汗をかいていた。

これで自信がついたせいか、打率が上がった。こうなると図に乗りやすい性格である。ブラひもの下に手を差し込んだり太股をマッサージしたり動きも軽い。同時に女の子のカラダを触っている実感も湧いてきて、いい仕事だなあなんて思ったりもする。幸いトラブルもない。話術に長けていないため、終わると逃げるように立ち去るからだ。

「もうページはできるね。欲を言えばあとひとり、綺麗どころが欲しいかなあ。あそこに白ビキニがいるから塗らせてもらおうよ」

「了解。もう誰にでも塗っちゃうよ」

白ビキニの隣にはサングラスをしたヒョウ柄ビキニもいてオトナのムードだ。しかも、いずれも写真映えしそうな美人でスタイルもいい。よし、勝負だ。

「こんちわ、オイルを塗らせてもらえませんか。ずっと浜を移動しながら塗ってるんです。怪しいものじゃありません、はい。もう、オイルさえ塗れればいいってわけで」

「へー、この人がサンオイル塗ってくれるんだって。あそこにカメラ持ってる人がいるけど、雑誌かなにかの企画？」

ここで趣旨を説明。すでに何度もこなしたパターンだ。

「でもなんか怪しい〜」

顔を写したいわけではないし、警戒心さえ取り除ければ案外、うまくいくのである。もう一押し。粘り強く口説くのみ。気配を察したのか、まっさんも離れたところで妙なポーズを取ってふたりを笑わしてくれている。

「ねえ、どうしよっか。この人たち、撮らないと帰れないんだって。もう2時間もこれやってるらしいよ」

「オイル塗るだけなら別にいいと思うんだけど……」

よし、ＯＫが出そうだ。まっさん、撮影の用意を。と、白ビキニが立ち上がって砂を払って歩き始めた。

「でも、いちおう聞いてくる」

聞くって誰にだ。行き先を目で追うと、すぐそばの海の家。白ビキニがその中に向かって声をかける。

男がふたり出てきた。げ、カップルだったのかよ。しかも屈強そうというかパンチ系というか、こわそうなお兄さんたちである。まずい。一からまたオイルぬりぬりマンについて説明して、わかってもらわないといけないのか。はぁ〜。

そこにまっさんが駆け寄ってきた。

「そんなのが通じる相手じゃないね。ヘタすりゃ殴られるよ。撤退、てった〜い！　お姉さん、失礼しました‼」

お辞儀マシーンのように頭を下げながら後ろ歩きし、追いつかれない距離まで離れたところで走り出す。

「楽しいねえ、最高だよ」

まっさんが走りながら笑い出し、つられてぼくにも笑いがこみ上げてきた。

つま先さえ海に浸さないまま引き上げ、翌日には上がってきた写真を見ながらオイルぬりぬりマンの奮闘を書いた。女の子に塗ることばかり考えていて自分では塗らなかったので、背中が焼けまくり、しばらくは身体がほてってしょうがなかった。

1985.9

いきなり単行本の著者になった

パインの仕切りで、夏の終わりに総勢十数名で長野県の野尻湖へ遊びに出かけた。車なんてシャレたものはないから電車である。大半が普段フリーで活動しているライターやデザイナーなので、大勢でどこかへ行くというだけでむやみに盛り上がる。30歳を超えているパイン以外は全員20代の、明日をも知れぬ生活をしている業界人たちだが、先行きの不安などないかのようにはしゃいでいた。みんなの気持ちはわかる。ぼくも、乏しい銀行残高をやりくりして参加したひとり。遠くまできてしみったれた話をするくらいなら最初から参加しない。一泊して飲んで騒ぎ、翌日にはレンタサイクルで湖を1周。テンションが下がることなく東京に引き上げた。

きっと、同じように金欠で、同じようにヒマな駆け出し仲間だから盛り上がった小旅行だったのだろう。同じ顔ぶれで旅行する機会などおそらく二度とない。

この夏はもうひとついいことがあった。前から好きだった女の子とつき合い始めたのだ。もしかしたら運勢が上向きになってきたんだろうか。長らく底打ち状態にあるサイフ事情も上向きになるのだろうか。根拠のない希望がわいてくる。

「伊藤ちゃん、本書かないか? 確率は高くないけど、企画が通れば出せるよ」

アートサプライ内のパイン事務所、オールスターでうだうだしていると、打ち合わせから戻ってきたパインが突然言った。本って何だ。書店で売ってる本のことか。

「そう。いまナツメ社ってところと単行本の企画について打ち合わせしてきたんだけど、先方はいろいろやりたがっててさ。オレはパソコン関係の企画なら出せるけど、もうひとつふたつ欲しい。何かあったらプッシュするよ」

そう言われても、自分には即座に対応できるほどの引き出しがない。詳しい分野なんて競馬くらいのもので……。

「いいじゃない競馬。それで行こうよ。実用的な企画を求められているからちょっと違うかもしれないけど、たとえば入門書とかさ。競馬界ってどうなの、入門書は出尽くしてるわけ？」

そうでもない。数だけは出ているが、面白みのある入門書は皆無だ。最近、競馬は盛り上がっていて若い連中にもファンが増えているはずだけど、その層に十分応えているとは思えない。個人的にはこれから女性ファンが増える気がするので、競馬場へ行く気にさせる入門書があってもいい。でも……。

「あまり気乗りしてない感じだな。伊藤ちゃんは自分の本を出したくないのか」

戸惑っていた。目の前の仕事をこなすのにもヒーヒー言ってる現状なのに、パインはなぜこんなことを言い出すのか。こっちはいまだかつて本を出すなんて考えたこともないのだ。いずれは本を書きたいという目的があってライターになったのでもない。

「でも、作家になろうって話じゃないからさ。いつまでも雑誌だけで食っていくのは大変だよ。オレたちみたいなライターは常に先行き不安定じゃない。伊藤ちゃんもだいぶ原稿がこなれてきたけど、オレが持ってくるパソコン関係の仕事をやってても、詳しくなろうとか努力しようとはしない。かといって他に連載があるわけでもないじゃん。著書があれば名刺代わりにもなる。そうやって抜け目なく営業してかなくちゃダメだよ」

単行本を書けっていうのは、ぼくを心配してくれてのことなのか。内心、少し嬉しくなっているとパインが先を進めた。

「有限会社オールスターとしては営業マンがオレひとりじゃキツい。みんな自分のことしか考えてないし、広告営業マンとして期待した増田君もさっぱり契約を取ってこない。だから伊藤ちゃんには、パソコン以外のお客さんを開拓して仕事を取ってきてもらいたいんだよ」

なんだ、そういうことかよ。まあ、パインを当てにしている面があるのは事実だが、だからといって社員でもないぼくに仕事を取って来いと言われてもなあ。だいたい、本を書くのが営業に役立つと言われても、この先どんな仕事をしたいのか、自分自身でわかっていないのである。自信もまるでないから積極性にも欠ける。

「そうか。本を書いたらまとまった金が入るけどな」

「えっ、単行本ってお金貰えるんですか？　何万円くらい？」

「何万ってことはないよ。そうだな、今度の企画は原稿買い切りだから50万ってとこだろう」

そんなに。名もない著者が書いても金がもらえるってことだけで驚きなのに、50万円とは。知らなかった。反省します。やりますとも。ぜひ書かせてもらいましょう。

「……無知すぎる。単行本のギャラには印税と買い切りの2種類があってさ……」

大急ぎで企画書を書き、おおまかな構成案を作った。そしたら、タイミングが良かったらしく通ってしまった。いまいちピンとこないが、このぼくが著者になるわけである。

信じられないことが起きた。ライター歴1年と少々、雑誌連載はおろか署名原稿さえ一度だけしか書いたことのない自分が、単行本を執筆し、それが書店に並ぶのだ。いきなりの単行本デビュー。こんな幸運があっていいのだろうか。気分はいやおうなく舞い上がる。

全国発売だというから親にも胸を張って報告できるし、仮にも単行本である。実用書とはいえ、ツボにはまればベストセラー……は欲張り過ぎとしても、それなりの話題にはなるかもしれない。学生時代から愛読している中央競馬会発行の『優駿』の書評コーナーに取り上げられたら最高だ。競馬界だけが反応するとは限らない。なかなかいいセンスをしているじゃないか、などと目利きの編集者が連絡してくる可能性だってある。そんなことを想像するだけで胸が高なり、目の前の仕事が手につかなくなってしまう。やるぞ、とにかく書きまくるぞ。これまで培ってきた競馬の知識と経験、学生時代には北海道の牧場地帯にまで通いつめた情熱をすべて注いで、いい本に仕上げてみせるぞ!

しかし、どうやって書けばいいのだろう。

「楽しい入門書であればいいんだから、イラストや写真をうまく使って、コラム集みたくするか。各項目3000字くらい、ちょっと笑えて役に立つ文章書いてよ。言ってみりゃ競馬版の『見栄講座』のイメージだな。あれみたいに太文字でキーワードを目立たせよう」

パインが主導権を握っているのは、オールスターがちゃっかりと、編集やデザインまで含めてこの仕事を受けたからだ。そのアイデアはどうか。『見栄講座』は独特なので真似すればミエミエになる。個人的には普通のデザインでいきたいものだが、その意見は通らなかった。

発売予定日まで2ヵ月を切っている。パインの指示はできれば半月、長くても3週間で書き上げること。競馬関係の資料を買い揃え、ラフレイアウトが上がっておよその文字数が決まると、すぐにゲートが開く。この日から、ぼくは馬車馬になって働いた。

1985.9–11

本が出ても何も変わりはしなかった

机の前に座り、原稿用紙を広げて早4時間。1文字も書けないまま時計の針だけが規則正しく先へ進む。初の著作となる『サラブレッドファン倶楽部』は出だしから行き詰ったままだった。肩に力が入っているせいか、最初の1行でつまずいてしまい、数行書いてはボツ。ゴミ箱は書き損じの原稿用紙で山盛りだ。そのうち飽きてレコードを聴き始め、夜に賭けようと昼寝を貪り、夜になると明日に賭けようと読書に逃避。煙草を吸いすぎて、一日中気持ちが悪い。

単行本といっても初心者向けの競馬ガイドブックで、中身は実用的なコラム集。4ページから6ページほどの原稿が数十本入る形式だ。馬券の買い方やオッズの説明、歴代名馬の解説など、テーマ設定もありきたりのものだから競馬必勝法を考案する必要もなく、1テーマにつき3000字程度の読み切り原稿をコツコツ書いていけばいいのだ。が、頭のなかではわかっていても、これが実行できない。部屋にこもって4日目になるのだが、1日に1本書くのがせいぜいで、しかもことごとくつまらないときているから実質は0本である。

どうして計算通りに行かないのか。普段のペースなら1日3本は堅いのに。理由を考えると「本の執筆だから」としか答えが出ない。いきなり著者になることで、めいっぱいプレッシャー受けちゃってるわけか。

最初は戸惑いしかなかったぼくも、同業者から羨望混じりの言葉をかけられたりするうちに有頂天になり、本が出た後に起こり得る〝いいこと〟ばかり思い描いていた。

ところが、しばらくすると今度は、不安が募りはじめた。自分に一冊の本を書き通す力があるのだろうか。素人に毛の生えた程度の著者の本を買う人がいるのだろうか。競馬でメシを食っている多くの書き手たちに一刀両断にされてしまうのではないだろうか。

できることならウナらせたい。それが無理ならせめて恥ずかしくない本にしたい。

偶然訪れたこのチャンス、逃したくない。そのためにはおちゃらけた実用書といえど、読んでおもしろいものに仕上げなければ。出だしから読者の気持ちをつかみ、笑いを取り、競馬ウンチクもさりげなく身につけられるような書籍を作らなければ。むむむむ。

なんだよ、欲望のカタマリじゃん。こんなモヤモヤしたものを抱えて、いつも通りの調子でなんて書けるはずがないのだ。

最初の1週間は何も書けないまま過ぎた。書けないからパイン事務所に行く気にもなれず、それじゃ困るパインから、ちょくちょく電話がかかってくる。そのたび、何もできてないとも言えず、ボチボチ進行中と言葉を濁していたが、そのたびに憂鬱な気持ちになってますます書けなくなってしまう。何としてもそれは避けたいと考えたぼくは、パインに頼んで締め切りを少し延ばしてもらい、女のところに逃げることにした。自宅には『競馬四季報』をはじめ資料が山のようにあるが、背に腹は代えられない。めったなことでは乗らないタクシーを奮発した。

朝、出社する彼女を見送ってから原稿用紙に向かい、夜9時か10時頃、彼女が戻ったところで打ち止めにする。原稿渡しの日まで17日間。後がないのだ。

3日に一度着替えを取りに戻るだけで、ひたすら引きこもって書く。転がり込んだ当初は「同棲してるみたいだ」と喜んでいた彼女も、本のことで頭が一杯で、話していてもうわの空のぼくにアキレ気味だったから、日曜日だけは仕事を休み、一緒に外に出かける。

文体も固まってないのに気のきいた文章を書こうとするとボロが出るので、語尾を「ですます調」にすると決めてから調子が出てきて、内容はともかく量だけは書けるようになってきた。能力がない分、締め切りだけは守ろうとする意識が強いせいか、残り時間が少なくなるにつれ余計な考えにとらわれずに済むようになるみたいだ。

締め切り日の昼、ようやく最終ページまでたどりつき、原稿用紙の束をバッグに入れてパイン事務所に行った。

「全然家にいないから、どっかトンズラして戻ってこないかと思ったよ。それ原稿？　ちょっと見せて下さい。ふ〜ん、オレ競馬はさっぱりわかんないけど結構おもしろそうじゃない」

2、3枚に軽く眼を通したパインが言った。できればもっと読み込んでから感想を言って欲しかったが、進行が遅れているからパインもあせっているのだろう。データ関係だけは間違えないようにと念を押されて、編集者チェックはあっけなく終わった。

「じゃあこっちは伊藤ちゃんのメモに沿ってイラストを発注しておくから、写真を集めてくれ。それと、あとがきもよろしく。ご苦労さん」

事務所を出て、ひとりで喫茶店に入り、ハイライトをくわえる。久しぶりにうまいタバコだ。ともかく最後まで書いた。ぼくの胸には安堵感だけがあった。

突貫工事で本の仕上げ作業が進む。写真を調達してからは、原稿の直しをできる範囲で行ったが、甘い採点をしても「まあまあ」以上の出来ではない。競馬や馬券本に詳しくないパインは、売れる本になりそうだと楽観的なことを言ったけれど、実用性も娯楽性も中途半端な本になりそうだ。装幀についても、こうしてくれという主張ができず、ずいぶん子どもっぽいものになってしまった。

奥付の発行日は11月1日だが、10月末には書店に並ぶと聞き、紀伊国屋書店新宿本店まで様子を見に行った。新刊書コーナーにはなかったが、競馬コーナーを見ると、おぉ、我が著書が平積みされているではないか。表紙には伊藤秀樹とぼくの名が記されている。

うれしさがこみ上げてくる。なんだかんだ不満はあっても、自分の本が完成したのだ。ライター生活1年、27歳で本を出せたのは、我が人生の歩みを振り返ってみても奇跡的なんじゃないだろうか。パインからは5冊貰ったが、売り上げに弾みをつけるためにも1冊買っておくか。並べてすぐに売れたとなると、書店の印象も違ってくるかもしれない。でもプロフィール欄に顔写真載せちゃったからなあ。著者自身だってバレて笑われたらどうしよう。そのときは照れること

『サラブレッドファン倶楽部』（1985年、ナツメ社）の表紙がこれだ

なく胸を張ってだな、手持ちがなくなっちゃってね、とでも言おうか……。無駄な思考を重ねてレジに向かい、定価780円なりを支払う。店員はぼくの顔さえ見ず「カバーはどうしますか」とだけ言った。

『サラブレッドファン倶楽部』が発売されても、ぼくの生活には変化など起きなかった。本は売れず、書評にも取り上げられず、つぎの本に取りかかったパインはすぐにそれを話題にしなくなり、競馬雑誌からさえ原稿依頼はなかった。内容は良かったが運に恵まれず売れなかったのではない。駆け出しライターが専門家のフリをして出した本に対し、世間は正しい反応を示したのだ。良かったねと言ってくれたのは親と彼女だけで、まっさんや伏木君からも芳しい感想は届かなかった。この分じゃ、半年も立たずに絶版にされるだろう。悔しいが完敗である。

ぼくはヘコんだ。平静を装っていたが、内心では絶望的な気持ちだった。本を書いてもダメな自分に、上がり目なんてあるんだろうか。うだつが上がらないのは文章書きのセンスがないからで、こんな調子ではいくらやってもモノにはならないのでは。パインのように専門分野があるならいいが、いまだライターとしての方向性を決められずにいるのも、考えてみれば情けない。業界の人たちも、いつまでも駆け出しだからと大目に見てくれないに決まっている。

でも、いまさらバイト生活に戻る気はない。ここで逃げたら、何をやってみたってうまくはいかないだろう。ダウンはしたけど、まだKOされたわけではないのだ。

すっかり落ち込んでいたところへ、学研の福岡さんから電話があった。すぐにでも会いたいという。例のアフリカ雑誌の話だろう。いいよ、もうどこへでも行ってやる。半年くらい、大陸を流れ歩きたい気分だ。

だが、そんな話ではなかったのだ。喫茶店で会うなり、福岡さんは照れたように頭を掻いた。

「あの話、ダメになっちゃってね」

ガックリ。そんなことなら電話で言ってくれればいいのにと内心舌打ちして黙っているぼくに、福岡さんが言葉を続けた。

「それで、スキー雑誌を創刊することにしたんだけど、手伝って下さい」

スポーツライターへの道が開かれた!?

1985.12

なぜアフリカ雑誌の企画がスキーに？　唐突すぎる福岡さんの話には戸惑うしかなかったが、だんだんその気になってきた。ジャンルはともかく、新創刊というところに惹かれるのだ。スポーツには縁がないが、ダメでもともと。それより、雑誌がどのようにカタチになっていくのか体験してみたい。

「どう、やってみる気ある？」

「はあ。でも、スキーができないんですよ。大学のとき、一度行っただけで道具も持ってないくらいです」

「ははは、そんなの気にすることないですよ」

気にするよ！　滑れないヤツが書いたスキーの記事なんて誰が読むっていうんだ。でも福岡さんはそんなことを気にする素振りを見せず、アフリカ雑誌について語ったときと同じく、夢見るように言うのだった。

「そりゃあ滑れないより滑れるほうがいいですよね。だけどボクはクラスマガジンだからってガチガチの実用誌にはしたくないんですよ。目指すのは新しいタイプのクラスマガジン。日本人のレジャーへの意識を変えてしまうような、こんな雑誌を待っていたって喜ばれるものを作ります」

「クラスマガジン？」

「専門誌ね。どのジャンルにもだいたいあって、技術とか役立つ情報を載せてるわけ。でも、ぼくが作りたいスキー雑誌はもっと一般的な、娯楽性の高い雑誌なのね。読んで役立つというより、おもしろいものにしたい。だけど、スキーができておもしろい原稿が書けるライターってあまりいそうにないでしょ。ボクはライターの部分を重視したいんです。スキーの腕はどうとでもなります」

どうとでも……なりますか。

「取材に入る前に合宿をやるからね。うまくなくてもいい。最低限、取材ができるくらいには鍛えてあげる。できますよ、伊藤君にも。ぜひスポーツライターになって下さい」

スキー雑誌はこれからどんどん需要が増すはずだ。売れるし広告も入るだろう。スキー場を巡るのが仕事だから取材も楽勝。ゲレンデには可愛い女の子がたくさんいてアフタースキーが盛り上がる。読者層は同年代が主流で、自分がおもしろいと感じたことが読者にとってもおもしろい。

日本中にスキー場が作られていくので書くネタはいくらでも見つかる……。福岡さんの口調は驚くほど軽い。聞いていると、何の根拠もないのに「それもそうだな」と思えてきた。そうか、できるか。まあ、スキーができない人間がひとりくらいいたっていいかもな。で、他のスタッフはどういう人たちなんだろう。

「よそのスキー雑誌をやってた人間をひとり呼んでデスクをやってもらいます。あとはまだこれから。ボクは編集畑じゃなかったので書き手の知り合いが少なくてさ。伊藤君のまわりに若くてイキのいいライターいない？　良かったら、そういう人たちにも参加してもらいたいんだけど」

「スキーができそうなのはいませんが」

「いいんですよ。ボクは、この雑誌が勢いのある若手ライターが集まる梁山泊みたいになればいいと思っているんです」

この話に乗った最大の理由はふたつあった。ひとつはスキーがシーズンスポーツで、取材が年末から春先に限定されること。福岡さんの話では、とりあえず今シーズンは1冊だけ出してあとは取材、来シーズン以降も年間6～7冊の発行になるという。準備に入るのは10月あたりからで、5月から9月くらいまではすることがないわけだ。シーズン中は忙しいが、その期間は寝て暮らしても、他の仕事をしてもいい。年間を通してのスケジュールみたいなものがはっきりしていて、じつにメリハリがあるのだ。取材経費も出してくれるというから、これまでに比べれば生活も安定するだろう。また、忙しくなればパインからの仕事を断ることができる。苦痛で仕方がないパソコン雑誌の記事をいつまでも書いていたら、いつまで経っても自立などできやしないのだ。

もうひとつの理由は、前述したように創刊から関わることに好奇心がうずくからだ。みんなで新しいものを作っていくのはおもしろいに違いない。トップにいるのがのんびりした性格の福岡さんなのもやりやすそうだ。どうせ崖っぷちである。本を書いてもさっぱり売れなかったんだし、失うものは何もない。スポーツライターがどういうものか見当もつかないが、かまうものか。なんとかここで巻き返して、ライターを続けていく自信を取り戻したい。

「それじゃ、もう少し具体的になってきたら企画の相談をしましょう。年明け早々にでも合宿をやりたいね」

福岡さんと別れ、パインの事務所へ行くとまっさんたちがいた。さっそく話をすると、スキーができないから無理だと尻込みする。が、ぼくにはわかっていた。現状の仕事に満足しているヤツはいないのだ。福岡さんの口調を真似て楽観的な話を繰り返すうちに、スポーツ経験のある坂やんが乗ってきた。続いて金のない伏木君が参加を表明し、最後まで嫌がっていたまっさんも及び腰ながらやろうと言った。

アテにしてなかったぼくが仕事を得てきたことに、みんなのために無理して仕事を振りわけてきたパインは大喜びした。

「こうなったからには腰をすえて働ける環境が必要だな。いつまでも間借りのままじゃ俺も気が引ける。新宿辺りにオールスターの事務所を構えようかと思う」

とうとうきたか、と思った。パインは前々から、早く自前の事務所を持ちたいと漏らしていたのだ。

1985.12

間借りを脱し、新宿に共同事務所を開くことに

いつまでも間借りのままでは落ち着かない。仕事を充実させるためにも自前の事務所を持ちたい。それはパインの目標でもあったから、年内に引っ越しする計画を聞いても驚きはしなかった。事務所を構えるのはあくまでパインの会社・オールスターなので、自分に密接なことだというリアリティがないのだ。ぼくやまっさんは、パインの事務所に出入りするフリーのスタッフ。これまでも、4つある机のうち専用の席があるのはパインのみで、用がある人間がそのつど適当に座っていたから、埋まっていれば喫茶店で原稿を書いたりする。それが不満なのではなく、フリーならそれが当然だし気楽でいいと思っていた。だから、意気込むパインとの会話もいまひとつ噛み合わない。

「今度は我々だけの事務所だから、外で書くなんてこともなくなるよ。専用電話だし、ファクスもそのうち入れるつもりだ」

「そうですか」

「コピー機もいるな。机もひとつかふたつ増やそう。打ち合わせスペースも欲しくない？」

「あるといいですねえ」

「伊藤ちゃんも間借りのままじゃやりにくいだろう」

事務所を借りるとなると家賃もかかる。そのあたりをパインはどう考えているのか。割り勘なんてことになったら、ぼくは払うアテがない。ぼくだけじゃなくてまっさんとか坂やんとかもそうだろう。みんな、家の家賃を払うだけでやっとこさの金欠ライターなのだ。

「わかってるって。とりあえず家賃はいらないから」

ということは今まで通りか。だったら反対する人間はいないだろう。反対も何も、パインがいなければいまの場所は使えないのだ。パインが動けばみんなそこに行くことになる。

「そういうことじゃなくて、俺としてはみんなに協力してもらってオールスターを大きくしていきたいと思うんだよ」

「ふーん」

「ようするにさ……」

どこまで理解できたか定かじゃないが、パインは自分自身ではなく、オールスターという会社をうまく軌道に乗せたいと思っているらしい。もちろん自分が先頭に立つけれど、編集プロダクションの経営者としてもやっていく腹づもりなのだ。

やはり、そうだったのか。そういえば、パインの家に居候していたときこんなことを言われたことがある。ライターの〝アガリ〟は、専門分野の書き手になるか、作家になるか、編プロ経営者になるかだ、と。ライターデビューすらしていない時期だったから聞き流していたけれど、あの頃からパインは、自分は編プロ経営者で行こうと考えていたのだろうか。尋ねると、まあなと頷き、ぼくを口説きにかかってきた。

「俺ももう30歳超えてるし、出版社で編集者やってたわけでもなく成り行きでこの世界に入ってきたわけさ。で、たまたまパソコンっていうものを知り、これからはコレだと思って大金はたいて買い、勉強してそこそこ書けるようにもなった。でもさ、もともとマイコンやってた人間とかと比べたら、俺の知識なんてたかが知れてる。何より情熱というのか、パソコン触ってるだけで楽しいってほどじゃないんだよな」

「へぇ、そうなんだ。てっきり新しいモノが好きなんだと思ってた」

「嫌いじゃないけど、好きでやってるヤツとは全然違う。あくまで食うためだよ。そうなるとさ、俺は有名になりたいとは思ってないだろ、残るのは編プロのオヤジってことになる。みんなとワイワイやるの好きだから向いている気がするんだよ。スタッフさえいたらパソコンに関する仕事をいくらでも取れると思う。だから伊藤ちゃんも一緒にやろうよ」

パソコンに興味があれば、あるいはパインとともに編プロを切り盛りするつもりなら、いい話なのかもしれない。が、あいにくぼくにはどちらもない。ライターの仕事に面白みを感じ始めたところなのだ。しばらくはこのまま続けたいし、編プロはイシノマキで懲りてもいる。編集者にはもう戻りたくない。

「ま、そういうことは先の話でいいよ。会社は俺が個人でやって、三角さんに経理を手伝ってもらうつもりだから」

ライターとして出入りしていた、元編集者の女性の名が具体的に挙がったところをみると、パインは着々と会社経営の足場を固めていると考えていいだろう。

「心配しなくていいよ。伊藤ちゃんや増田君にパソコンの仕事をやらせたら困るのは俺だもん。ゆくゆくはオールスターをパソコンだけじゃなくて総合誌でも書籍でもこなせるプロダクションにしたいから、そういう仕事でも引き受けられるようにしておきたいんだよ。出会ったみんなに一人前になってもらいたいのと、そういう意味もあって、共同事務所の形式にして自由に使って欲しいと思ってるわけさ」

将来はともかく、いまのところぼくはパインの構想の勘定には入っていない。つまり、ポジションはいままでと同じ。パインの示す条件は事務所を持たないライターにとってラッキーの一言だ。なんていい人なんだろう。ぼくは感激し、つい余計なことを言ってしまった。

「だけど事務所を借りるの、金かかるよね」

「まあね。みんなに少し出してもらえたら助かるけど、そうもいかないからな」

ああ、まずい。でも勝手に口が動く。

「単行本のギャラから20万円なら出せるよ」

「え、いいのか」

「どうせ馬券で溶かしかねないからいいよ」

……見栄っ張りなオレのバカバカバカ。こうして苦労して得た『サラブレッドファン倶楽部』の50万円は、5万円が源泉され、20万円がパインに、20万円が親への借金返済に飛んでいった。そして案の定、残った5万円は失地回復をもくろんだ有馬記念できれいになくなってしまうのである。

マグロ編 1985.8

読者チャレンジ企画とAVの助監督

新橋の駅ビルの地下に、ウエイトレスの制服がミニスカートの喫茶店があった。といってもいかがわしいお店ではなく、ごく普通の喫茶店だった。

僕はその喫茶店で雑誌『とらばーゆ』の原稿を書いた。『とらばーゆ』は週刊だったから、最初の頃は毎週足を運んだ。慣れてくると数週間分の原稿をまとめて書けるようになったので、そんなに通わなくなった。

調子よく原稿をこなせるようになり、それでとんとん拍子にライター専業になれたかというと、世の中そんなに甘くない。相変わらずエロ雑誌のカメラマンはやっていて、１９８５年の夏は伊藤ちゃんと鎌倉の由比ガ浜で「オイルぬりぬりマン」を撮影していた。

ライターはいくつかやっている仕事のひとつに過ぎなかったが、その年の夏はまた新たな仕事が舞い込んだ。それは「オイルぬりぬりマン」の企画をやった『ムサシ』という雑誌にいた、上川くんからの依頼だった。

「今、集英社の『ビジネスジャンプ』の編集部にいるんですよ」

上川くんは転職していた。

「ダイエットの企画なんですけど、増田さん、出てもらえませんかねぇ。ギャラは3万円と、それから1週間分の食料を差し上げます」

へえ、1週間分食事がもらえて、ギャラももらえるなんて、うれしいじゃ、あーりませんか。てなわけで、さっそくやらせてもらうことにした。読者がいろんなことにチャレンジするというコーナーでの企画だそうだ。

しばらくすると、東中野の僕のアパートに1週間分のダイエット食品が届いた。それを食べ続け、いったいどれくらい痩せるかという実験である。今なら、タレントなんかがテレビでやっているような企画だが、昔はよく雑誌でもこういうのをやっていた。ちゃんとマジメにやったが、中にはまずくて食べられず、半分くらいしか食べなかった食品もあった。しかしとりあえず、提供されたもの以外は食べないというルールを守り、マジメに取り組んだ。こういうのも自分としては仕事のひとつだと思っていたからだ。

そしてもうひとつ、その年の夏に始めたのが、アダルトビデオの助監督である。今では、ADと呼ばれる仕事だが、当時は助監督と呼ばれていた。

それは1回行けば、とにかく1万円がもらえた。撮影が長引いて徹夜になっても1万円、撮影がトントン拍子に進んで半日で終わっても1万円で、当たり外れがあった。

当時のAVは今とはまったく違ったものだった。今はAVとしてきちんとした制作のシステムができあがっているが、その頃はまだできたばかりのメディアである。ピンク映画などから多くのスタッフがやってきていた。ADではなく助監督といわれたのもその流れではないかと思う。

今のAVはほとんどが本当にセックスをしているが、当時はそういうことはマレで、ほとんどがお芝居であり、まさにそれはピンク映画の世界だった。

照明や音声スタッフの人たちは、かつてとてつもない大スターに照明を当てたり、声を録音していた人たちだったりした。だから、「そういえば、裕次郎がね」なんてことを現場で話していたりする。裕次郎というのは石原裕次郎のことで、そういったスターの名前が会話の中にバンバン出てくるのだ。

で、僕の助監督の仕事は、以前いたSESという会社でスワッピング雑誌を発行していた田中社長からの紹介だった。芳友社というAVの会社で、最初は台本を書いてくれと言われていたのだけれど、どういういきさつか助監督をやることになった。

ちなみに助監督の仕事は、要するに現場の雑用である。出演者の弁当を買ってきたり、機材の運搬をしたり、とにかく監督が言う通りに、あるいは先回りをして、いろいろなことをする。僕は意外に、この仕事には向いていた気がする。自分の職業として、AVの監督も悪くないなと思い始めていた。

何度かやった助監督の仕事だったが、拘束時間の長短だけではなく、ものすごく楽な現場もあれば、非常につらい現場もあった。

マグロ編

アダルトビデオの助監督という仕事

1985.9

「もしもし、増田くん、またお願いできるかな」

芳友舎の土屋監督から電話がくるとうれしかった。アダルトビデオ助監督の仕事依頼であるが、うれしい理由はギャラが取っ払いだからだ。

ライターが原稿料を受け取るのは、早い場合で仕事をしてから1ヵ月後、遅い場合は半年後なんていうのもあった。失業保険の支給がなくなった僕にとって、働いてすぐに現金が貰えるというのはとても魅力的だったのだ。

しかし、なんでその場でお金を貰うことを「取っ払い」っていうんだろう。

「たとえば芸能人なんかが、所属事務所経由でギャラを貰うんじゃなくて、興行主から直接お金を貰うってことだと思うよ。すなわち中間を〝取っ払う〟ということ」

1万円の領収書を書きながら土屋監督に質問したら、そう教えてくれた。

芳友舎は六本木にあった。もともと社長の賀山茂という人がやっていたSMサロンがビルの地下にあり、その店の奥に事務所はあった。

土屋さんはガタイのいい人だった。学生時代にラグビーか何かやってたように見えたので、聞いてみたが、スポーツ系や格闘技の経験はないと言っていた。

アダルトビデオの現場というのは、今でもそう変わらないと思うが、みんな意外と大まじめである。仕事なのだから、当たり前と言えば当たり前なのだが、このあたりのストイックさは、中に入って働いてみないとわからないのである。

実際ぼくも仕事をする前は、女の子の裸が見れるぞってなニヤけた気持ちだったんだけど、それだけではとてもやっていけない世界だということは、すぐにわかった。

芳友舎はサムビデオというレーベルで、おもにSM作品をリリースしていた。縛られた女優さんがおしっこをするシーンがあった。洗面器にするはずが、うまくいかず床にぶちまけることもあり、そんなおしっこを雑巾で拭き取るのも助監督である僕の仕事だった。

そのときの撮影場所は、六本木のSMサロンの近くにある、菊島里子さんという女優のマンションであった。菊島里子さんは、ちょっとポッチャリとした美形の人だった。頼まれて女優をすることも多かったが、そんなふうに自分のマンションを撮影に貸すことで料金を得たりもしていた。それこそ、取っ払いの世界である。

ある日、僕は土屋監督から仕事に呼ばれ、菊島里子さんのマンションにいた。現場に入ったのはお昼過ぎだったが、撮影はなかなか終わらなかった。夜の9時くらいまで粘っても、菊島さんからなかなかいい表情が出ないというので、監督が悩んでいた。

「じゃ、増田くん。合図をしたら、菊島さんの太ももをつねってね」

というわけで、僕は合図を待った。仰向けになった菊島さんの上半身をカメラは撮っていた。それまで何度もNGを出していたので、ここは一発でキメなくちゃ。そう思って、僕は合図が出ると少し強めに太ももをつねった。

本当は顔をしかめるくらいの加減でよかったのに、菊島さんは痛みのあまり大声で泣き叫んでしまった。カメラはその姿を撮っている。

アダルトビデオの現場でいちばんエライのは女優さんである。この人がへそを曲げたりしたら、撮影できなくなってしまうからだ。だから気を使わなければならない。現場に緊張が走り、カメラが止まった。

「アザができたらどうするのよ‼　他の仕事ができなくなるじゃないの‼」

菊島さんはとにかく怒っていた。

「そんなに強くはつねってませんよぉ……」

僕は力なく、そう言うのが精一杯だった。そこで撮影は中止。土屋監督は僕を叱るかと思ったが、とにかく口を挟まない姿勢を貫いた。

すべてを片付け、ギャラを貰ったところで、土屋監督が、「増田くん、飯いかない？」と声をかけてきた。落ち込んでいる僕を見て、なんとなく気を使ってくれているのを感じた。

「増田くんは悪くないよ」

六本木のラーメン屋で、ビール、餃子、ラーメンの黄金のトライアングルをやりながら、土屋監督はそう言って僕は励ましてくれた。実はこのとき、監督の温情に感じ入り、僕はこれを一生の仕事にしようかとすら考えた。だが、その後ある事件がきっかけで、ライターになる決意をするのだ。

1985.10
決意というより成り行きでライターに

最近はそうでもないのかもしれないが、昔はエロ業界について勘違いしている男が多かった。僕がアダルトビデオの助監督をしていると言うと、「撮影現場に連れてってくれ」というようなことをよく言われた。

そんな物見遊山感覚のお願いは実に困る。こちらは遊びで行っているわけではない。現場の人間も全員仕事をしているのだ。

たしかに、アダルトビデオの撮影現場では、男女がセックスをしているのを間近で見ることができる。しかし、現場のスタッフがそれを見て興奮することは皆無といっていいと思う。全員、それぞれ果たさねばならない役割がある。見ていて楽しむ余裕などなかった。

そういえば、エロ本とか変態雑誌に記事を書いていると言うと、これもまた「編集部に行ってみたい」という人が多かった。これは男性、女性限らずだった。

しかしこれも行ってみたところで、おもしろい場所ではない。どんな変態雑誌の編集部に行っても、やっていることは同じ。編集者がひたすら編集作業をしているだけだ。扱っているものがエロというだけで、普通の雑誌にしろ、エロ雑誌にしろ、やることは同じなのだ。

アダルトビデオの現場も、僕が行っていたサムビデオはけっこう仕事に熱かった。

社長の賀山さんはSMに詳しく、時には監督をやることもあった。しかし大規模な撮影の場合はたいてい土屋さんが監督をやり、賀山さんは縛り師の役回りをした。

こんな時はよくややこしいことになってしまう。監督は土屋さんなのにもかかわらず、賀山社長はついつい熱が入ってしまい、女優に演技指導なんかをしてしまうのだ。

何度かそんなことがあって、ついに土屋さんがキレた。

「だったら、あんたが監督をやればいいじゃないか」

そう叫び、監督は現場を飛び出して行った。現場は一時中断。賀山社長もしまった、というような顔をしている。助監督の僕はその顔を見た瞬間、急いで土屋監督のあとを追いかけた。

スタジオの前にいた監督に、追いついた僕はこう言った。

「監督、気持ちはよくわかります。でも、いま監督がいなくなっちゃうと誰もディレクションする人がいませんよ」

そうして現場に戻って貰った。賀山社長は謝りこそしなかったが、その後の撮影では口をはさまなくなった。そんなことがあったのが、1985年の秋くらいだろうか。

そして秋も終わる頃、雑誌『ムサシ』の編集者である柳井くんから、「なにかいいネタない？」と久しぶりの電話があった。

夏に伊藤ちゃんと「オイルぬりぬりマン」をやって以来、『ムサシ』では仕事をしていなかった。

「いまアダルトビデオの助監督の仕事をやってるんだけど、アダルトビデオの現場レポートなんてどう？」

「いいねぇ。写真撮れるんだったら、ぜひぜひ」

と、安易に企画がまとまった。

助監督としての仕事があったのは月に2回くらいだった。さっそく、サムビデオのオフィスへ行き、土屋さんに聞いてみた。

「助監督の仕事を優先にするのは約束しますんで、助監督体験記というような記事を書かせてもらえませんかねぇ」

「おお、増田くんが写真を撮ってレポートしてくれるの。宣伝にもなるし一石二鳥じゃないの。いいよぉ、うまく書いてね」

ということで僕は張り切ってSMの現場に入り、そうだ賀山社長にも話しておかなければ、と思って雑誌取材のことを切り出した。すると賀山社長は怒り出した。

「ダメダメ！　そんな、他人のふんどしで相撲を取るようなことはダメだ！」

そう言われてしまい、あえなく僕の企画は打ち砕かれた。今は雑誌がアダルトビデオの撮影現場を取材するケースは多いのだが、このころはまだ少なかったのだ。

そのやりとりを見ていた土屋監督がスーッと僕のそばにやってきて、耳元でこう言った。

「ああゆうのをヤブヘビって言うんだよ。言わなきゃいいのに……」

しかしよく考えると、助監督をやりながらそれをネタに原稿を書くというのは、なんだかズルい、と僕には思えてきた。ライターと助監督、どっちかに決めなくちゃ。

そう思い始めると、その後パッタリと助監督の仕事が来なくなった。結果的に、自然とライターの仕事に軸足を置くことになった。

その後、僕はライターとしてアダルトビデオの撮影現場に行く機会があった。そこで見るAD(もはや助監督ではなくこう呼ばれていた)のハードな働きぶりを見て、僕の助監督時代は、まだのんびりしたもんだったのだと思ったものだ。

1985.11

金はないが、時間だけはたっぷりあった

久しぶりに伊藤ちゃんから電話がかかってきた。その頃の伊藤ちゃんは単行本を執筆しているとかで、ほとんど顔を合わせていなかった。

「まっさん、どうしてんの?」

どうしてんのと言われても、どうもしておらず、その日も暇にしていた。

具体的にいうと、僕はテレビで『夕焼けニャンニャン』を見ていた。電話のベルが鳴ったので、テレビの音量を小さくして電話に出た。秋の日の夕暮れで、東中野の木造アパート2階の部屋には西日が差し込み、テレビ画面の見え方もいまいちだった。

お互いの近況など、他愛のない話をしたあと、「じゃあ、ちょっと行くよ」と言い、電話を切った。

僕はジャケットを羽織り、財布を持って外に出て、ブラブラと歩き始めた。行き先は伊藤ちゃ

んの住んでいるマンションである。伊藤ちゃんが住む吉祥寺へは、電車で行くことにした。

途中の東中野駅前商店街で寄り道。本屋でパラパラ立ち読みしたり、パチンコ屋で少し打って負けたりしてから、総武線三鷹行き電車に乗った。

吉祥寺の駅で降りると、また駅前のパチンコ屋と本屋を冷やかして、その並びにある吉野家で牛丼を食べた。そういえば伊藤ちゃんは晩ご飯を食べたのだろうかと思い、持ち帰りの牛丼をひとつ買って、伊藤ちゃんの住む「コーポインマイライフ」へ。

僕が牛丼を差し出したら、伊藤ちゃんは言った。

「牛丼嫌いなんだよね」

そうだ、忘れてたけど、この人は牛丼が嫌いなんだ。なんでも地下鉄のアルバイトをしたときに散々食べて、以降苦手になったんだそうだ。普通は「しまった」と思う場面だが、僕はこう言った。

「でも、せっかく買ってきたんだから、少しくらい食べてよ」

まったくどうしようもないと今なら思うが、若いころの僕にはかなり押し付けがましい面があったのだ。結局、人のいい伊藤ちゃんは、まずそうに牛丼を食べていた。

たいていこの頃、集まって話すことといえば、「今後の仕事をどうするか?」ってことだった。パインが、間借りしている四谷の編集プロダクションから独立して新事務所を借りるという話を、伊藤ちゃんから聞いた。

パインは、引っ越した事務所でも僕たちとバリバリやる予定にしているようだったが、僕は乗り気がしなかった。あまり長くパインの下で仕事をしたいと思わなかったからだ。せっかくフリーになったんだし、人から命令されてなにかをやるということに嫌気がさしていたんだろう。

話し込んで、時計を見たら11時を過ぎていた。そろそろ終電なのだが、またそこからダラダラと話しはじめる。

いい加減で切り上げなければならず、伊藤ちゃんが「じゃ、ちょっとそこまで」とサンダル履きで駅まで送ってくれたが、すでに終電は出ていた。まいったなぁ。

「ウチに泊まってってもいいよ」

伊藤ちゃんはそう言ったが、明日もなんの予定もないから寝る時間の心配もいらない。「東中野まで歩いて帰るよ」と僕は言った。

「じゃ、ちょっとそこまで送っていくよ」と伊藤ちゃんが言い、いっしょに歩き始めた。

「あ、トマソンだ」

伊藤ちゃんが指さす先を見ると、空き地にコンクリートの階段だけがある。建物もなにもない、無用の階段だ。

トマソンというのは赤瀬川原平が提唱した言葉で、「街で見かける立派なんだけど無駄なもの」という意味だ。

僕らは夜道を、「おお、あれこそトマソン!」「これぞトマソン!」と、持っていたカメラで撮影したりもしながらダラダラ歩いた。

そうこうするうちに、白々と夜が明けてきた。その先に駅が見える。おお、どこの駅だろうか？と近づけば、まだ阿佐ヶ谷の駅ではないか。深夜に吉祥寺駅から歩きはじめ、夜明けに到着したのが3つ先の阿佐ヶ谷駅。なんという牛歩だ。

僕たちは阿佐ヶ谷駅前で早朝からやっていた立ち食いそばの店に寄った。伊藤ちゃんはとろろそば、僕は天ぷらうどんを食べると、総武線で、それぞれ逆の電車に乗って、帰宅した。

金はないが、時間は有り余っていた20代半ばの頃の話。

1985.12

会社の役員になってくれと頼まれた

パインが間借りしていた事務所には、パインの他に、伊藤ちゃん、伏木くん、坂やんなどなどのライターがいた。みんなイシノマキにいた人たちだ。更にそこに三角さんという元編集者の女性が加わって、なぜか経理のようなことをやっていた。

パイン以外の人間は、ずっとそこにいるわけではなく、勝手気ままに出入りしていた。なので事務所には、それまでワイワイといた人がふっといなくなるような瞬間があった。

パインが重要な話を持ちかけてくるのは決まってそんなときだ。

「増田くん、有限会社オールスターの役員になってくれないかな」

僕が反射的に「金は出せませんよ」と答えると、パインは笑いながら首を振って否定した。

「ここにいつまでも間借りしているわけにはいかないだろ。だから、自分たちの事務所を借りようと思うんだ。で、その機会にオールスターもちゃんとした会社組織にしようと思ってるんだよね」

「えっ、名刺には有限会社ってあったけど、今までちゃんとしてなかったんですか？」

「登記はこれからなんだ。で、役員が3人必要なんだよ。オレが代表取締役で三角と増田くんにも役員になってもらおうかと思っているんだ。名前だけだから、お金は要らないよ」

なんだかちょっと、おかしな話だと思った。三角さんのことはどうだかわからないが、僕よりもパインに近い人間はたくさんいるわけで、名前を貸すだけとはいえ、なんで僕なんかに声をかけてきたんだろう。そのことを単刀直入に聞いてみた。

「伊藤ちゃんなんかには金を出して貰うからさ、君ら、金は出せないだろ」

金の出せない奴は名前を貸せということである。まあ実際、僕はオールスターに出入りしているが、まったく金を入れていない。というか、利益を上げていなかったので、入れる金がない。

というわけで、僕は有限会社オールスターの役員となった。といっても僕がなにかにサインをしたとか、そういうことはいっさいなかったし、会社関係の書類を見た覚えもない。本当に名前を貸しただけであった。

その年の暮れ、新事務所への引っ越しをすることになった。場所は新宿5丁目にある靖国通り沿いのマンションの一室。けっこう大変なのかと思ったら、意外とあっという間に終わった。

引っ越し作業が終わったとき、伊藤ちゃんが「コーラをカーッと飲んでポテトチップスでもつまみたいねぇ！」と言ったのを皮切りに、「引っ越しなんだから、ここは蕎麦でしょ。もう夕飯

新宿にあったオールスターの事務所にて。
左がマグロ、中央がトロ

時だし、出前でも取ろうよ！」というようなことをみんなでワイワイガヤガヤ言っていると、パインが意外なことを言った。

「じゃ、せっかくだから寿司でも取ろうか」

全員、いや、たぶん一番貧乏な僕と伏木くんの顔が曇った。寿司だなんてとても高くて……。それを見透かしたパインは「心配しなくてもいいよ。代金は会社から出すから」と言った。

ホッとしたが、普段はケチなパインが、高価な寿司代を出してくれるというのはあまりにも意外だった。そして、自分の財布でなく、「会社の経費として出す」というのもなんだか意味がよくわからず、多少引っかかったりした。しかし寿司が到着すると、たちまちそんなことはどうでもよくなり、僕は桶からウニとイクラを立て続けに頬張った。

宙ぶらりんな1985年は、こうしてのほほんと暮れていった。

僕がライターとして独り立ちするきっかけとなる、青春出版社『ビッグ・トゥモロウ』の仕事を伊藤ちゃんから紹介してもらうのは、この直後のことである。

1986年1月〜1987年1月
トロ・マグロ　28歳

●ヒットソング
渡辺美里『My Revloution』
本田美奈子『1986年のマリリン』
テレサ・テン『時の流れに身をまかせ』
岡田有希子『くちびるNetwork』
石井明美『CHA-CHA-CHA』
中森明菜『DESIRE―情熱―』

第4章 トロとマグロの誕生

●おもな出来事
ハレー彗星が地球に接近
TBSラジオ「大沢悠里のゆうゆうワイド」放送開始
アイドルの岡田有希子が都内で飛び降り自殺
チェルノブイリ原子力発電所で爆発事故
ファミコンソフト「ドラゴンクエスト」発売
「天空の城ラピュタ」公開
三原山噴火
ビートたけしとたけし軍団が「FRIDAY」編集部に殴りこみ

1986.1

データ原稿書きで、手のひらが真っ黒だ

1986年が明け、それまでの四谷から、新宿に通う生活が始まった。パインは張り切っていて、いつ顔を出しても事務所にいる。留守のときは打ち合わせに出ているか人と会っているかで、夜遅くまで、椅子の上であぐらを組んで原稿を書いていた。家には睡眠と着替えのために帰るだけのようだ。

居候していたときも、パインは仕事ばかりしている人で、放っておくと俺は外にも出ないと言っていた。しゃにむに働くパインを見ていると、ハングリー精神という言葉を思い出す。フリーライターのフリーとは何の保証もないことであり、仕事を発注してくれるクライアントとは細い糸でつながっているだけで、いつプツンと切られてもおかしくない。だから仕事はちゃんとやらなければならないし、つながる糸は多いほどいい。そういう考え方だから、いつも多くの締め切りを抱え、寝る間も惜しんで働いている。

ぼくを居候させてくれたり、駆け出しライター連中に事務所を使わせてくれたりするのは、ひとりで働いてばかりいるのがつまらないという理由もあったみたいだ。そのうち野心が芽生え、編集プロダクションを設立。有能なスタッフがきびきび働いてくれれば、自分は社長として営業

中心に動き、原稿用紙1枚いくらの生活にサヨナラできる。パインの皮算用はそんなところだったと思う。

誤算は有能なスタッフがいなかったことだ。自前の事務所を構えるようになっても、ぼくやまっさん、伏木君のボンクラトリオは相も変わらぬ調子。事務所をうるおす仕事を取ってくるどころか、生活費を稼ぐのがやっとの状態である。

もっとも有能なのは坂やんで、パインとのつきあいも古く、パソコンの記事から若者雑誌までこなせてデザインのセンスまで備えているのだが、それ以上に踏み込んでパインの右腕となる気持ちはなさそうだった。かといって、他でバリバリやっている様子もない。ぼくはそれが不思議で、一緒に飯を食べたとき、仕事はあるんだからもっとパインを手伝ったらいいのでは、と尋ねてみた。

「うーん、それはどうかなあ。やるならパソコン買って本格的にってことになるけど、そこまではしたくないんですよ」

ボソッと答えて炒飯を口に運ぶ。

「パソコン高いもんな。だけどパインは、そんなのすぐに取り戻せるっていつも言ってるよ」

「そうでしょうね。ゲーム雑誌やパソコン専門誌はこの先、ますます増えると思いますよ。だから、この分野が食えるというのはわかるんだけど」

「わかるんだけど何?」

坂やんは無口なので、ついせかす形になってしまう。

「ひとつには、ぼくがそれほどパソコンに興味が持てないことですね」

「坂やんは好きなんだと思っていたよ」

「ついていける程度です。で、もうひとつの理由は『ロンロン』とか一連の仕事をぼくは手伝ってきたわけですけど、いいものが作れていないと思うんですよ」

パインが請け負って作っていた初心者向けのパソコン雑誌『ロンロン』はあまり売れず、創刊1年も持たずに廃刊になっていた。時期尚早だったと説明されていたのだが。

「つまらなかったんだと思います。そんで……これから先、パソコン雑誌が増えていくにつれて詳しいライターも多くなるわけだから、売り手市場で仕事がバンバンやってきたり、ライターが編集者を兼ねても通用するのはいまだけじゃないのかな」

キビシい意見が出た。坂やんはパインの編集能力や仕事に対する考え方に疑問を感じているようだ。

「坂やんがオールスターに入って、足りない部分を補うって考えは？」

「ありません。世話になっているから手伝うのはやぶさかじゃないけれども、ぼくはライターのほうがいい。フリーですからね、他の仕事も増やしていきたい」

「そうか。坂やんがそうだとするとパインも大変になるかもな」

「そんなことないですよ。人材はいくらでも出てくるでしょうし、そうなったらぼくも伊藤さんも居づらくなると思うし、パインはあっさりぼくらを切り捨てるでしょうね」

坂やんは優しい男で、これまで何度も困ったときに仕事を助けてくれた。これくらいいいですよの一言で、なにも要求されたことがない。その坂やんが、パインとの関係をクライアントと出入りの業者にすぎないと見ている。それまで感じたことのない、シビアな視線だった。

知人の紹介で年末に会った『ビッグ・トゥモロウ』の編集者からデータマンの仕事がきた。企画に合わせて取材を担当し、掲載記事をまとめるアンカーの役に立つデータ原稿を書く仕事である。いつものラフな格好で会いにいき、サラリーマン経験がないことやライターになって日が浅いことをマイナス材料のように言われていたのに仕事を頼まれたのだから、よほど人手が足りないのかもしれない。

テーマに合いそうなビジネス書を探し、著者にコンタクトを取る。出版社は『ビッグ・トゥモロウ』を名乗ると快く連絡先を教えてくれた。名もない雑誌だと会うだけでも苦労することが多いだけに、メジャーな雑誌の勢いを感じさせられる。

ヒマだったぼくは、せっせとビジネス評論家などに会い、聞いた話をしゃにむに書きなぐった。ギャラは200字詰めの原稿用紙1枚いくらの計算。アンカーが何を必要とするかわからないから、企画内容と多少ズレていてもOK。編集者からは、単価が安いのだからたくさん聞いてたくさん書けとアドバイスされていた。

2Bの鉛筆で手を真っ黒にしながら、事務所の机でせっせと枚数を重ねる。疲労困憊なので、1枚書くごとに、これでカツ丼が食える、今度はカレーだと心にムチを打つ。気がついたら100枚以上になっていた。

編集者からは「内容はそこそこのレベルでしかないが、キミの字は読みやすいからまたやってくれ」と妙なほめ方をされ、データマンをやれるライターを紹介してくれと頼まれた。楽しい仕事じゃないけど生活費稼ぎにはもってこいだ。

声をかけると、坂やんは乗ってこなかったが、まっさんと伏木君が意欲を示した。パインはパソコン関係の仕事にかかり切りで、我々の出る幕はない。坂やんと話して、パインに頼る気持ちが強かったことを反省したので、気持ちは外に向かっていた。

「打ち合わせしましょう。合宿の日程も決めなきゃならないね」

学研の福岡さんから待ちに待った連絡が入ったのはそんなタイミングだった。スキー雑誌が本格的に動き始めたのだ。

スキーができないスキー雑誌のライター集団

1986.2

「じゃあ、ゆっくりボーゲンで滑るから、ぼくの後ろからついてきてくれますか。さっき教えた通りにやれば大丈夫ですから。行きますよ！」

副編集長の田辺さんが先頭に立ち、初心者用のなだらかなゲレンデを、これ以上ないほどの低速で滑り始めた。

「あた、あた、あたたたた」

スタートして5メートルでまっさんがよろけ、最初のターンで伏木君が曲がり切れずに列を離れ、それにつきあうカタチで坂やんとぼくもコースアウト。唯一、難を逃れたニューメキシコの水島が、先頭に追いつこうとしてスピードを上げた途端に滑って転び、豪快に雪煙を上げた。

「はぁ〜。まだ転ぶところじゃないんですけどねえ」

田辺さんのため息は思い切り深い。

福岡さんが編集長となって創刊する雑誌は『ボブ・スキー』という名で、年間6冊程度を発行するシーズン誌として秋からスタートする。レッスンものや実用記事は経験者が取材をして書く必要があるが、娯楽性のある企画やコラムの類いはスキーの腕とは関係なく若手のライターたちに任せ、一般性のある雑誌にしたい。

まったく滑れないでは取材ができないため、コーチ役を田辺さんが買って出て実現したのが1泊2日の志賀高原スキー合宿だった。

到着後、楽しく酒を飲んで眠り、朝イチから特訓開始。が、我々は田辺さんの想像以上にへっぽこだった。伏木君は「寒い寒い」を連発するばかりだし、傾斜が怖いらしいまっさんはガチガチに顔をこわばらせている。坂やんは最初からやる気がなさそうで、ぼくは靴が合わずにひたすら激痛に耐えるのみ。一刻も早く靴を脱ぎたいということしか考えてない。午前の講習が終わる頃には、水島以外全員に嫌気がさしていた。

困ったのは田辺さんだ。根気よく指導しても、へっぽこ軍団はいっこうに上達せず、寒いだの脚が痛いだの文句ばかり垂れる。かと思えば休み時間には別人のように元気になり、ガツガツと飯をくらい、風呂にまで入る。

午後になっても状況は変わらない。スキー雑誌経験者である田辺さんは、うまいスキーヤーになる必要はないけれど、少なくとも転ばずに下まで降りていけないと話にならないこと、ボーゲンでもいいから急斜面でもケガせず滑れることが必須であると教えてくれるのだが、やはり水島以外は緩斜面から離れようとせず、1本滑ると10分休むような、どうしようもないダメ受講生のままだった。

このままではマズイという気持ちはあるのだ。でも、どうにも技術がついていかない。緩斜面をボーゲンでターンすることはできても中斜面になるとうまくエッジを効かせられず、スピードが出過ぎて転んでしまう。締め付けられた足の甲がギンギンに痛くて涙が出そうだ。まっさんも大苦戦し、雪上で途方に暮れている。伏木君と坂やんにいたっては脚やヒザの不調を訴えて早々にスキーをやめてしまった。水島は水島で基礎もできてないのにいきなり急な斜面に挑戦して転びまくるゲレンデの迷惑野郎になっている。呆れた田辺さんはだんだん不機嫌になっていき、夕方にはひとりで滑りにいってしまった。

「今回はまあ、みんなも慣れてないってことで残念な結果になりました。ぼくもプロのコーチじゃないので教え方が悪かったのかもしれないけど、もう少し真剣に取り組んでもらわないとね。このまま取材に突入したら、ケガしたり、取材先の人から白い眼で見られること確実です」

行程を終えた田辺さんの口調は厳しかった。なんで福岡さんはこんな連中をライターに起用しようとしているのか、理解に苦しむ風である。

「初年度はスキーに慣れるつもりで周辺取材とかをしてもらいながら、ワンシーズンかけて滑れるようになってもらうしかないね。本当に『ボブ・スキー』のスタッフになりたければだけど。じゃあ、東京に帰ろうか」

行きと同じように2台の車に分乗し、田辺さんとぼくが運転することになった。ペーパードライバーのぼくが運転を任されたのは、ぼく以外に免許所持者がいないからだ。それはいいのだが、往路と違うのは、今日が雪だということである。ぼくは雪道を運転した経験がなかった。

「伊藤ちゃん、飛ばさないほうがいいよ。田辺さんのとはクルマが違うんだから」

助手席に座ったまっさんが言う。ぼくが乗っているのはオンボロのカリーナバンなのだ。田辺さんが乗っている最新型の4WD車とはパワーが段違いである。

「うん、マイペースで行くよ。なんだか滑るんだよな、さっきから」

「ハンドル取られてるよね、気をつけないと。あ、あ、あぁっ」

話すそばから、カーブで滑った車体がガードレールに激突だ。

「い、伊藤さん、左は川ですよ。ヘタしたら死にますよ」

後部座席の伏木君が叫び、坂やんも「セカンドで走って!」と声を出す。

「わかってるって。しかしさっきはうまいことバウンドして轍に戻れたよな。あ、あ」

またガードレールに激突して轍に戻る。ついているのかいないのか、よくわからなくなってきた。

「あのね伊藤ちゃん、こういうときはチェーンをつけたりするんじゃないの?」

「そうか、でもチェーンなんてあるのかなあ」

信号停止したタイミングで田辺カーまで聞きにいったまっさんが、手でバッテンを作りながら帰ってきた。

「ないってさ。それで、田辺さんが言うにはこの車、ノーマル車だからスリップに注意しろって」

「ガードレールの件、伝えた?」

「うん、どうせ傷だらけだから気にするなって」

そうか、それなら良かった。

「そういうことじゃなくて、チェーン買おうよ」

坂やんが首をすくめ、ガソリンスタンドに寄ってみたが売り切れだった。

「もう雪は上がったし、たいした降りじゃないから大丈夫ですよ。このまま行きます。伊藤君、菅平越えるからぼくの後を慎重についてきて。苦しかったらローでもいいので絶対に止まらないように。止まったらもう上れない可能性が高いから」

手のひらにべっとり汗をかき、ツルツル滑りながら坂道を上がる。しかし、峠までかなりの距離を残し、にっちもさっちも行かなくなった。さっきからずっとローで、時速は10キロ以下なのだ。

「このままでは我々は事故で死にます。増田さんの見解は?」

「死ぬね。伊藤ちゃん、もう集中力の限界だし」

「危険すぎます。ここで停めて、伊藤さん、増田さん、坂出さんは引き返してください。どこか飛び込みでも宿くらいあるでしょうから、今夜は泊まって明日の昼間に高速を使って帰るべきです」

「なんで伏木君は入ってないの?」

「私は金がありませんから田辺号に乗せていただいてですね」

「俺たちも金なんてないぜ。じゃ、伏木君が田辺さんに借りてくるってのはどう?」

「う〜む、それは許可が出ますかねえ。あ、あ、ああ」

停まってしまいそうだ。3人に押してもらい、立て直そうとするが、この調子じゃ本当に命が危ない。ぼくはサイドブレーキをかけ、外に出て煙草をくわえた……。

結局、峠越えはあきらめ、迂回して高速道路に入ることになった。東京に到着したのは深夜。虚脱感で気が抜けたぼくだったが、ひとついいことがあった。この日のドライブで見切りをつける気になったのか、田辺さんがクルマのキーをくれたのだ。ひょんなことからマイカーを手にすることになったぼくは、それから2年、傷だらけのカリーナバンで各スキー場へ行きまくることになる。

ラーメンとカレーを食べまくった初取材 1985.3-4

福岡さん以下、田辺さんを筆頭に2、3名の編集者。その下につくぼくらフリーの連中を、福岡さんはスタッフライターという呼び方をした。編集部から与えられた『ボブ・スキー』の名刺を持って取材に当たるスタッフ程度の意味合いだろうか。とはいえ、しょせんは寄せ集め集団なので編集会議などには参加せず、めいめい勝手に企画を立て、担当編集者と内容を詰めていくだけである。

ぼくたち滑れない組はもうこの段階で落ちこぼれていて、通っても取材する自信がないためスキー雑誌らしい企画など出しようがない。やむなくコラムページとか読者ページとか、現場感の薄い企画を提案するしかないのだが、なぜかそれが福岡さんに受けるのだ。「一般誌の感覚はやはり違いますねえ」とか、「こういう切り口はこれまでのようなガチガチのスキー雑誌にはありませんよ」とか、どこまで本気かわからないがこちらが気を良くするリアクションをしてくれる。お調子者のぼくはそれでますますやる気になってしまったし、「伊藤ちゃんにだまされて合宿に連れて行かれた」と慎重な構えを崩さなかったまっさんや水島も前向きな姿勢に。坂やんと伏木君も、スキー場の取材はしたくないがコラムとかならやぶさかでないと、それなりの意欲を示した。

こうして『ボブ・スキー』への参加が正式に決まったのだが、それからの進行は早かった。来シーズンからスタートするということは、今シーズン中に取材や撮影をしておかないと記事が作れないのである。最低限、全国各地のゲレンデ取材は必須。加えて毎号の企画もの記事も、いまから作っておく必要がある。田辺さんによれば、スキー雑誌の取材は気候が安定する2月中旬から4月初旬がピークで、雪が消えるGWには終わってしまうという。立ち上げの混乱もあって編集部にはとにかくゲレンデへ飛べという空気が強く、ぼくはモロに巻き込まれることになった。

「スタッフジャンパーを作ったので、これを着て増田さんと一緒に上越へ行ってください。滑れないのはわかってるから、ゲレンデはスキーの練習のつもりで適当に回ればいいです。その代わり、君たちにお願いしたいのはゲレ食ね。ゲレンデ内にあるレストランをめいっぱいまわって欲しいんだ。ゲレ食の特集って他誌ではあまりやらないけど、スキーヤーにとっては大事じゃない？　とくにカップルで行くような場合は、どこで何を食べるか、何が美味しいかっていうのは必要な情報だからね」

メシなど自分でうまそうなものを探せよという気もするが、福岡さんが自信満々に言うからにはそうなのだろう。しかも、それに続く言葉がありがたい。

「もちろん経費は出ます。たらふく食べてきてください。興味があるスキー場グッズとか、気を惹かれたものはどんどん買っていいからね。それと、取材については日当があります」

取材したものが記事になるのは冬である。通常、ギャラの支払いは掲載誌が発売された翌々月くらいだから、ヘタすれば1年も先。それではスタッフライターが生活していけないと、福岡さんは会社と交渉して、取材日数に応じた拘束費を出すシステムを作ったという。額としては1日あたり3000円程度のものだが、原稿料とは別建てだし、出張中は基本的に自腹を切ることもないので丸々残る計算だ。たいした額じゃないけれど、家賃と光熱費にはなる。

行き先と宿の手配は田辺さんがやってくれ、4、5泊の予定でまっさんと上越に向かった。我々の使命は上越エリアの主要なスキー場とその周辺にあるレストラン、食堂、喫茶店を集中的に攻めること。具体的な企画は何も決まっていない。まだ関越トンネルは開通していないため、月夜野インターで高速を降り、三国峠をカリーナで越える恐怖のドライブだ。車内ではずっとバカ話。ひとりでずっと運転するのは疲れるけど、友人とドライブ旅行をすると思えばラクな仕事ではないか。ひたすら飯を食べてりゃいいんだから。

「伊藤ちゃんはお気楽だねえ。飯を食うだけのリポーターならいいけど、あとから記事にしなくちゃならないんだよ。しっかりメモを取らないと完全に忘れちゃうだろう。写真もどこで撮ったかわかるように整理しないとダメか。面倒だなあ。外は寒そうだし、気が重くなってきたよ」

翌朝から、六日町ミナミスキー場を皮切りに、少しずつ東京方面に戻りながらゲレ食を求めて取材を進めた。満腹になっては味の評価ができないので、少しずつ食べる。ゲレンデの食堂はシーズン限定の営業が大半で、専門の料理人が作っているわけじゃない。だいたいは地元のおばちゃんたちが材料をケチって作るものばかりなので、唸るほどの味にはほど遠いものばかりだ。福岡さんが言うようなレジャー感覚あふれるファッショナブルなスキーヤーも見当たらず、ガンガン滑ってビールを流し込むようなスタイルでは優雅な昼食なんて必要がない。結局、人気メニューはカラダが温まるラーメンや、すぐに食べられるカレーであることがわかってきた。

「どうせ全メニューなんて食べられないんだから、カレーとラーメンに絞りますか。カラーページで同じ角度から撮影したカレーとラーメンをどっさり並べてみせるのはどうかね。とにかくふたりで全部食べてみましたっていうの。うまそうかどうかは読者の判断に任せようよ」

まっさんの提案でひとつ企画が決まり、いくらか気がラクになった。まずリフトで上まで行って店取材したらコースをボーゲンでゆっくり滑り、下にあるゲレ食を片っ端から取材する。新雑誌ということで怪しまれることもあったが、そこは学研の信用がモノをいい、トラブルはほとんどない。夕方には宿に入り、フィルムとメモを整理して明日の予定を立てる。毎晩、泥のような眠りに堕ちた。

取材期間中、学研への連絡は一度もしなかった。ふたりで撮った写真がまともに写っているのか、取材テーマはあれで良かったのか、多少の不安はあったもののいまさらどうしようもない。まあ、撮影の腕は期待されていないだろうし、写ってさえいればなんとかなるだろう。

久しぶりに帰宅し、ゆったりシャワーを浴びた。鏡に映る自分の顔が早くも皮が剥け始めているのを見て、スキー雑誌のライターに一歩近づいた気がし、ぼくはまんざらでもなかった。

彼女と別れ、妹と経堂に住む 1986.5-8

『ボブ・スキー』編集部は大田区にあり、僕の住む吉祥寺からは井の頭線で渋谷へ出て、山手線で五反田まで行き、さらに池上線に乗り換えなければならない。最寄り駅からも徒歩で15分かかるので、到着まで1時間半近くかかる。夏以降、編集部に行く頻度が増すとともに、往復3時間は堪え難くなっていく。

とくに帰りがつらい。要領が悪いため、仕事ははかどらないのに時間ばかり過ぎ、たちまち午後11時をまわってしまうのだ。3輪バイクで通ってきているまっさんは時間を気にしなくていいが、あきらめて帰るか、朝まで働くかの決断を迫られる。終電近い電車はいつも満員で、家に着いたってシャワーを浴びて寝るだけ。かといって編集部で夜を明かして電車で帰るのもしんどい。編集者に頼み込み、ときどきならクルマできて会社の駐車場を使ってもいいことになったが、リッター7キロくらいしか走らないのでガソリン代が馬鹿にならん。警備のオジサンに「どこの部署?」と尋ねられるのも面倒だ。

ぼくもバイクが欲しいけど高いからなあ、と思っていたら、知人がホンダの赤いスクーターを安く譲ってくれるという。それで、ぼくもめでたく、時間を気にせず深夜の環七を突っ走るライターの一員に加わることになった。

フリーの立場でかかわるスタッフのひとりに過ぎないぼくが、連日のように深夜まで編集部で過ごしていたのは、そこにいることがおもしろかったからでもある。それまでの仕事では、打ち合わせ時や出来上がった原稿を届けにいくとき編集部を覗く程度で、何時間も滞在することなどなかったのだ。まして、編集部で原稿を書くなどしたことがなかった。

『ボブ・スキー』編集部は、編集者もライターもデザイナーも、ほとんど20代。キャリアは浅くてもイキのいいスタッフで創刊したいという、福岡さんの考えがストレートに反映されていて活気があった。しょっちゅう顔を合わせるものだから、だんだん親しくもなるし、企画も出しやすい。考えてみたら、ぼくはそれまで編集者やパインから「これやって」と頼まれた仕事をこなすばかりで、自分から企画を提案することがあまりなかったのだ。たとえ小さな記事でも、自分

学研『ボブ・スキー』編集部のトロ

の企画が通って思い通りのことがやれるのは嬉しかった。頼まれ仕事よりこっちのほうが断然いいと思った。

そばには他の編集部も点在していた。電話で怒鳴っている人がいる。印刷会社の営業と冗談を叩き合う人がいる。赤ペン片手に原稿チェックに余念のない人がいる。黙々と作業をする人がいる。なるほど、雑誌というのはこうやって作られるのか。小さなコラムのタイトルひとつつけるのに1時間も2時間も悩んでいるようなとき、ぼんやりとそういう人を観察するのも好きだった。

夏も盛りに近づいた頃、実家から電話があった。妹が上京したがっているので、兄であるぼくと同居するのを条件にOKを出したという。

「正直言うて不安だけど、もう子供じゃないからねえ。あんたがそばにいれば、私としても安心なんよ」

どうやら妹には東京在住の彼氏がいるらしく、真剣な交際だから一緒に住ませてくれと畳みこまれた。

「半年でいい。その間にお母さんを説得できなかったらあきらめるから。一生のお願いだから、いいと言ってよ」

選択肢はない。ぼくは「いいよ」と答え、すぐに不動産屋にあたり始めた。学生時代から中央沿線にばかり住んでいるので、これまで縁のなかった小田急沿線はどうだろう。急行が止まる経堂あたりなら、つき合っている彼女のところへも学研へも行きやすい。

数日後、手頃な物件が見つかった。広めの2DKで風呂付きだ。家賃は10万円もするが、妹が自炊するというし、半年くらいはどうにかなるだろう。

契約を済ませて一足先に吉祥寺を引き払い、おんぼろカリーナバンをフェリーに乗せて、彼女と北海道旅行に出かけた。妹がくれば生活も変わるだろうから、いまのうちに遊んでおこうと思ったのだ。

が、軽い気持ちで出かけたこの旅行で、ぼくたちはだんだん無口になり、帰りのフェリーでは別れ話さえするようになってしまった。原因ははっきりしない。積もり積もったお互いの不満が、ふとしたきっかけで抑えがたくなったのだ。はっきりしていたことは、彼女の不満が筋の通ったものであるのに対し、ぼくの不満は利己的で子供じみたものだったことだ。

家の前まで送っていったときには、もう部屋にこないでほしいとはっきり言われ、彼女は背を向けてすたすたと階段を上がっていってしまった。フリーになってから、いつも励ましてもらい、ときには仕事を手助けしてくれた人に、ぼくは振られてしまったのだ。

落ち込む兄を尻目に、上京した妹は張り切って荷物を整理し、あっという間に原宿のブティックでアルバイトを見つけて働きだした。竹下通りは近頃、やたら注目されていて、若いコ目当ての安い服屋がひしめきあっているのだ。朝飯はいらないといっているのに、昼頃起きるとスープやオムレツができており、そばにメモがある。

「おはよう兄上。残さず食べるようにね。じゃ、バイト行ってくる。今晩も遅くなるなら電話してください」

もぞもぞ食べていると、編集部から電話だ。

「今日、きますよね。至急、相談したい企画があるんだけど」

はぁと答えて切ると、今度はまっさんである。

「この前話した読者ページ企画、今日やってしまおうよ。3時に学研でどう?」

毎日が慌ただしく動いていた。そろそろ踏ん切りをつけるべきだ。ぼくはその晩、鍵を返すため、学研の帰りに彼女の部屋を訪ねた。彼女が不在だったことに幾分ホッとしながら、ポストに鍵を落とす。チャリン、と乾いた音がした。

事務所がギクシャクし始めた 1986.9-12

妹と暮らすようになって、生活が急に落ち着いてきた。朝は物音で起き、二度寝しても昼前にはベッドを抜け出す。作り置きの食事を済ませたら仕事にかかる。とはいえ集中などできないので、自宅で最低限のことをして、本格的に書くのは『ボブ・スキー』の編集部に行ってから。帰りはたいてい深夜だ。家賃が高くなった代わりに掃除や洗濯はしてもらえるのでラクなのだ。

新宿にあるオールスターの事務所に顔を出す頻度は激減した。ぼくの仕事のメインは『ボブ・スキー』になっていたし、それ以外の仕事も知り合いを通じて得た取材ものが大半である。PR雑誌の店取材などではまっさんとコンビでやることが多く、一方が執筆、一方が撮影と役割を分担した。クルマで出かけて1時間ほどで取材を終わらせるのだが、それでも半日はつぶれる。ギャラが全部で1万円といったものなので割に合わない仕事だけれど、気分は遊びなのでそれでも良かった。

一緒にいる時間、まっさんとずっと喋っていたわけだが、話題はいくらでもあり、お互いの仕事に関してはあまり突っ込んだ会話にならない。それよりは、くだらない雑談のほうが楽しい。同業者というより、友だちという感じだ。だから、まっさんが『ビッグ・トゥモロウ』をレギュラー仕事にしていることは知っていたけど、どれほど時間を割き、どれだけギャラをもらっているかなんてわからなかった。一緒に遊べるってことは、毎月食べていけるだけの収入があるということなので、それで良かった。

まっさんはときどき「伊藤ちゃんに紹介してもらったおかげだよ」と言うのだが、ぼくにしてみれば、苦手な仕事を引き受けてもらって助かった気分だった。ぼくにとっては苦痛でしかない『ビッグ・トゥモロウ』のデータマンを、まっさんはラクにこなすことができるのだ。取材のアポイントを取るだけでも、電話嫌いなぼくにとってはやっとの思い。原稿書きは好きだがインタビューが不得手なぼくからすれば、見ず知らずの相手からさくさくコメントを取ってしまうまっさんは特殊な能力の持ち主に感じられた。

それでもたまには用があって事務所へ行く。すると、しょっちゅう出入りしていたときには気付かなかったことに敏感になる。毎日顔を合わせていると変化がわかりにくいが、ときどきだと太っただの痩せただのに気がつきやすくなるようなものだ。ひとことで言えば、オールスターはだんだん雰囲気が悪くなってきていた。

もともと我の強い連中が集まった寄り合い所帯である。パインが駆け出し連中に仕事を供給しているうちは確固たるボスの立場でいられたが、各自が自分で仕事を取ってくるようになったものだから、誰が何をしているかもわからないし、頭を下げてパインの世話になる必要もなくなってくる。

金額の差はあったとしても、それぞれ収入に応じた分担金を出し、共同事務所としてスタートしていたら歪みも生じにくかったかもしれないが、メンバーを揃えるために家賃や経費はパインが出すと言ったものだから、他のメンバーは金銭負担がない代わりに事務所を活用しにくいのだ。仕事がないわけじゃない。パインの元へはこなしきれないほどの依頼がある。でも、この時期のパソコン雑誌やムックは、素人でもなんとか書ける低レベルのものから、専門性を求められるものへと急速に変化しつつあった。以前のように、手取り足取りぼくなどに教えても役に立たない。勢い、パインは事務所メンバー以外のテクニカルライターと呼ばれる専門知識を備えたプロに発注せざるを得ない。たまにあったとしても、パインは常に忙しいから片手間に参加するのがせいぜい。ぼくたち若手は自分のことで精一杯で、パインが喜ぶような仕事を振る余力はない。逆に、ぼくたち若手は自分のことで精一杯で、パインが喜ぶような仕事を振る余力はない。

そうなると、鈍い若手陣といえど、パインはこの調子でパソコンをメインにやっていくつもりなんだなとわかってくる。じゃあ、何のために自分はここに通ってるのか。原稿なら自宅でも書ける。ムックを丸受けするような仕事なんてしてないし、したいとも思わないから、都心に事務所があるメリットなどないに等しい。

パインはシステムを変更したがっていた。前述のような経緯があるのでガマンしているけれど、内心では「なんでオレがみんなの電話代まで払わなければならんのか」と思っている。他のメンバーも「なんでオレは必然性もないのにここにきて、パインにかかってくる電話を取り次いだりしなきゃならんのか」と思い始めたが、世話になってきた手前、口に出せない。たまにオールスターに行くと、そんなギクシャクした空気を感じてしまうのだ。

ぼくはパインからその場にいない人間の悪口を聞かされるのがイヤだった。めったにこない伏木君のことはボロカスに言うし、まっさんや坂やん、三角さんについてもチクチクと不満をもらす。ぼくはなるべく聞き流すようにし、長く続くようだと外に出た。プライベートな電話を事務所でかけると、あとからどう言われるかわからないから、公衆電話を使う。やれやれ、疲れる。

「パインは社員を雇って本格的に編プロを作ればいいんだよ。あの人はそうしたいはず。でもぼくたちは社員になる意志がないし、パインが望む能力も持ってないでしょ。それでイラついてるんだと思うよ」

最初から、パインとは距離を置いてつきあってきたまっさんは、よくそんなことを口にする。ぼくもそうだと思う。でも、居候までさせてもらっておきながら、こちらからパインを見捨てるように去るなんて、裏切るようで気が進まなかった。円満にオールスターを抜けるにはどうしたらいいだろう。

はっきりしないまま秋が深まり、年末が近づいてくる。そんなある日、まっさんと食事に行ってパイン問題を話した。

「パインはいない人の悪口をよく言うんだよね。言いたいことがあるなら、本人に直接ぶつけて欲しいよ」

ぼくがこぼすと、まっさんがうんうんと頷いた。

「伊藤ちゃんがいないときは、事務所の使い方が荒っぽいとか、大雑把で気が利かないとかしょっちゅう言ってるもんね」

え、ぼくにも不満があるのか。そんなこと、面と向かうといっさい言わないのに。いっぺんみんなで集まって、パインがどんなふうにそれぞれを評価しているか情報を寄せ合ったらおもしろいかもしれない。

その機会は間もなくきた。三角さんが、うちでクリスマス会をやろうと言い出したのだ。

クリスマス会に参加した坂やん、まっさん、三角さんの話は、ぼくにとって驚きの連続だった。とりわけ、事情通の三角さんからもたらされた、オールスターに出入りする女性たちにパインが次々にセマるという話は聞いていて不愉快なものがあった。なんだかガッカリだ。

夜が更けると、ワイドショー的なバクロ合戦は一段落し、その代わりに、自分たちはオールスターに机を置くメリットがあるのだろうかという話になってくる。

「ボクなんて仕事の供給はほぼゼロだから、気疲れするだけでメリットはないよ。役員ってことで名前を貸してるだけだよ」

まっさんは、本当は一日も早く抜けたいんだと本音をもらした。経理を手伝っている三角さんも、もともとライターや編集がやりたい人なのでいつまでもいたくはない。気分屋のぼくは、自分がオールスターの実態を知らないことですっかりシラけてしまい、どうでもよくなってきた。

「そろそろ潮どきかな」

坂やんがポツリと言った。

ぼくが本当にフリーになった日

1986.12-1987.1

クリスマス返上で仕事を終えると年内の予定はなくなる。妹の帰省に合わせ、1年ぶりに実家に顔を出すことにした。母は弟が経営する菓子舗を手伝っているので、ぼくも駆り出され、職人さんと一緒に鏡餅づくりをしたり配達に出たりでけっこう忙しい。正月には、実家が近いまっさんが、ぼくの不在中にいきなりやってきて初対面の母と話し込んで帰るという、わけのわからない出来事があったりして、1週間ほどの日程はみるみる過ぎていった。

東京では会うことのなかった妹の交際相手にも、年明けに初めて会った。とりたてて面白みはないものの、まともな男のようである。兄としては、人間がまともであれば、妹の結婚について反対する理由はなかった。母も次第に態度を軟化させてきているので、うまく話がまとまれば年内には結婚ということになるのかもしれない。

東京に戻るとすぐに仕事が始まり、バタバタした日常が戻ってきた。スキー雑誌のゲレンデ取材は年明けからぼちぼちスタートし、ピークを迎えるのは春先。それまでは原稿だけに集中していればいいと思っていたのだが、ある日、福岡さんに呼び止められ、海外取材を打診されたのだ。

「スイスで開催される世界選手権のプレスツアーに参加して、ついでにツェルマットを取材してきて欲しいんだ」

「え、田辺さんとかもいるのに、ぼくなんかでいいんですか？」

「遠慮はいらないよ。ボクはね、ライターは若いうちにどんどん外に出るべきだと思うんだよね。どう、行ってみたくない？」

願ってもない話だ。海外取材なんてしたこともないし、世界選手権がどのようなものかも知らないけれど、行けば何とかなるだろう。不安はいろいろあるけれど、英語力やスキーの腕を気にしていたらどこにも行けやしないのだ。世界を飛びまわるスポーツライターみたいで悪くないねえ。

「じゃ、決まりね。日程が確定したらまた伝えるから」

「わかりました、がんばります！」

家に帰り、まだ見ぬヨーロッパの風景に思いを馳せているうちに、「潮どきかな」という坂やんの言葉が蘇ってきた。他人の恋愛事情に興味がないのでパインが誰とつき合おうと別れようとかまわないけれど、三角さんやまっさんから聞いたやり口は、仕事にかこつけて女を口説く海千山千オヤジのようで不愉快だったのだ。それ以外にも、ぼくの知らなかった仕事や金にまつわることが多数ある。すべてがパインのせいとは思わないが、この先オールスターと関わって得られるものと失うものを量りにかけたら、後者が多い予感がする。パインだって、本音では一緒に仕事をする気のないライターに机を使われるくらいなら、社員でも雇って編プロ活動を本格化させたいはずだ。

いずれにしても、そろそろ態度をハッキリさせるほうがいい。さり気なく距離を置き、徐々にうやむやな関係になるような方法は、ぼくには気持ちが悪いのだ。

数日後、事務所でパインとふたりきりになったところで話を切り出した。

「パインの仕事を手伝うことも減ったし、最近は学研にいる時間が長いでしょ。それに妹が結婚したら自宅を広く使えるので、ぼくの机は返上したいと思ってるんですよ」

気の弱いぼくは、なるべく波風が立たないように、辞めるという言葉を使わずに事務所からの脱退を告げたつもりだった。

「伊藤ちゃんに抜けられると、イザというとき頼りになる人間がいなくなる。はっきり言って、増田君や伏木君はアテにならないからね。坂やんもめったにこないし。ときどきでいいから顔を出してもらえないかな」

社員でも何でもないのにこんなことを言うのは、嫌になるといっさいの関係を絶つのがぼくのやり方だと、以前話したことがあるからだろう。

「しかし困ったな」

「パイン関係の仕事はしてないから困ることはないでしょう」

「そうじゃなくて、伊藤ちゃんには金を出してもらっているから」

ああ、そうか。事務所を借りるときに20万円出した、あの金か。

「そうだよ。20万出資してもらっているから、伊藤ちゃんには当然の権利として専用の机を使ってもらってるんだしさ。ただ、我が社もキビシいから、急に言われて全額返すというのも……」

「そんなこと言ってないですよ」

「これまで使った分を少し差し引かせてもらえるとありがたいんだけど」

ああ、ため息が出そうだ。なんで金にこだわるかなあ。あの20万は自分の意志で出したもので、勝手に事務所を出て行くのだから、返してくれとゴネるつもりもないのである。

「いや、金は返さなくていいです。そういうつもりで出したわけじゃないんで。ぼくとオールスターには貸し借りなしってことにしてください」

「え、本当にいいの?」

その瞬間、パインが見せたうれしそうな顔を見て、自分の判断は正しかったと確信した。フリーライターになったはいいが、右も左も分からないばかりか住むところさえなかったぼくを居候させてくれ、取材や原稿書きの基本を教えてもらった恩は忘れないが、それはそれ。裏表のある人間関係や腹の探り合いで気を使うことは、もううんざりなのだ。

エレベータに乗って1階に降り、ブルゾンのジッパーを首元まで上げてマフラーをぐるぐる巻く。

「さよなら、お世話になりました……」

ビルの出口で声にならない礼を述べ、ぼくは新宿駅のほうへ歩き始めた。これまでだって何とかなってきたように、この先もなるようになるだろう。向かい風が吹き付けてきたけれど、心の中は開放感でいっぱいだった。

マグロ編
1986.1

デカい明日になりそうな『ビッグ・トゥモロウ』の仕事

「それじゃ、ちょっと行こうか」

引っ越したばかりの「オールスター」の事務所で、伊藤ちゃんがそう言った。

行き先は、青春出版社の月刊誌『ビッグ・トゥモロウ』の編集部だ。伊藤ちゃんが歩いて行くというので、僕も一緒に歩き出した。

靖国通りから厚生年金会館の先で路地へ入る伊藤ちゃん。

東京医大の横を抜けると住宅街があり、何度か曲がりながら進むと、「まねき通り商店街」という古い商店街に出た。出発したときは明るかったが、抜弁天あたりに着いた頃には日が落ちて、すっかり真っ暗だ。

職安通りを河田町まで歩くと、青春出版社のビルがそこにあった。近いのかと思ったが、結構な時間がかかった。

正面玄関は閉まっていたが、脇の駐車場のドアから中に入った。暗い階段をあがり、編集部に入っていく。

伊藤ちゃんが片手を挙げて、挨拶すると、痩せた男が奥のデスクから立ち上がりやってきた。

「どうぞ、こちらへ」と編集部の一角の、ツイタテで仕切られ、ソファが置かれている場所に案内された。そこで紹介され、名刺交換をした。さすがにこのころは「オフィス たけちゃん」ではなく、本名にフリーライターという肩書きの名刺を使っていた。

紹介された三河は僕より少し年上だったけれど、けっこう腰が低く丁寧な人だった。

伊藤ちゃんはそのとき、できあがった原稿を三河に渡した。三河はそれにさっと目を通し、「よく取材できてますね、またお願いしたいのですが」と伊藤ちゃんに次の取材の日程などを話している。ひと通り話したら、三河は僕のほうを向き、「増田さんもお力を貸していただけないでしょうか」と、ついでのように、僕に仕事を依頼してきた。

サラリーマンから話を聞いてデータ原稿を起こす仕事で、テーマはごく簡単、書く分量も多くなかった。つまり、めちゃくちゃ楽そうな仕事であった。

僕は以前に、イシノマキという編集プロダクションで『週刊ポスト』のデータマンをしていたことがあった。そこでは、ロス疑惑の三浦和義、松田聖子や郷ひろみを取材してこい、なんていきなり言われたりした。

何のノウハウもない新人がＶＩＰの取材という戦場に放り出されるわけで、努力しても徒労に終わることが多く、よく落ち込んだ。

しかも、データが取れず原稿が書けなければ一銭にもならない。運良く取材相手にコンタクトが取れて原稿を書いても、そのギャラは想像していたものよりはるかに少なかった。当たり前と言えば当たり前で、編集プロダクションとは、出版社が支払う原稿料の中間搾取で経営が成り立っているものなのだ。

しかし、伊藤ちゃんに紹介された『ビッグ・トゥモロウ』の仕事は、出版社と直での仕事だ。当然ながらギャラは期待できるはずで、頑張ることにした。

できあがったデータ原稿を持っていくと、三河は「近いうちにまた電話するから、またお力を貸してください」と言った。最初の仕事はテストだったらしく、僕は幸いそのテストに合格したようだった。つまりその次の月、三河から電話がかかってきたのだ。

当時の『ビッグ・トゥモロウ』はひとつの企画（おおよそ5〜6ページ）にデータマンが3、4人いた。そしてアンカーマンと呼ばれる、実際に誌面に載る文章を書く人がひとり。

月のはじめにこのメンバーが集まり、担当の編集者が企画の説明をする。そして取材先がそれぞれのデータマンに振り分けられる。

取材する相手は、芸能人などではなく、ビジネス評論家や、一般のサラリーマンだったから、アポイントを入れるのも実に楽だった。内容も、週刊誌のように聞きにくいことを聞くわけではなく、ビジネスのノウハウとか、お金を貯める方法だとか、そういうのがテーマである。

あらかた取材を終えた月の半ばに再びメンバーが集まり、データマンがそれぞれの取材成果を発表する。

僕はこの時間が何より好きで、「この人はこんなことを言っていた」と、メモを見ながら取材内容をおもしろおかしく話すのがなんとも楽しかった。

原稿起こしは、当時住んでいた東中野の三畳間のコタツでやった。

原稿用紙は『ビッグ・トゥモロウ』という名前の入った200字詰めの専用紙で、パソコンもない頃だから当然手書きだ。僕は0・9ミリでBのシャープペンシルがいちばん書きやすく、愛用していた。

1企画につき原稿用紙100枚書くことはざらで、文字を滑らせるように、とにかくどんどん書いた。データマンにとっては、書いた枚数がそのままギャラに跳ね返るのだから、もう必死だ。書き上がった原稿は、札束のように大切に封筒に入れて、青春出版社に持って行った。実際、文字の書かれた原稿用紙というのはお金と同じだと僕は思った。

この仕事がレギュラーになったことで、不安定だった僕のライター生活は劇的に安定し、なんとかやっていけるのではないかという気持ちになった。

そのうち企画はひとつだけではなく、ふたつ頼まれるようにもなった。さらには別の編集者からも仕事の依頼がきたりした。多いときにはペラ（200字詰め原稿用紙）で月300枚以上書くこともあった。

そうしてやっと金銭的に余裕が出てきたのは、その年の初夏くらいだったろうか。変動もあったが、毎月20万円前後が青春出版社から振り込まれていた。

ある日、東中野のアパートへ帰る途中で、ジュースの自販機が目に付いた。それは当たりくじ付き自販機で、めったに当たったことがなかった。

その日の僕は、何を思ったのか、当たりが出るまでジュースを買い続けた。幸い10本目くらいで当たりが出て、大量のジュースを腕に抱えるようにして持った。

ああ、残金を考えずに金を使えるってことは、なんて素敵なんだ！

僕はそのとき、しみじみそう思った。

さあ、銭湯通いはもう終わりだ！　いよいよ風呂付きのアパートに引っ越すぞ！

大きな明日、まさに『ビッグ・トゥモロウ』の仕事が、僕を変えてくれるという予感があった。

タダほど高いものはない。スキー合宿顛末記　1986.1

オールスターの事務所にいるとき、伊藤ちゃんから電話がかかってきた。電話に出た僕にいきなりこう言うのだ。

「おお、まっさん。スキー合宿に行かない？」

スキー？　いやぁ、未経験だし、とくに興味もなかった。

「道具も持ってないし、いいよ」と最初は断った。すると伊藤ちゃんがこう言う。

「交通費も宿も全部タダだから」

「えっ、タダ？　無料ってこと!?」

と、僕は聞き返した。スキーに興味はなかったが、そういうことなら話は別なのである。

こっちが、乗り気になってくると、伊藤ちゃんは「そこに伏木くんがいる？　いたら、スキー合宿に行くかどうか聞いてみて」と言う。

僕が手短に伏木くんに伝えると、「それはいいですねぇ。ぜひ参加させてください‼」と言うではないか。それを伊藤ちゃん伝えると喜んでいた。

「他には坂やんも参加するから」と言い、電話は切れた。詳細はわからないまま日が過ぎる。スキー合宿の音頭を取っているのは、学研の人らしいということがわかった。どうやら学研からスキー雑誌が創刊されるらしい。しかし、その雑誌で仕事をするとかなんとかは、まったくそのとき意識していなかった。

ある日、オールスター事務所から、伊藤ちゃんが学研の人に電話をかけた。なにやらスキーウエアについての相談のようだったが、伊藤ちゃんは、「ひとりね、デブがいるんですよ」と言っていた。

どうやらそのデブとは僕のことだった。その後僕は100キロ超の巨漢になるのだが、この頃はまだ75キロくらいだった。しかし20代半ばの同年代のなかで、僕は既にそんなふうにデブキャラのレッテルを貼られていた。

そしていよいよ合宿へ。出発は夜だった。本当にウエアも板もなにも持たず、着替えだけを持って僕らは集合した。田辺さんという少し年上の人がリーダーで、僕はその人の車に乗って安全にスキー場へ向かった。伊藤ちゃんはおんぼろな車を与えられて自分で運転していたが、これは田辺さんの古い車で、帰りの雪道でのドライブは僕の人生で最も死を意識した日と言っても過言ではなく、マジで怖い思いをした。

ところで、話をスキー合宿に戻そう。夕飯は途中のファミレスで済ませ、宿に着いたら夜更け。

僕らはすぐに寝た。

翌日の朝食後、張り切った田辺さんが僕らを連れて、まずは靴や板のレンタルの手続きをしてくれた。経験者もいたが、僕らはほとんどが初心者だった。

そして僕は、スキー靴を履いた時点ですでに、「これは自分に向いていないスポーツだ」と気付いていた。窮屈で歩きづらくて最悪だと感じた。その窮屈な靴にスキー板を装着。当然、もっと動きづらかった。

ボーゲンという初歩的な滑り方を田辺さんに教わり、いきなりリフトに乗ってゲレンデの上まで向かう。ここでも、僕はもう一生スキーはやりたくないと思った。

リフトはふたりがけのシートで、順にやってくるシートにスキーを履いたままタイミング良くお尻をおろさなくてはいけない。

だいたい、初めてスキー板を装着して歩くのもおぼつかない人間に、そんなことがうまく出来るわけがない。しかも、やっとこさ乗れたはいいが、上の降り口で降りられなかった。

そのままリフトで下ってゆく僕。これが実に恥ずかしい。すれ違う、上りのスキーヤーの視線が痛い。

目を伏せながら下まで行った。そしてそのまま二度目の上り。今度は、えいやっ！と気合で降りられたものの、死に物狂いだった。

田辺さんによれば、そこは初級者コースらしかった。しかし、僕には断崖に見えた。とにかく何度も転びながら下まで降りた。そして、すぐさまスキー板を外した。次に降りてきた伏木くん

スキーにビビりまくるマグロ

も、顔がゆがんでいた。

「どうしたんですか、もうやめるんですか？」

へっぴり腰の伏木くんは、僕のところまできて、そう聞いた。

「うん、僕は向いてないような気がするんで、宿に戻って休んでるよ」

そう言うと、「では、私もそうします」と伏木くんが便乗。さっさと板を外して一緒に部屋に戻った。

スキー靴を脱ぐと、さほど滑ったわけでもないのに、すでに足に靴ズレができていた。

「これじゃあ午後も無理だなぁ」と言い訳をしながら昼飯を食べて、僕はその後も部屋でゴロゴロしていた。

幸いすぐに日は暮れ、帰ることになった。駐車場まで行くと、車が雪で埋もれていた。

僕は来たときと同じように、田辺さんの車に乗ろうとした。しかし、どうも田辺さんは機嫌が悪い。仕方がないので僕も伊藤ちゃんの運転する車に乗ることになった。くどいようだが、これが本当に大変だった。

命からがら東京に戻ったのち、すぐに伊藤ちゃんから電話があった。

「まっさん、ドライブに行こうよ」

田辺さんからもらった車で、さっそくドライブである。

「んじゃ、早稲田通りまで出て待っているよ」

電話を切って通りに出て、しばらくすると吉祥寺方面からやってくる白いバンが見えた。ハンドルを握っているのは伊藤ちゃんだ。

「おぉいぃ」僕は手を振った。が、どういうわけか車は通りすぎていく。そのとき目にした伊藤ちゃんは、ハンドルにしがみつき、必死の形相だった。しばらく待って、一周して戻ってきた車に乗り込んだ。

ドライブなのに、着いた場所は大田区の長原にある学研の本社だった。建物は古めかしく、なんだか役所のようだった。

そしてそこで何をしたかというと、スキー雑誌の編集長になるという福岡さんを紹介された。

「いやぁ、スキーまったくできないんで、僕のような人間は不要でしょう」というようなことを言いながら、僕が持っていた名刺を渡すと、福岡さんはこう言った。

「やったことのない人にこそ、お願いしたいんですよ。君たちの若い感性で、いい雑誌にしていきたいんです」

なぜか僕はそれに感動し、どういうわけか、滑れもしないスキーの雑誌に関わることになる。僕のライター人生の試練の始まりであった。

「北尾トロ」が誕生した瞬間！ 1986.2

スキー雑誌の取材に出かける前日、神保町にあるスキーショップで、ウエアの上下とバッグを買った。全部で2万円弱だったろうか。プライベートでスキーに行くことは有り得なかったので、なるべくスキー以外でも使えるものを選んだ記憶がある。

現場への移動については、まったくお気楽だった。なぜなら伊藤ちゃんがすべてお膳立てをしてくれて、僕は彼が運転する車にただ乗っていれば良かったからだ。

取材は何泊にも及んだが、食事代などすべては学研が支払ってくれるので、お金のない僕には何よりうれしかった。

伊藤ちゃんは僕よりもスキーができるので、ゲレンデ取材もしていた。スキー雑誌にとってはメインの記事で、どのスキー場にどんなゲレンデがあるかという紹介のための取材だ。これは、滑るコースなどを写真付きで紹介するので、なかなか難しい。滑りながら写真を撮らなくてはいけないからだ。

「まっさんは、下を取材して」

僕は伊藤ちゃんから、そう指示された。下というのは、スキー場の周辺にあるレストランや、お土産物屋さんなどの店のことである。

考えてみれば当時の僕らには、スキー雑誌だろうがなんだろうが、取材をするためのスキルが意外と身についていた。たとえば、取材に写真撮影はつきものだ。僕らよりも上の世代はカメラマンと記者は分業化されていたけれど、僕らの頃からはライターも写真を撮ることが多かった。街頭や海水浴場で女の子の写真を撮り続けた『ムサシ』の仕事も無駄ではなかったのだ。この取材でも、伊藤ちゃんは高橋名人から買ったキャノンＡＥ‐１を首からぶら下げていた。僕はニコンのＦＡで、いずれも一眼レフカメラだ。

写真を撮影する道具も今と昔ではずいぶんと変わってきている。当時はまだデジタルカメラなんてない。すべてがフィルムのカメラである。だから、撮影しながら、「1枚も映ってなかったらどうしよう?」と不安に駆られることがしばしばあった。だからたくさんシャッターを押した。そんな取材旅行から帰る頃には、取材メモや撮影済みフィルムがどっさりたまっている。フィルムはすぐに『ボブ・スキー』の編集部に渡し、僕らは取材メモだけ取っておいた。

そんなことを4月くらいまでやっていただろうか。そしてゴールデンウィークが過ぎて初夏を迎えると、僕らは毎日のように学研の『ボブ・スキー』編集部へ足を運ぶ日々を過ごした。

この年の夏、僕は荻窪にある田辺ビルという古いビルに引っ越した。家賃は6万5000円で、古いが念願の風呂付き物件だった。

僕は荻窪から世田谷区上池台にあった学研の本社まで、けっこう遠かったけれど三輪バイクで通った。電車だと国鉄や私鉄の乗り換えが大変で、晴れている日はバイク、雨が降る日は仕方なく電車だった。

学研では、冬に行ったスキー場の写真を整理し、せっせと原稿を書くはずだった。が、いざ直面すると、何をどう原稿にすればいいかよくわからなかった。はかどらずにいたそんなとき、僕はなんとなく読者ページの仕事を振られた。おもしろいページにしたいので、伊藤ちゃんにも手伝って貰うことにした。

「増田くん、雑誌で何かを説明するときに〝狂言廻し〟がいると便利なんだよ」

パインがよくそう言っていたのを僕は思い出した。狂言廻しとは要するに、状況を説明する

田辺ビルにて原稿を書くトロ

6階建ての田辺ビル。
305号室が事務所だった

キャラクターみたいなものだ。僕らは自分自身をキャラクター化することにした。

しかし、僕は増田剛己、伊藤ちゃんは伊藤秀樹。名前がちょっと固い。そこで、この読者ページでは、なにかペンネームを使おう、そう伊藤ちゃんに提案した。

『ボブ・スキー』編集部にはフリーの記者席のようなものがあった。社員や編集者には当然だが決まったデスクがあり、僕や水島や伊藤ちゃんらフリー組は、同じフロアの中央にいくつか並べられたフリー記者席の適当な場所で、原稿書きなど作業をする。

この日は僕がけっこう早めにデスクについて作業をしていた。そこへ伊藤ちゃんがやって来て、いきなり僕に言った。

「決めたよぉ！」

なにを決めたのかと思えば、ペンネームだった。えっ、なになに、どんな名前⁉

「それはねぇ、〝トロ〟だよ！」

「おっ、いいねぇ。いいよぉ。しかし、トロだけっていうのはちょっとわかりずらいから苗字を付けようよ！」

言いながら、僕はなぜか双羽黒のことを考えていた。

数日前、北尾が大関から横綱となり、「双羽黒」という名前に変わったばかりだった。僕は北尾が好きだったし、輪島のように横綱になっても本名で相撲を取り続けて欲しかったのだが、なんだか変な名前に変えられてしまい、いい気持ちがしていなかった。

そこで即座に「北尾」という苗字はどうかと伊藤ちゃんに提案した。そして伊藤ちゃんからの異議はなかった。そんなわけで、北尾トロという名前が誕生した。同時に僕は「マグロ」にすることにした。トロとマグロっていいかんじではないか。

そのとき、ペンネームはあくまでも、読者ページで一時的に使うかりそめの名前だった。その場のノリでつけた相撲取りや魚の名前を、20年以上も使い続けることになるとは、僕や伊藤ちゃんはその時、知る由もなかった。

ライターの三種の神器がそろう！

1986.2-8

西暦で１９８６年、昭和でいえば61年、僕の仕事は前年より確実に忙しくなっていた。レギュラーの仕事が『とらばーゆ』『ビッグ・トゥモロウ』に加え『ボブ・スキー』で3つになったからだ。いずれも伊藤ちゃんに紹介してもらったものだ。

『とらばーゆ』は小さなコラムだが週刊で、『ビッグ・トゥモロウ』は月刊、『ボブ・スキー』は年に6ヵ月間刊行のシーズン月刊。年6ヵ月のシーズン月刊といっても、半年だけ働けばいいというのでなく、『ボブ・スキー』の場合は1年を通じてやることがいろいろあった。

この年の前半、僕はまだ東中野の三畳に住んでいて、原稿は手書きだった。とくに大量の原稿を書かなければならなかったのが『ビッグ・トゥモロウ』だ。誌面に出る原稿ではなく、アンカーマンが記事を書くためのデータ原稿なので、多いときにはペラで３００枚もの原稿を書いた。

この仕事のために役立ったのが録音できるソニーのウォークマンである。取材の様子を録音するためだ。しかし、当時はまだ取材に録音機を使うというのは珍しかったかもしれない。その証拠に取材の前に「録音していいですか？」と相手に聞くと、ダメだという人もけっこういたものだ。

そういえば、録音できるウォークマンは伊藤ちゃんに何度か貸したことがある。そのため、伊藤ちゃんの取材テープ、たとえば『週刊ポスト』で白井貴子を取材したときのものなどどういうわけか僕が持っていた。自分のを聞くのはイヤだけど、他人のを聞くのは楽しかった。ふだんあまり聞くことがない、他人の取材ぶりがわかるからだ。

ただし、録音できるウォークマンは、操作が面倒で、ちゃんと録音できていないこともあった。それで僕はこの頃、録音に特化した小型のテープレコーダーを買ったのだ。これはオリンパス製のマイクロカセットを使ったもので、ボタンをひとつ押すだけで、すぐに録音できた。

たいてい僕は、家のテレビをつけっぱなしにして、消音にして仕事をした。何度もテープを聴きながら取材の一言一句を原稿用紙に書き出していく。データマンはペラ1枚いくらという支払いだったから、たくさん書いたほうがいい。

2月にはフィリピンで、マルコス大統領の住むマラカニアン宮殿が民衆に包囲される事件が起きて、大統領が国外脱出した。ワイドショーでは、「大統領がいなくなった宮殿に押し入った民衆が見たものは、イメルダ夫人の3000足もの靴だった」というようなことを何度も放送していた。

岡田有希子がサンミュージックのビルから飛び降り自殺したのも、この年の4月だった。テレビのニュースを見て、ああ、あそこだ、とすぐにわかった。以前に通っていた四谷の編集プロダクションへの通り道にある、四谷四丁目の交差点に面したビルがその現場だった。

この年のヒット曲に「1986年のマリリン」というのがあった。本田美奈子が踊りながら、元気にへそを出して歌っていた。

8月に東中野から荻窪へと引っ越したあたりで、僕はやっと、「ライターの三種の神器」をそろえた。すなわち、留守番電話・ワープロ・ファクスである。

ライターの三種の神器は、時代とともに変化し、これに「テープレコーダー」(今ならICレコーダー)とか「名刺」を入れる人もいるだろうが、僕のなかで、この時期の三種の神器はこの3つだったように思う。これを手に入れたことで、僕はやっと一人前のライターになれた気がした。

今ではすっかり廃れてしまったが、昔は留守番電話機というものが非常に重宝された。今ある留守番電話機は電話機と一体になっているが、最初の頃は独立した機械で、それを電話機につないで使用するというものだった。僕は引っ越しを機に、電話と留守番電話機が一体型になった最先端のものを購入した。ソニー製で、メッセージをマイクロカセットで録音するようになっていた。

「これさえあれば、どんな仕事依頼も逃さないぜ!!」と僕は大いにはしゃいだ。嬉しさのあまり、留守番電話にメッセージが入っていないか、外出先から家にしょっちゅう電話をして確認した。また、そういう操作をしている自分がかっこよく感じた。初めて自分用の携帯電話を与えられた中学生みたいなもんだった。

ワープロは、今じゃPCで使うソフトウェアのことを指すようになったが、昔は文章作成専用の独立した機械だった。

僕が手に入れたのは、リコーのワープロであった。リコーのワープロを、毎月数千円でリースして使っていた。当時のワープロは、買うと結構な金額がする代物だったのだ。ファクスも同様にリースを利用した。

三種の神器を手に入れて、まずは『とらばーゆ』の原稿をワープロで打ち、ファクスで送信した。これまで編集部へわざわざ原稿を届けに出かけていたものが、家に居ながらにして済むようになったのだ。これは画期的なことで、僕はものすごく感動した。

ワープロについてはこんなおかしな話もあった。

「あの、この前の原稿なんですが、ちょっと手直ししてほしいんです」

『とらばーゆ』の編集者から電話がかかってきたことがある。

「あれ、だってファクスで送ったときは、OKって言ってたじゃないですか」

僕が不満をあらわにそう言うと、こういう返事がかえってきた。

「あ、手書きの原稿じゃなくてああやって活字になっていると、ついつい、いいって思っちゃったんです」

そんなもんかと思った。そういう時代だったのだ。

のちにリクルートは自社専用のパソコン通信網を作ったので、原稿はファクスではなくパソコン通信で送るようになった。そのうちワープロもパソコンに、ファクスはパソコン通信に取って代わられ、ポケベルが登場したら留守番電話は用無しとなり、携帯電話が出現したらポケベルは消えた。

まだ留守番電話機さえ持っていなかった伊藤ちゃんに、三種の神器を手に入れた当時の僕は、口を酸っぱくしてその必要性を力説した。もちろん良かれと思ってのことだが、考えてみれば大きなお世話である。

1986.12　クリスマスイブの出来事

荻窪の田辺ビルは、夏は暑く、冬は寒かった。夏の暑さは単に部屋にクーラーがなかっただけだが、冬はガスストーブやコタツがあっても底冷えがした。

だから冬は一日中コタツから出られなかった。仕事もコタツ、食事もコタツ、テレビを見るのもコタツだった。

ある夜、やはりコタツに入りながらテレビをつけたら、三冠王を三度も取った落合博満が、ロッテから中日へトレードされるというニュースをやっていた。落合ひとりに対し中日からは牛島和彦をはじめ４人の選手、つまり１対４のトレードであった。

へえ、落合っていうのはすごい選手だなぁ、と思って見ていたら、電話のベルが鳴った。僕はテレビのボリュームを落として受話器を取った。

「まっさん？　伊藤だけど」

おなじみの声である。

メールも携帯もなかった当時、僕も含め多くの人たちが、レジャーとして長電話を楽しんだ。一度電話がくると、なかなか切らずにダラダラと世間話をするので、時には「まっさんのとこに電話してもいつも話し中だよ！」と怒る人もいたが、それはキャッチホンを導入することで解決された。

「まっさん、明日空いてる？」

伊藤ちゃんも長電話がしたくてかけてきたのかなと思ったら、そうではないようだった。そして、「明日」というのはクリスマスイブであった。

僕にはつきあっている女性もおらず、クリスマスイブといっても予定はなかった。この年は多少仕事に困らなくなり始めていたが、出版業界では年末が近づくと、原稿書きの仕事もそんなになくなる。

「仕事なんだけど、やる？」

「もちろん、やるやる！」

即座にそう答えた。毎年のことだったが、山口県の実家へ帰省しようにも、先立つものが乏しく、暇を持て余していたのだ。

「三角ちゃんから仕事を手伝ってくれって電話があってさ、手が足りないらしいんだ」

仕事内容は、ムックで紹介する製品のキャプション書きらしい。当時の僕は、こういう仕事をわりとよく引き受けていた。

編集がメーカーから製品を借りてくる。それをカメラマンがどんどん撮影。僕たちはその写真を見ながら、メーカーのパンフレットを参考にキャプションを書いていく。誰でもできる簡単な仕事だ。しかし納期まで時間がないケースが多かった。だから手分けしてみんなでやる必要があるのだ。

オールスターで経理のようなことをやっていた紅一点の三角さんは、次第にライターの仕事もやるようになっていた。それは、僕が広告営業の仕事からライターにシフトしてきたのに似ている。僕もそうだったが三角さんも、そのとき既に、オールスターと関係のないところでもライター仕事をするようになっていた。

翌日、すなわちクリスマスイブの昼過ぎ、僕は伊藤ちゃんと私鉄沿線の駅で待ち合わせ、三角さんのマンションへ向かった。三角さんの家に行くのは初めてだった。そこはとても古いマンションというかアパートで、坂やんが先に来ていた。

まずトイレを借りたら、木の箱が頭上にあった。そこから出ている鎖を引っ張ると水が流れるレトロな水洗で、年代を感じた。しかし、部屋は結構広くてきれいだった。真ん中に大きなテーブルがあり、そこを囲んで4人が黙々とキャプションを書き始める。

僕はときどき集中力がきれて、みんなに無駄話をふった。

「そういえば、Y子ちゃんはどうしてるの?」

若くて美人の女の子ライターの名前を出した。

「最近、連絡を取ってないね。そういえばあの子は？」

他にも何人か、僕たちのまわりにいた女の子の名前があがった。

「そういえばさ、オールスターとか俺たちのまわりってさ、メンバーが男ばかりで、女の子って、やって来ても居着かないね」

僕がそう言うと、坂やんも伊藤ちゃんもアキラメのため息をついた。

が、三角さんだけは、なにか言いたそうだった。僕はそれを見逃さず、三角さんに問いただしてみた。

「それはね、パインが原因なのよ……」

パインはオールスターに美人がやってくると、ほぼ見境なく猛烈アタックし、つきあいはじめる。しかし、どの子とも長続きせず、別れてしまう。そうなると、女の子のほうは、もう事務所には顔を出しにくくなってしまう。

「私が知ってるだけでも3人いるかな。そのうちひとりは私が紹介した人なんだけど」

それが、三角さんが僕らにはじめて明かしたオールスターの裏事情だった。パインの女グセの悪さには、僕らも薄々気がついてはいたけれど……。

「そんなことじゃ、俺らだって、女の子を連れて来づらくなるよね」

伊藤ちゃんがそんなことを言い、次第にみんなの口からオールスターやパインに対するグチが噴出した。

「そろそろ潮どきかな……」

ふだん口数の少ない坂やんまでもが、そんなことを言った。

少し暗い雰囲気になったところで、三角さんが冷蔵庫からケーキを取り出してきた。

「ほら、きょうクリスマスイブでしょ、買っといたのよ」

三角さんの心遣いに、男性陣は顔がほころんだ。

クリスマスケーキはごく小さなものだったけれど、ろうそくがついていた。部屋の灯りを消して、ケーキに4本のろうそくを立てる。

「じゃ、願い事でもして、ろうそくの火をみんなで吹き消しますか」

僕がそう言うと、「それは、誕生日でしょ」と坂やんが冷静にツッコミを入れた。

ともあれ、僕は心の中で、来年はライターとして生計が立てられますように、と祈った。

三角さんが、「せーの」と言い、僕らは一斉にろうそくの火を消した。暗闇が訪れ、すぐに部屋の灯りがつけられた。

「さあ、仕事、仕事」

分け合ったケーキを食べて、僕らは徹夜で仕事をした。

1987.1 パインの事務所にお別れ

久しぶりにパインの事務所に顔を出すと、事務所のレイアウトがすっかり変わっていた。

右手の壁際中央にパインのデスクがあるのは変わらないが、以前は全てくっつけて置かれていた他のデスクが、それぞれ離れて部屋の隅に配置されていた。伊藤ちゃん、伏木くん、坂やん、三角さんといった人たちの姿もない。かわりに奥の席で長髪の男が原稿を書いていた。

「あ、紹介するよ。バンドやってる青木くんっていうんだけど、仕事を手伝って貰ってるんだ」とパインが言った。

立ち上がって挨拶をした青木くんという男は、座ってるときの印象とは違い、えらく背が高かった。

僕が名刺を渡すと、青木くんは申し訳なさそうな顔をした。

「すみません、名刺ないんですよ」

「キミ、ライターさん?」

「いえいえ、バンドやってても金にならないんで、最近、たまにここで原稿を書かせてもらってるんで、本業はミュージシャンですよ」

青木くんにバンドの名前を聞くと、「ヒステリックグラマー」だと言っていた。なんだか洋服屋みたいな名前だなぁ、なんていう雑談をしたあと、僕はパインのほうを向いた。

「実は……」と気まずく話を切り出そうとすると、「事務所を辞めたいって話かな」とパインに先回りされ、僕はただ頷くしかなかった。

「ああ、キミの場合、会社の役員だからね。わかった、増田くんの名前を役員のところから消しておくよ」

パインのイラストが看板に

なんだか拍子抜けする感じだった。こうして僕は、一切引き止められることもなく事務所を辞めた。

しかし、そのとき僕が訪問した目的は、事務所を辞める話だけではなかった。もうひとつ、大事な用事があったのだ。

営業時代に知り合った、オリーブオイル販売の岩国さんという人がいた。その岩国さんが池袋駅前で新しく金券ショップを始めるので、開店するにあたり看板を取り付けたいという。僕は岩国さんから看板のキャラクターになる絵を発注され、結構な金額を提示されていた。

しかし僕にはイラストレーターの知り合いがいない。そこで、パインに何人かイラストレーターを紹介してもらおうと考えていたのだ。

パインは話に食いつき、何人かのイラストレーターの連絡先を教えてくれた。さらには「オレも参加していいかなぁ」と言うので、「もちろんですよ、パインさんもなにか描いてください」と軽い気持ちで言った。

それから数日、僕は何人かのイラストレーターに会い、イラストを発注しては受け取りに行っていた。そのため、オールスターにもたびたび顔を出した。

パインが描いた絵は3点ほどあった。プロのイラストレーターが描くものとはさすがに違い、素人っぽくかすれた線で、帽子をかぶったおっさんが描かれていた。僕は岩国さんに何点かの絵を見せたが、意外にもパインの描いた絵が気に入られ、看板に採用となった。

それをパインに告げに行くと、パインは実にうれしそうにしていた。奥の席にいる青木くんも立ち上がり、祝福の拍手を送っていた。

「あ、名刺できたんですよ」と、青木くんが思い出したように僕に名刺を渡しに来た。そこには「青木秀樹」と印刷してあった。

「あ、伊藤ちゃんと同じ名前だね。最初の秀樹が去って、新しい秀樹が事務所にきたんだ」

そんな冗談を言って別れて以来、パインの事務所を訪れた記憶はないから、たぶんそれが最後の訪問だったと思う。

風の便りに三角さんと坂やんもパインとは決別したそうだ。伏木くんはどうなんだろうかと思った。伊藤ちゃんは、僕に『ビッグ・トゥモロウ』の仕事を紹介してくれたが、自分はすぐにやらなくなった。僕と同様に『ビッグ・トゥモロウ』をやっていたのは伏木くんだ。伏木くんは、『ボブ・スキー』の合宿にもいっしょに行ったし、横浜にあった彼のアパートに泊まりに行ったこともある。

ちょっと久しぶりに連絡をとってみようか。電話をしてみたら、「現在使われていません」のアナウンスが流れてきた。僕はそのアナウンスを3回ほど聞いて受話器を置いた。

1987年1月〜1988年1月
トロ・マグロ　29歳

第5章
脳天気商会

●ヒットソング

吉幾三『雪國』
TM NETWORK『Get Wild』
少年隊『君だけに』
光GENJI『STAR LIGHT』
BOØWY『Marionette―マリオネット―』
桑田佳祐『悲しい気持ち（JUST A MAN IN LOVE）』

●おもな出来事

「アサヒスーパードライ」発売
国鉄民営化。JRグループ7社発足
『サラダ記念日』（俵万智、河出書房新社）発行
石原裕次郎死去
「夕やけニャンニャン」放送終了
マイケル・ジャクソン、後楽園球場で来日コンサート
おニャン子クラブ解散

1987.1

スイスでの単独取材

29歳の誕生日はスイスに向かう機内で迎えた。誕生日のことなど忘れていたら、航空会社からチョコの詰めあわせをプレゼントされたのだ。おかげでひとりきりの心細さがいくらかは和らぎ、注がれたシャンパンでぐっすり眠ることができた。

ジュネーブの町でカメラマンと待ち合わせ、世界選手権が開催されるインターラーケンに向かう。地理がまったくわからないので、旅慣れしたカメラマンについていくしかないが、世界選手権に関しては写真さえ押さえれば良く、大きな記事にする予定はないので気楽なものだ。日程後半のツェルマット取材に集中すればいい。

それなのになぜインターラーケンなんぞに行くかというと、今回の取材が旅行会社主催のプレスツアーだからである。スイスへの観光客を増やす目的で、メディア関係者のエア代を負担してツアーを組んでいるわけだ。『ボブ・スキー』はそれに乗っかり、ツアーのところではコラムのネタを集め、独自取材となる後半で特集記事を作る作戦。前半は遊んでいればいいわけだ。

ところがそうもいかなかった。ツアー主宰者は、旅費を負担したからには見るものは見てもらおうとし、あちこち引っ張り回す。こちらもそれは断れず、大会の様子を見学したり、グリンデルワルトへ足を延ばしたり、観光客さながらのスケジュールをこなさなければならないのだ。合

スイスでの初取材。左がトロ

間にはスキーである。10名ほどのグループで滑りにいくのだ。

このスキーが問題だった。スイスのゲレンデは広い。高低差もかなりあるので、日本のようにちまちまターンを繰り返す滑りをしていたら、いつまでも降りてこれない。おのずとターンの少ない、スピード重視の滑りになるのだ。緩斜面はいいとしても中級コース以上になると滑っているうちに後傾になり、転倒を避けるためにスピードを緩める。そのため、ぼくは集団についていくのがやっと。後ろ向きで滑ることも苦にしないような連中のなかでダントツの下手っぴいである。中には「本当にスキー雑誌の記者なのか」と嫌みを言うヤツもいた。気持ちはわかる。レベルの低い人間が混じっているため自由に滑れなければストレスもたまる。

なんとかはぐれずにいられるのは、もうひとり素人スキーヤーがいたからだ。旅行雑誌のカメラマンで、ライターも同行せず、ツェルマットの写真を撮影してきてくれと送り出されてきたらしい。ぼくたちは弱いもの同士助け合う形で、コースアウトしないように声を掛け合って滑っていた。

最悪だったのはJバーである。日本のスキー場は設備が新しく、ゲレンデの上まで行く方法はリフトが多い。しかし、こっちではTバーといって、スキー板を雪面につけたままバーに腰掛けて登るタイプが主流である。しかも、コースが長いためバーに乗る時間も長く、油断すると轍から足がはみ出してバランスを崩す。Jバーは一人用のバーで、Tバー以上にバランスを崩しやすい。リラックスしていれば何でもないと上級者は言うのだが、どうしても緊張するので、しばしば轍に足を取られ、転倒してしまうのだ。たびたびそれをやるので、ぼくは周囲の失笑を買っていた。

日差しが傾き、リフトの営業終了が迫ったころ、Jバーで登って一気に下の町まで滑り降りることになった。1回目、20メートルも進まないうちに転倒。2回目、40メートルでやはり転倒。初心者仲間のカメラマンに「がんばれ」と声をかけられ、もう一度乗り口へ戻ると、係のオヤジに「これで最後だ」と叱咤された。ビビりながらJバーに腰掛け、上を見る。150メートルほどの距離が果てしなく長く思えた。降り口の脇ではグループの全員が集まってこっちを見ている。

とにかく余計な力を入れちゃダメだ。ぼくは歌を歌いながら、轍からはみ出さないことだけを意識しようとした。でも、次第に力が入ってくる。50メートルを超えたあたりで、ぐらつきを支え切れなくなり、あっけなく転倒。同時に、予告通りバーの運行は終了した。

みじめだ……。

板をハズし、担いで登るしかなかった。15分後、大汗とともに上へたどりついたぼくを、皆があきれ顔で見つめる。どうしてJバーごときで転ぶんだという目。わかってる、ぼくだって自分に失望してるんだよ……。カメラマンだけが「大変だったなあ」と慰めてくれた。

そんな具合に、華麗にアルプスを滑るなんてできやしなかったのだが、なんとかかんとか取材は進み、マッターホルン越えしてイタリアまで行ってみたりして、筋肉痛に泣かされた以外は元気に過ごした。

帰国し、すぐさま預かった写真を現像。レイアウトに回して10ページくらいの特集に仕立てる。これが、ぼくが単独取材で大きな記事を書く初体験になった。ツェルマットを滑ったスタッフは周囲にいなかったから、ある意味書きたい放題だ。出来映えはともかく、自分の体験や印象を自由に描くことが単純に嬉しかった。専門誌はいいなと思う。やることがはっきりしていて、読者との距離が近い。ライターは、自分なりの方法で、ターゲットに対して一直線に向かえばいいのだ。ぼくはまたスキーが下手だし、スキーヤーの気持ちもよくわからないけれど、経験を積めさえすれば、その点は克服できるのではないか。そう思った。

共にお荷物となったカメラマンとは、苦労した分だけ親しくなり、帰国後も会うようになった。フリーになったばかりで張り切っているようなので、いつか一緒に仕事したいと言うと、日焼けした顔がほころぶ。

「滑らない仕事なら、ぜひ！」

1987.4-6
作家志望の後輩が居候にやってきた

母に粘り勝ちして結婚を認めさせた妹は、これで用済みとばかり実家に引き上げ、海外取材から戻ったぼくはガランとした2DKを持て余すようになってしまった。もともと妹と暮らすために借りた部屋だったから、こうなってみると独り身には広すぎるのだ。妹がいると思うから約10万円の家賃も惜しくなかったわけで、自分ひとりとなると分不相応もはなはだしいと感じてしまう。

経堂の部屋で撮った
ポラロイド。
寝起きである

実際、金の余裕はまったくなく、毎月カツカツでまわっている状況だ。海外でクレジットカードがないと現金を持ち歩くことになって面倒なので、銀行に行ったついでに作ろうと思ったら、あっさり断られてしまった。ガッカリだ。依頼がなければ即座に無職。フリーライターなんていっても、社会的にはその日暮らしの根無し草にすぎないということである。でも、それはしょうがない。フリーライターなんて何の役にも立たない、あってもなくても誰も困らない職業だと思うし、その中でも自分はビギナー。取材でいろいろな人に会ったり出かけたりできるのだし、ぼくにはこの仕事が、性に合っている。勝負はまだ先。いまは食べていけるだけでも御の字だ。

冬の間、学研へは週に3日くらいのペースで出かけた。午後3時頃に顔を出し、電話取材やデザイナーとの打ち合わせをこなし、夕方以降、机を借りて原稿を書くのだ。編集部は活気があって仕事への意欲は高まるのだが、同世代のライターや編集者がいるので、つい雑談に時間を取られ、ペースは上がらない。もっとも、皆そんなことは織り込み済みで、夜の8時くらいまではだらだらムード。気合いを入れるのは、他編集部の人が姿を消してからである。

ぼくはレギュラーを10ページほどと企画ページを1、2本担当したので、毎号20ページほど受け持ちがある。2Bの鉛筆で書いては消し、書いては消しているうちに、手は真っ黒、机は消しゴムかすでいっぱいになってくる。そうこうしているうちに集中力が増し、絶好調になるのが午後9時過ぎ。ここからの3時間が勝負どころで、実質的にはここでその日の仕事の大半をやっつけた。調子が悪い日や本当にテンパっているときは朝までコースになるのだが、フリーの連中がたくさん残っていたら編集者は帰りたくても帰れなくなる。そこで、今日は帰りたいという編集者は意思表示を兼ねて、日付が変わったあたりで片付けを始め、それを合図に切り上げるパターンが多い。このあたりはあ・うんの呼吸ってやつだ。

でも、寄り道してしまう。学研は不便な場所にあるのでバイクやクルマで通う人間が多く、めったに飲み会にはならないのだが、夜食を食べにファミレスに行ってしまうのだ。空腹を満たすだけならラーメン屋だっていい。あえてファミレスへ向かうのは喋りたいからである。編集部でも喋っているのにまだ足りないのか。そう、足りないのである。編集部にいてはできない噂話、遊びの計画、過去の恋愛話など、ぼくたちは飽きることなく会話を交わし、ちょっとしたことで大笑いしていた……女子高生の集団かよ。まっすぐ家に帰っても待つ人もおらず、朝から急ぎの用件もない連中が最小限の金で2時間過ごす、その場しのぎの娯楽。これをヒマ人と呼ばずしてなんと呼ぼう。眠い目をこすりながら部屋にたどりつくと、つくづく「意味ないなあ」と思うのだが、学研へ行くとそんなことも忘れてまた繰り返してしまう。真っすぐ帰るのとファミレスで馬鹿話するのとではどちらがいいか。ぼくの基準はおもしろいかどうかだけだった。

大学時代の2年後輩である町田が、妹の住んでいた部屋に居候してきたのは春先のことだった。町田は名古屋で堅い仕事に就いていたのだが、「仕事がつまらなくてさ」という理由で辞め、つぎの働き口を探しているところだった。将来はできれば作家になりたいが、すぐには無理だろうから適当な会社に入って給料をもらいながら小説を書くつもりだという。そんな折りにぼくと数年ぶりで会い、フリーライターという仕事があることを知った町田は、どうせ作家を目指すなら出版界に入り込んでおくほうが得策と考え、ライター見習いとして居候してきたというわけだ。

「取材して、そのことを書くだけでしょ。伊藤さん、スキーやって遊んで暮らしているみたいだしな。ラクそうでいいや」

明らかに町田は何かを勘違いしている。雑誌に原稿を書くのと小説家には「書く」以外の共通項はなく、別の職種。ライターはうまくいけばラクかもしれないが、生活は超不安定。でもまあ、やってみたいなら止めはしない。というかむしろ歓迎だ。なぜなら、そのほうがおもしろいから。それに、ぼく同様ちゃらんぽらんな学生生活を過ごしてきた町田がネクタイ締めて働くなんて、〝らしくない〟だろう。なんといっても町田は退職金を100万円も持っているのだ。その金でどーんと遊ぼうじゃないか。まずはそうだな、焼き肉食い放題でも行くか。

「行くかって、オレの退職金じゃないですか。先輩なら奢ってくれるとか、そういうのはないんですか」

「ないね。世の中、金を持ってるやつが払うのが自然な流れだろう」

「そうかなあ」

「そうとも。居候代は月に光熱費として1万円でいいから、とっとと肉食わせろ!」

町田と相談して、持ち金の半分はいずれ部屋を借りる際の費用としてプール、足代わりのスクーターを買い、残りを当面の生活費に充ててライター見習いを開始することにした。ぼくよりはマシといっても、なるべく早めに収入を得られるようにならないと町田は干上がる。成り行きとはいえ、そそのかした立場のぼくとしては放っておくわけにはいかない。

もっとも、責任なんてこれっぽっちも感じない。再就職したって、町田は小説家になる夢を胸に抱いたままくすぶり、また辞めてしまうのがオチだ。いま、町田は楽しそうにしているし、ぼくも同居人ができて退屈知らず。それで十分。先のことをあれこれ真剣に考えたいのなら、町田だってぼくのところになどきやしないはずである。小説家志望なら文章もそれなりに書けるだろう。数年とはいえ組織で働いた町田には、ぼくなどより社会常識も備わっているに違いない。

「ま、なんとかなるんじゃないか。なんともならなかったら就職先を探せばいいじゃん」

「オレもそう思う。不器用な伊藤さんにできるなら……」

根拠はどこにもないが、笑顔で乾杯するボンクラな先輩と後輩なのである。

脳天気商会、テキトーに誕生　1987.6-8

思わぬ方向に話が膨らんできた。まっさんや岡本君と、バンドをやろうと盛り上がってしまったのだ。

岡本君はまっさんと同じ山口県出身で、ふたりは少年時代からの友人同士だ。ピアノやヴァイオリンを習い、大学時代は音楽サークルでバンド活動もしていただけに、ぼくやまっさんよりはるかに音楽的素養があった。

初めて会ったのは吉祥寺に住んでいた頃で、おとなしそうな外見なのに、ギターを持つと急におどけだし、ジミ・ヘンの『パープル・ヘイズ』のモノマネをする。ぼくは大笑いしながら、岡本君はおかしな男だと思った。長いつきあいであるまっさんとのやり取りは、まるで売れない漫才コンビのようなのだ。

何気なく口にした言葉が引き金となり、新しいことが始まる。そんなことはしょっちゅうだけど、思いつきで動く悲しさ。一時の興奮が冷めるとなし崩し的にどうでもよくなり、結局うやむやになってしまうのがオチである。それでも計画性に乏しいぼくたちはその場のノリで動く以外の方法を知らず、数撃ちゃ当たるとばかりに動き回るしか能がない。10のアイデアのうち、ひとつかふたつ実現すればめっけもんだ。

バンドの話が盛り上がったのにはいくつか理由があった。まず、言い出しっぺはぼくだったが、即座にまっさんと岡本君が同意したこと。誰かが強引に口説くのではなく、最初からテンションが揃っていた。また、ぼくやまっさんはバンド経験がないが、岡本君は経験豊富。本職のキーボードだけではなくギターやバイオリンも演奏でき、譜面まで読める。しかも、これは自慢にならないが、売れっ子ライターではないぼくとまっさんは練習のための時間が確保しやすい。勤め人である岡本君の都合に合わせればいいのだ。

ぼくとまっさんはギターをかき鳴らす程度しか楽器ができないが、岡本君はそんな不安を笑い飛ばしてくれた。

「楽器なんて練習次第で何とかなるよ。演奏力で勝負するわけじゃなし。メンバーも無理に探さなくていいんじゃない。ドラマーはリズムボックスを使えばいいんだから」

「じゃあ何で勝負する？　ルックスってわけにもいかないぜ」

「そこやねぇ。歌って踊れるおねーちゃんでも募集しますか」

「いや、そういうのもありふれてるじゃん」

「そうだなあ。そうやって取り繕うとすればするほど普通のつまんないバンドになっちゃうかもね」

ぼくと岡本君のやり取りをじっと聞いていたまっさんが、ハイと手を挙げる。

「我々のバンドのウリがわかったよ！」

ほう、それは何ですかい。

「オリジナル曲だよ。わしら、コピー曲はやらず、オリジナルで勝負する」

「そ、それは単にコピーする技術がないだけなのでは」

「その通り！」

「叫ばんでもええがな」

「鋭いね、おかもっちゃんは。だけど、うまくコピーができたとしても、それを演奏して誰が喜ぶの。しょせん、元の歌を越えられないでしょ。その点、我々は違います。全曲オリジナル。ヒットすれば印税まで入ってきます」

なんじゃそれ。メジャーデビューでもするんかい。わしら、ただバンドを作ってステージに立ってみたいだけでしょうが。

「伊藤ちゃんはそう言うけど、これからバンドが流行ったらどうなるかわからんよ。『いかすバンド天国』にでも出てみなよ、あの曲を作ったのは誰ですか。え、北尾トロ？　素晴らしい曲です。ぜひうちからシングル出させてくれませんか。そうなったら、もうウハウハだよ」

先走りすぎだよ。まだバンド名も決まってないのに。

「はっはっは。すでにあるじゃん。ぼくと伊藤ちゃんが連載で使っているユニット名、〝脳天気商会〟でいいと思うよ」

そうくるか。でも、脳天気商会ってお笑いバンドみたいな響きが。

「そこがいいんだよ。覚えやすいし、どうせ演奏力がないなら、開き直ってオリジナル曲とイロモノ力で勝負しようよ」

イロモノ志向かよ。岡本君はそれでいいんですかい。

「とりあえず、いいんじゃない」

「ほら、この方は経験者だけにわかっていらっしゃる。脳天気商会、大受けだよ。女の子のおっかけができるよ、ねぇおかもっちゃん」

「夢を見るのはいいけど……」

「夕暮れ迫る高野豆腐　とどのつまりが興奮状態！　はい、伊藤ちゃんもご一緒に」

「夕暮れ迫る高野豆腐　とどのつまりが興奮状態！」

「いい加減にしなはれ！」

居候の町田は、昼前に起きてビデオを見たりビールを飲んだり、悠々自適の毎日を過ごしている。経済的余裕はあまりないはずなのだが、のんびり型の性格なのだ。

もっとも、これは教育係であるぼくから与えられる仕事が少ないせいでもある。『ボブ・スキー』がシーズンオフで一段落すると、町田に振れる仕事は極端に減り、PR誌の細かい取材くらいしかない。それにしたって、もともとはぼくが頼まれたもの。少ない仕事を町田と分け合っていては、ひとり分の収入でふたりが生活することになるだけだ。まっさんにも相談してみたが、彼も自分が食うので精一杯だという。

「わしらもそうだったように、町田君にも『ビッグ・トゥモロウ』のデータマンを勧めてみたらどう?」

やはりそれしかないか。旧知の編集者に電話をかけると、会ってくれるという。

「町田、しっかりやれよ。がんばれば、『ビッグ・トゥモロウ』のデータマンだけで当座はしのげるはずだから。あと、おまえ一眼レフカメラ持ってるだろ。学研の『シティ・ランナー』っていうジョギングの雑誌が写真も撮れるライターを探してるって言ってたから紹介するよ」

「どうも。でも、オレは特別に写真がうまいってわけでもないよ」

それは問題ない。大事なのは一眼レフを操作できることなのだ。ライターに要求される写真のレベルが高いはずはない。バシャバシャ写せば使えるのもあるだろう。

町田はなんとかデータマンに採用され、ライターとしての第1歩を踏み出すことができた。『シティ・ランナー』でも、そのうち何かやらせてくれそうだ。秋から春にかけて『ボブ・スキー』をやれば、年収200万円台はいけるんじゃないか。

「200万とすると月収16万くらいか。ボーナスもないんじゃ、サラリーマン時代以下だなあ」

「贅沢言うんじゃねーよ。おまえはSFだっけ、作家を目指してるんだろ。最低限の収入を確保したら、あとの時間で小説書けばいいじゃないか」

「そうだった、そうだった。とにかくライター仕事がんばるよ」

どうも頼りないが、あとは町田次第である。先輩としてぼくにできるのは、せいぜいこの程度。ま、受けた仕事をちゃんとやってれば死にゃしないよ。

「じゃ、そういうことで、缶ビールでも買ってきて乾杯しましょうか」

うれしそうに外へ出て行く町田を見送りながら、ぼくはところどころ弦が錆びているオンボロのギターをかき鳴らし始めた。

岡本君引き込み計画 1987.7

町田の居候中、ぼくのところへはひんぱんに人が出入りし、なんだかんだと理由をつけては飲み会をやるようになった。ホームパーティーみたいなシャレたものじゃなく、ただ集まってがやがやと飲み食いする集まり。外でやるよりはるかに安上がりで時間制限もない、というのが開催理由だ。カレーを作るのでも焼き肉をやるのでも、何かがあればそれで良かった。

集まるのはライター、イラストレーター、デザイナー、カメラマンなどで、みんな20代。売れっ子なんてひとりもいなくて、将来に漠然とした不安を抱えつつ、しかし今日が良ければそれでいいというお気楽な一面もある連中が多い。そんなメンバーで仕事の話をしてもしょうがない。ひたすら飲み食いしてバカ話に興じるだけである。

金が入ればすぐ使う。左からトロ、おかもっちゃん、町田

意味のないどんちゃん騒ぎは楽しい。だから、こういう集まりはあちこちにあり、オールナイトのUNO大会とか、一晩騒いでから海水浴へ行ってヘロヘロになって帰ってくるとか、そんなことをよくやっていた。関わる人たちも新しい知人が中心で、オールスター時代からつき合っているのはわずか。さして時間も経っていないのに、四谷や新宿へ通っていた頃のことは、遠い昔の出来事のようだ。

『ボブ・スキー』がオフシーズンに入ると、ぼくは同じフロアに編集部がある『ティー・テニス』というテニス雑誌の仕事をするようになった。すでに坂やんはスキーよりテニス雑誌に熱を入れるようになり、ニューメキシコの水島は『ボブ・スキー』別冊のゲレンデガイド制作を請け負うなど編集プロダクション化の方向に着々と進んでいる。一方で姿を消すライターもでてきた。伏木君は学研に見切りを付けたのか顔を見せなくなり、連絡も取れない状況。それぞれが、それぞれの思惑で動き始めるようになっていた。

ひんぱんに会っていて、友だちづきあいをしているつもりの相手が、いつの間にか視界から消えてしまう。そんなことはしょっちゅうあった。仕事のつながりがなければ続かない人間関係なら、大した関係ではないということだ。

まっさんは苦手なスキーよりは『ティー・テニス』のほうがやりやすいようで、ぼくたちはコンビを組んでつぎつぎに企画を通した。テニスが好きな女の子の部屋に上がり込んで話を聞くみたいな軽い記事で、ふたりで文章と写真を分担し、脳天気商会のクレジットを使うようにしていた。

脳天気商会としては、リクルートの『週刊就職情報』という求人募集雑誌でも「プータローネットワーク」なる連載を開始。定職に就かずアルバイトで生計を立てながら好きなことをしている若い男女に会っては話を聞き、部屋へ押しかけて写真を撮る。基本的にはエロ雑誌で好き勝手なことをしていたのと同じノリなのだが、部屋でプライベートな話を聞いたりするのは、なんというかもっと生々しくてスリルがあった。生活のためには『ボブ・スキー』でゲレンデ取材をするのも楽しいことは楽しいが、やりたいのはこっちだよなあ……。

これまでは何も考えずに取材して原稿を書いてきたのだけれど、だんだんそれだけでは満足できなくなってきた自分がいる。ただ、ぼんやりした方向性は感じるのだが、ここからどう仕事を広げていいかがわからない。まっさんはどう考えているのだろうか？

「ぼくもわからないけど、スキーが好きでもないのに『ボブ・スキー』をメインの仕事にしてちゃダメなのははっきりしてるよね。伊藤ちゃんはまず、学研に依存するスタイルから抜け出すのが先決だと思うよ」

そこだ。ターゲットが明解な専門誌には魅力がある。ただ、ぼくはどうしてもスキーそのものにのめり込めない。楽しいからと呑気にやっていたら歳ばかり取ってしまう。それで、最近は少しばかり焦る気持ちが芽生えているのだ。

「まっさんもデータマンの仕事をいつまでもしてちゃイカンよね」

「そこなんだよ。データマン、ラクだし、あれがないと食っていけないからやめられないんだよね」

「じゃあオレと一緒じゃん」

「だから、バンドで売れようよ」

「そっちかよ」

「マルチの時代だからね。我々は脳天気商会というユニットとして動くのがいいと思うんだよ。原稿も書きます、曲も作ります。ね！」

「どっちも半端だなあ。オレたち、才気あふれるクリエイターとかじゃないしさ」

「あ、そうそう。脳天気商会のテーマソングを作ってみたんだよ。頭のなかはいつもからっぽ〜何をやっても中途半端〜ていうの。いいでしょこれ。ライブの頭で30秒くらいやって笑いを取る。まあ、かしまし娘みたいなもんだよ。どうもどうもどうもー脳天気商会でーすってさ」

くだらなくていいねえ。輪唱にしようか。最初まっさんが歌って、二度目はオレ、三度目に岡本君が歌い始めたところで、「いーかげんにしなさい！」

「う〜ん、それはクドいね。ところで、おかもっちゃんは会社やめないかな。いまのままだと週末しか練習ができないでしょ」

「やめてどうするんだよ？」

「そうだねえ、脳天気商会を編集プロダクションにするとか。それも面倒か。わかった、おかもっちゃんにもライターになってもらえばいいよ」

でも、ぼくやまっさんの暮らしぶりを知ってれば、やりたいとは思わないだろう。町田のこともあるし、ライターに興味をもってるのは間違いないとしても慎重に考えたい。

「わかった。ボチボチ説得してみるよ。そうそう、おかもっちゃんって彼女と住んでるの知ってるよね。どうも最近、うまくいってないらしいんだよ。別れそうな気配なんだって」

「いいじゃん、嫌になったなら別れれば」

「そうなんだけど、彼女は別れたがってないのよ。おかもっちゃんは優しいところがあるから、女を捨てるような真似はしたくないみたいで、けっこう悩んでるみたいよ」

うーん、贅沢な悩みだが、ガマンしてつきあってたって結局いいことないような気がするけどなあ。

「でしょ。だから言ったんだよ。この事務所の三畳間、いまぼくが寝てるところにおかもっちゃんが住めばいいよって。そうすれば貯金を減らさずにライターになれるしさ」

へらへらと調子のいいことを言うだけじゃなくて、まっさんは脳天気商会を我々の活動の中心にすべく動き始めているようだった。岡本君は、まっさんの話術に弱く、いつも説得されているので、今回もきっとそうなるだろう。ぼくも少し、今後のことを真剣に考えないといけないようだ。3人でバンドとライターの事務所をやる。うまく行くかどうかはわからないけど楽しそうだ。ぼくは、岡本君のボケ上手なところが好きだし、この3人ならうまくやっていけそうな気がする。

経堂に戻り、大の字になって寝ている町田を叩き起こした。

「オレ、また中央沿線に引っ越すかも知れないから、おまえもそろそろ部屋探しを始めてくれないか」

初ライブと初小説

1987.12

脳天気商会の初ライブは、神楽坂のライブハウス『エクスプロージョン』に決まった。持ち時間20分程度で4バンド出演する、いわば寄せ集めのライブである。知名度ゼロの新人バンドはこういう場でしのぎを削り、力をつけていくのだと岡本君が説明してくれた。

江古田に曲作り用の部屋を借りるなどバンド活動に熱中していた我々の持ち歌は7曲。そのうち5曲を選んで岡本君がアレンジを施し、スタジオ練習に精を出す。ぼくの担当はボーカルとパーカッション、まっさんはベース、岡本君がギター。ドラムはマシンによる打ち込みとした。課題はなんといってもリズムキープ。いかにマシンとズレずに演奏するかである。

「リズムを外すと聴いていられないからね。特に伊藤ちゃんは歌っているうちに早くなりがちだから気をつけてよ」

岡本君に繰り返し指導を受けるうち、本番当日がやってきた。

「それじゃ、脳天気商会さん、リハお願いします」

スタッフに言われ、リハーサルが始まる。リハというのはマイクテストのことだと思っていたぼくは本番さながらに演奏するのだといまさらのように知り、たちまち緊張。他バンドの連中が腕組みしながら送ってくる突き刺すような視線も気になり、ロクに声も出ない。

「伊藤ちゃん、ここにきてるバンドなんて、みんな大したことないんだから自信持っていこうよ」

初ライブ。緊張していたことしか憶えていない。
左からマグロ、トロ、おかもっちゃん

絶叫するマグロ

演奏ではおかもっちゃんに
全面的に頼りきり

楽屋で励ましてくれるまっさんだったが、内心の不安は隠し切れず、何度も出だしのＭＣばかり練習している。

「どうもー、脳天気商会でーす!」

まばらな拍手を受け、ドラムマシンが正確すぎるリズムを刻み始めた。

アガっていたとしか言いようがない。ぼくの歌とまっさんのベースが先へ先へと暴走を始めたのだ。岡本君が引き戻そうとするが、どうにも修正できず。間奏時の動きも壊れたおもちゃ並である。しかも、叩いていたリズムパッドが曲の途中で倒れ、見かねた客に手伝ってもらって演奏を続ける始末。みじめだ。やっと冷静に場内を見渡せるようになったと思ったら、もう最後の曲だった。

「いやいやいやいや、まいったなもう」

楽屋に戻ると、岡本君が笑い出した。

「どうなってしまうのかって、お客さんも緊張して見てたよ」

表へ出ると、みんなから声をかけられた。曲は悪くないけど、見ていてヒヤヒヤしたと意見は一致している。ライブとしては最低だったってことだが、こっちは一仕事終えた高揚感に包まれているので、いいようにしか受け取らない。打ち上げの席でも、まっさんは強気一辺倒だ。

「曲がいいってことはさ、ライブをこなせばこなすほど聴きごたえが出てくるってことだよね。この調子でガンガン行こうよ。今日は知り合いばかりだったけど、だんだん普通の客も増やしていってさ。『イカ天』とかも応募してみようか」

意外なことに、音楽歴の長い岡本君も、このままでは終われないと言い出す。

「なんだかんだいってもライブは楽しいよ。やったもん勝ちだよ。実力はともかく、わしらみたいなバンドは少ないと思う。そういえば伊藤ちゃん、会場で女の子に話しかけられてたじゃん。あれは誰?」

「他のバンドを見に来たらしいけど、わしらがおもしろかったって。つぎはどこでやるのかって尋ねられた」

「追っかけ1号だ。大事にしないといかんねえ」

ということで、バンド活動は継続させることになり、次回ライブはクリスマスパーティーを兼ねて高円寺の「次郎吉」を貸し切ってやることが決まった。対バンなしでゆったりやりたいと思ったのである。曲目を増やさないと間に合わなくなるため、新曲作りに精を出さないといけない。

秋が深まると、『ボブ・スキー』の仕事が忙しくなっている。ホイチョイ・プロダクション製作、原田知世主演の『私をスキーに連れてって』が公開されることもあって、スキーブームはまさに頂点。編集部内も活気に満ちていた。

ある日、編集長の福岡さんに呼ばれて学研へ行くと、スキー小説をシーズン連載しないかという。

「ぼくは伊藤君、小説が書けると思うんだよね」

歌うトロ。ライブは何回やっても慣れることがなかった

小説？　そんなもの、書きたいと思ったこともない。ライター仲間には、いずれ小説家になりたいと言ってるヤツもいたが、ぼくにはそんな気、さらさらないのだ。だが、そのことを話すと、まっさんは大喜びした。

「ひゃひゃひゃ、それはやるべきだよ」

「でも、スキー小説なんてな、ロクに滑れもしないのに。できるとしたら、スキー場で働くしがない男の話くらいのもんで」

「それでいいんだよ。その主人公は我々と同じく、業界の隅っこであくせくしてることにしようよ。書くべきだ、書きなさい。題名はそうだな、まだ水面にも顔を出せない男の話だから『アンダー・ゼロ』でどう？」

まるで福岡さんの回し者のように、熱心な説得を受け、ぼくは成り行きで小説を書くことになった。

そろそろ中央線に戻ろうか　1988.1

金がないときは食べない。これがぼくの学生時代からの節約方法だ。食事は日に一度。阿佐田哲也の麻雀小説の真似をして、表面が真っ赤になるほど七味唐辛子をかけて立ち食いそばを食べれば、しばらくは胃が何も受け付けなくなる。家では米を炊いて納豆だけで済ませるか、固くなったフランスパンをかじる。麺ならそうめんが安い。景気の悪いときは痩せて60キロを割り込み、良くなると頬の肉が元に戻って62キロになる。わかりやすいのだ。

脳天気商会のライブのために楽器を買ったときは、競馬で儲けて金があった。まっさんに金を貸したときも同じだ。そうでなくても、懐が温かいとすぐに使ってしまうクセがあり、遅ればせながらビデオデッキを購入したり、カメラのレンズを買ったりするので、すぐにサイフは軽くなる。貯金などいっさいしない、というかできない。こんな具合だから、馬券が当たらなくなると、練習のために借りている江古田のアパート代やスタジオ代の支払いさえつらくなる。

ぼくの年収はせいぜい400万円。いろいろと物入りになってきて、収入を増やす方法を考えなければならなくなった。ギャンブルはアテにならないから本業で何とかしなければならない。いつまでも学研頼みではなく、もっと実入りのいい雑誌でも書かなければ。

その点、まっさんは以前から仕事の幅を増やそうとしているようだった。データマンや学研の仕事以外にも収入源があるようだったし、『週刊就職情報』の仕事もまっさんが取ってきてくれたものだ。ただ、その先となるとどうしたらいいかわからない。

「いまの我々、伊藤と増田の実力では、売れている雑誌でバンバン書くなんてムズカシイと思うんだよね」

「それは認める。で、どうする?」

「どうしたもんかねえ。アルバイトでも探すかね」

「後ろ向きだなあ」

「よし、これからは脳天気商会を音楽以外でも売り出して行こうよ。『週刊就職情報』方式でさ、商会の連載を増やしていくのがいい。おもしろい企画を連発してさ。そうしたら世間は注目してくれるよ」

「そうかなあ」

「そぅ……なるといいねえ。コーヒーでもいれるから企画を考えよぅよ」

田辺ビルの六畳間で話すうちに、今日もまた日が暮れる。でも、帰ったってつまらない。いったん取材に入ると出張だらけになるが、そうでないときは時間がたっぷりあって、あーでもないこーでもないと、実行の伴わないプランばかり話し合っているのだった。

「やってみたいことはたくさんあるんだよな。まっさんは?」

「ぼくもある。だけど、ちまちましたのは個別に考えればいいんで、脳天気商会名義でやりたいことを練っていきたいね。まかしといてよ、営業は得意だから」

「へえ、どうやるの?」

「編集部に電話かな。脳天気ですけどいい企画ありまっせ！　ほぅ、いいですねえ脳天気さん。ぜひウチでやって下さい。これよ、これ」

「そんなに簡単に会ってくれるのかな」

「無理だね。何かトリッキーな手を使わないと。部屋を間違えたフリをして編集長の席まで行くとかさ」

「あれ、ここは雑誌の編集部ですかい。まいったなあ、でもちょうどいい。ぼくはライターで、企画を考えていたところなんです」

田辺ビルにて。
曲作りをするトロ

「ほほう、それは興味深いね。さあ話してみてください！」

「……あり得ない。他のライターはどうやっているんだろう」

「わからんね。お、電話だ。仕事の依頼かも。もしもし、なーんだおかもっちゃんか。飯？

そうだね、伊藤ちゃんもいるからクルマでどっか食べにいくかね」

帰りがけには、よく阿佐ヶ谷に寄った。最初は吉祥寺から引っ越したニューメキシコの水島に誘われて、若い連中が集まるバーに行ったのだが、この頃は知り合いも増えてきて、ひとりで行くようになってしまった。クルマなので1杯飲んで醒めるまで喋るだけなのだが、常連客に音楽やデザインをやってる連中が多く、連れ立ってライブハウスに流れることもある。店をやっているのはいくつか歳下の風変わりな女の子で、ぼくとは気が合った。

「伊藤さんは荻窪に仕事場があるんでしょ。なのにどうして経堂に住んでいるの。こっちのほうに引っ越せばいいのに。クルマだからお酒を勧めることもできないわよ」

「前から考えてはいるんだけど金がないしなあ。まとまった金が手に入ったら引っ越すよ」

「阿佐ヶ谷にしなよ」

「そうするかな。荻窪まで歩いていけるもんな」

「この店に、でしょ」

自分で部屋を借りた町田は、おぼつかない足取りながら仕事を続け、ライターが板についてきた。ヤツが独立したいま、経堂に住む意味はない。田辺ビルを訪れるたびにいつ通報されるかとビクビクしながら路上駐車するのもいい加減にやめたい。

引っ越しという当座の目標ができたのと歩調を合わせるように、ばたばたと仕事が忙しくなった。目の前にある仕事をやっていけば、それで日々の暮らしは安定する。でも、スキーシーズンが終わればすぐにまた不安定な状態に戻る。

連載小説の『アンダー・ゼロ』は、まったく盛り上がらないまま後半にさしかかっていた。スキーヤーの心理も、滑りのディテールも書けないのだから当然の結果だ。コクもなければキレもない。まったく、何をやってもダメである。

ぼくやまっさんに活路はあるのか、ないのか。まっさんは脳天気商会というユニットを育てるべきだというが、口調はいつも冗談半分。どこまで本気なのだろう……。

マグロ編

スキー田舎紀行

1987.2-3

1987年の2月。

「ちょっといいかな?」

いつもの学研『ボブ・スキー』編集部で、ライターの細島くんに呼び止められた。

同年代の細島くんは、いつもスポーツタイプの自転車で編集部へやって来る、細マッチョで色黒な男だった。彼はライターでもあるが、『ボブ・スキー』では編集もやっていた。

編集部には社員の席以外にフリーのスタッフが座るデスクがいくつかあった。その日はフリーのデスクの一角に、細島くんだけが座っていた。僕が細島くんの前の席に座ると、彼はすかさずA4用紙を僕によこした。それは「スキー田舎紀行」と題された企画書であった。

『ボブ・スキー』はシーズン月刊誌で、年に7冊発行される。その頃は最初のシーズンが終わり、皆が次のシーズンに向けての企画をあれこれ考えていた時期だった。

「まっさんは、知らない人の家とか泊まるの好きでしょ」

「おお、そういうの好きだなぁ」

「なら、これやってよ」

僕の斜め読みによるとそれは、町営などの小規模でマイナーなスキー場へ行き、その周辺の民家にアポなしで泊めてもらうという2ページのシーズン連載だった。おもしろそうだったので、ふたつ返事で引き受けることにした。

細島くんは、もう1枚、企画書をよこした。そこには「滑雪人民月報」というタイトルがつけられていた。同じく2ページの企画で、こちらは今までやっていた読者ページのスタイルを変えた物だった。

こうして僕の次のシーズンのレギュラーページは決まった。どちらかというと、僕が楽しみなのは「スキー田舎紀行」のほうで、うきうきとその準備に取りかかった。

この企画のおもしろさは、ほかのスキー雑誌が取り上げないような小さなスキー場を紹介する点と、僕が見知らぬ人の家に泊まるという点にある。

今ならテレビでタレントがやってるような企画であるが、まだその当時は、ほかの雑誌でもそういうのをやっているのは見たことがなかった。

まずは新潟県から東北にかけ、各県ごとに小さなスキー場をピックアップし、その地元の観光協会などに電話をして取材を申し込んだ。

普通のスキー場取材は、カメラマン・ライター・編集者などのチームで、車に乗って出かける。しかしこの企画では、僕がひとりでカメラを抱えて電車に乗って、各スキー場を巡ることになった。スキー場取材に電車やバスを乗り継いで行くというのは、珍しかったというか、あり得ないことだった。

泊めてくれるお宅への謝礼は図書券1万円分だった。学研から7万円分の図書券を貰い、バッグに詰めながら、これをなくしたら大変だぞと思った。そして大量のモノクロフィルムとカメラを抱えて取材旅行に出たのが3月の半ばのことである。

僕がまわったのは、新潟県松之山町の「松之山温泉スキー場」、新潟県笹神村「五頭高原スキー場」、山形県白鷹町「白鷹町営スキー場」、山形県戸沢村「国設最上川スキー場」、山形県八幡町「升田スキー場」、秋田県皆瀬村の「子安温泉スキー場」、岩手県湯田町「町営湯田スキー場」の全部で7ヵ所。これらはいずれも当時の名前で、現在では閉鎖されているスキー場もあれば、経営母体の村や町そのものがなくなっていたりもする。

ひとりきりの気ままな取材旅行は実に楽しかった。10日間で宿泊しながらスキー場を7ヵ所まわるというタイトなスケジュールだったので、1ヵ所の取材が終わるとすぐに、次のスキー場へ移動した。事前に得ていた情報はほとんどなく、すべて現地で歩きながらの取材だった。目につくものはどんどんカメラで撮って、あれこれメモをした。

泊めてもらう家探しには、意外と困らなかった。その土地の名士のような家に泊まれたこともあれば、観光協会の人が仕方なしに自分の家に泊めてくれたりもした。

ある村では、同年代の男性の家に泊まった。そこへ友人たちがやってきて、ギターを引きながら大声でフォークソングを歌った。こんな夜中に大丈夫なのかと聞けば、「なぁに隣の家は1キロ先だから大丈夫だぁ」なんて言われた。

またある村で泊まった家は古く大きな家で、小学生の男の子供がふたりいた。たった一晩泊まっただけなのに、僕は子供たちとすっかり仲良しになった。翌日、朝ご飯を食べたあとも、近

『ボブ・スキー』掲載の「スキー田舎紀行」。高杉マグロの署名記事

くのバス停まで見送ってくれた。バスが動き出すと、その子たちは、こちらが見えなくなるまで走って追いかけて手を振ってくれた。このときは、なんだか泣けて泣けてどうしようもなかった。

ちなみに僕はこの企画で「高杉マグロ」という名前を使っていた。そのペンネームのおかげで、ある家では、「こいつはマグロが好きなんだろう」と気を遣われ、わざわざ近所のスーパーで刺身のマグロを買って出してもらった。しかし、人口の少ない山間部の小さな店で売られているマグロである。鮮度も悪く、正直に言えば、おいしくなかった。

しかし、心づくしのもてなしなのだ。食べられないと言うわけにもいかず、全部平らげた。その味が忘れられず、僕はそれから長いこと、マグロを口に出来なかった。

取材旅行の前半は、主に謝礼の図書券をなくさないようにと神経を使っていた。しかし後半になるにつれ、さまざまな出会いの思い出とともに、取材メモとフィルムのほうが重要になった。

すべての取材を終え、越後湯沢駅のホームの公衆電話から、「取材を終えたので、これから帰ります」と編集部に報告した。

ひと仕事が終わり、ホッとした気持ちで新幹線に乗り込んだ。

が、そのとき、自分が取材メモを持っていないことに気がついた。

さっきのホームの公衆電話に忘れてきたんだ。青くなり、すぐに次の駅で降りて、越後湯沢駅に戻った。

幸い公衆電話でメモを発見したが、その日の東京行きの新幹線はすでに終わっていたので越後湯沢で一泊した。

翌日やっと東京に戻ると、すぐに学研へ行き、撮影した大事なフィルムを編集部に渡した。部員のひとりが、「何本か電話がありましたよ」と笑いながら言う。

「お宅の会社から取材にきたという人物がうちにいるのですが、本物ですか?」というものだったらしい。無理もない話だが、僕は苦笑いした。

記事を良いものにするため、編集と相談し、個人的に好きだったイラストレーターの町支哲義《まちしてつよし》さんに、僕のキャラクターを描いてもらうことにした。

おかげでとても良いページになったと思う。この仕事で僕はまた少し、ライターとしてきちんと仕事をやっていけるという自信をもらったような気がする。

1987.6 バンドやろうぜ！

1987年（昭和62年）、4月1日に国鉄が民営化され、JRグループとなった。〈スキー田舎紀行〉の取材をした3月はまだ国鉄だったが、原稿を書くときには「JR」と表記したのを覚えている。

ひとりで国鉄に乗って取材に行く〈スキー田舎紀行〉のスタイルは僕には合っていた。しかし、伊藤ちゃんたちとチームを組んで、スキー場へ取材に出かけることもあった。カメラマンや編集者といっしょに行動するのは、それはそれで楽しい。だが僕には大きな問題があった。それは夜のイビキである。いっしょに泊まる人たちには相当不評だった。朝起きたら、自分の周囲に堆く布団が積まれていたり、布団ごと廊下に出されていたりした。しかし、僕にはどうしようもできないのだ。とにかく集団で宿泊する仕事には向いていなかった。

この年の6月、僕は29歳になった。相変わらず伊藤ちゃんとはよく会っていた。学研でも会っていたし、僕が住む荻窪のオンボロマンションに伊藤ちゃんが来ることもあった。

仕事もない休みのある日、伊藤ちゃんはアコースティックギターを持ってウチにやってきた。歌本を開いたりして、昔のフォークだのロックだのそういうものを伊藤ちゃんがギターで弾いて僕が歌う。そのうち、「なにか曲を作ろうよ」という話になり、伊藤ちゃんはそこらの紙になにやら書きだした。

「夕暮れ迫る高野豆腐　とどのつまりが興奮状態！」という詞だった。

気がつけば、あたりは真っ暗だ。電気つけなきゃ。それにしても昼過ぎに伊藤ちゃんがやってきて、時間を忘れて、ギターをかき鳴らし、歌を歌っていたんだ。

「腹減ったね、飯食いに行こうよ」

「いいねいいね、どこ行く？」

「環八沿いに田中屋って洋食屋さんがあるんで、そこへ行こうよ」

僕はそう提案し、表に出た。

「さっきの詞にこんな曲つけたんだけど、どう？」

僕はラップ調で「夕暮れ迫る高野豆腐〜」と歌った。

「おっ、いいねぇ、いいねぇ」

伊藤ちゃんと僕は歩きながら歌った。青梅街道を四面道という交差点に向かい、そこから環八通りを行く。

「おかもっちゃんも誘ってみようか」

おかもっちゃんと僕は山口県で、中学、高校と同じであった。東京に来てからいろいろとお世話になっている。たしか、伊藤ちゃんとも何度か会って、知っているはずだ。まだ伊藤ちゃんが吉祥寺に住んでいるとき、僕とおかもっちゃんと伊藤ちゃんで井の頭公園でバドミントンをしたことがあった。

おかもっちゃんのアパートは環八通り沿い、ちょうど田中屋の向かい側にあった。2階の一室をノックした。

「は〜い」とおかもっちゃんが顔を出した。

「飯いかない?」と彼を誘い出し、田中屋へ3人で行った。田中屋はカウンターだけの洋食屋で、幸い3つ並んで席が空いていた。僕たちはオムライスを注文。伊藤ちゃんがここに来るのは初めてだったが、僕とおかもっちゃんはよくここでオムライスを食べていた。ふわふわの卵でくるまれたケチャップ味のご飯が実にうまかった。隣の大学生らしい男が定食のご飯の大盛りを注文していた。その量がハンパなく多くて、僕は岡本くんに、「昔は僕もあれくらいは食べてたけど、もう食べられないよ。なんせ、来年は30歳だからね」というような話をした。岡本くんは僕と同級生だが、早生まれだから、まだ28歳。30になるのは再来年だ。おかもっちゃんは「30になるまでなにかやりたいことはある?」と僕らに訊いた。

伊藤ちゃんはオムライスを頬張りながら「30までにバンドつくってライブやりたいね」と言った。僕もおかもっちゃんも「いいねぇ、いいねぇ」と言った。しかし、この時、誰がどのパートをやるかなんてことは考えていなかった。僕たちはオムライスをかき込みながら、「ねぇ、ねぇ、どんなバンドにする?」「バンドの名前は?」とか、そういうことばかり話していたのだ。

1987.6

30歳までにライブをやるぜぃ!

僕らは、バンドを組んで、30歳になるまでライブをやるという目標ができた。とはいえ、時間はあまりなかった。なにせ伊藤ちゃんは半年後の1月23日で30歳になってしまう。急がなければ……。

そんなわけで、おかもっちゃんを伊藤ちゃんが車でピックアップして、荻窪の僕の部屋に集まる日が増えた。バンドについての話し合いが目的だったが、いつまでもパートも決まらず困っていた。そんななか、最初に決まったのはドラムだ。人間ではなく機械に任せることにしたので、誰からも文句が出なかったのだ。

あるとき、ふたりがいろいろな機械とシールドやらを抱えて僕の部屋にやってきた。

機械のひとつはドラムマシーン。いろいろなドラムのリズムを刻んでくれるものだ。これはおもしろいのだが、使い方はいまひとつわからなかった。そしてもうひとつはマルチトラッカーという録音機だ。カセットテープにダビングする機械だった。

「とりあえずドラムはこのマシーンにまかせればいいよ。曲作りには、このマルチトラッカーが役立つと思うよ。ふたりとも楽譜は書けないんでしょ」

音楽の才能あふれるおかもっちゃんは、大学時代のバンドではキーボードを担当していたが、ギターも巧みで、要するに何でもできる男だった。

「わし、ベースやったことないから、ベースでもいいかな」と続けるおかもっちゃんに、僕はすかさず反対した。

「ダメダメダメ！　僕ができるのはベースくらいしかないから！（それだって心もとないんだけど……）」

僕は高校時代にバンドをやっていて、担当はベースだった。ただ、ベースギターそのものは大学時代に質屋に入れ、金が返せず流してしまったため、手持ちの楽器はない。

「伊藤ちゃんはどうする？」

おかもっちゃんが聞くも、伊藤ちゃんは「うーん」と沈黙したままだった。

「伊藤ちゃんは花があるしさ、やっぱりミック・ジャガーみたいにヴォーカルがいいんじゃないの？」

僕がそうアドバイスした。

「ははは、こうやってやるの？」と、伊藤ちゃんは苦笑いしながらミック・ジャガーの真似をしたが、「無理だよ」と降参し、僕とおかもっちゃんも納得した。

「じゃ、ギターやれば?」

というわけで伊藤ちゃんは、編集プロダクション「オールスター」の青木くんとともに新宿の楽器屋へエレキギターを買いに行き、僕は荻窪の古道具屋で安物のベースを購入。

「じゃ、ちょっと練習してみようか」

僕たちが最初に作ったのは「ベースボール」という曲だった。基本的に詞は伊藤ちゃんが書き、曲は僕がつけた。

「ありがたいのは、ベースボール〜♪」というサビの曲で、プロ野球ばかりを話題にする人を揶揄した歌だった。

伊藤ちゃんは僕よりはギターがうまかったが、それよりおかもっちゃんのほうがもっとうまかった。それで、おかもっちゃんがギターということになり、買ったばかりの伊藤ちゃんのギターはおかもっちゃんに預けられた。

「さて、じゃ伊藤ちゃんはどうする?」ということになる。

「パーカッションはどう? 今は電子パッドのようなものがあって、いろいろな音が出せるものがあるよ」

おかもっちゃんがそう言うので、楽器屋にそれを見に行った。僕たちはこのころ、毎日のように楽器屋へ通い、ああでもない、こうでもないと言い合っていたが、とにかく伊藤ちゃんが電子パッドを購入し、夏前にパートは決まった。

曲を作り、練習をする日々が続いた。そんなとき、僕はよくおかもっちゃんに、こんな無責任な発言をしていた。

「会社やめちゃえば？」

というのも、僕や伊藤ちゃんはフリーライターだから、平日の昼間だって、練習ができた。が、岡本くんはソフトウエアの会社に勤務するSEで、残業も多く、平日はほとんどダメ。練習できるのは、土日だけだった。

「脳天気商会っていうのは、バンドなんだけど、編集プロダクションでもあるっていうのはどう？」

そんなことを言いながら、僕は急須でふたりにお茶を入れた。そして、僕も自分の湯飲へお茶を注いで飲んだ。あれ、なにか口の中に入ったぞ、なんだろう。口の中に入った物体を出してみると、なんとそれはゴキブリだった。

「ギャー」という悲鳴がマンション中に響き渡った。その瞬間、僕は引っ越しを決意した。

ついにライブの日程が決まった！

1987.7

また夏が近づいていた。およそ1年前、荻窪のマンションに引っ越したのは夏真っ盛りの頃。

２DK風呂付きで家賃は6万5000円と格安だったが、なにしろクーラーがついていないのは辛かった。ぼくは暑さには弱いのだ。

それまで住んでいた木造のアパートは風通しがよかったし、仕事がそんなになかったのであまりに暑いときはパチンコ屋で涼んだり、近所の喫茶店に行ったりしていた。ところが、今いるのは、陽があたると熱がこもりやすい鉄筋のマンションである。仕事もしなけりゃならず、クーラーがないのはつらい。最初の夏はとにかく我慢して、扇風機だけでやり過ごしたものの、今度の夏はどうしようかと迷っていた。

奮発してクーラーを買って取り付けようか、それともクーラーのある部屋に引っ越しをしようか、という悩みだ。

「引っ越そうかと思ってるんだけど」

伊藤ちゃんに相談をした。伊藤ちゃんは少し困った顔をした。

「せっかく、ここでみんなが集まってバンドの練習をしてるんだしなぁ」

たしかにこのマンションは広さも充分だし、騒がしくしても文句を言われたことがなかったので、バンドの練習場所としては便利だった。仕事の打ち合わせで使う機会だって増えていた。

「じゃ、まっさんはクーラーのあるワンルームマンションかなんかに引っ越して、ここはみんなで金を出し合って維持するっていうのはどうよ」と伊藤ちゃん。おっ、それはいいねぇ。というわけで、僕は下井草のクーラー付きのワンルームマンションに引っ越した。引っ越しといっても、仕事関係、音楽関係のものはほとんど荻窪のマンションに置きっぱなし。ワンルームのほうはベッドひとつ置いて寝るだけってかんじだった。

この引越しを機会に、ちょっとした決心をした。僕は少し前から太りはじめ、70キロ後半から

80キロへと、デブ化が止まらない状態になっていた。そのため思い切って、便利だった三輪の原付バイクを手放し、自転車を購入してみた。そして、移動はすべて自転車ですることにしたのだ。これで、少しは痩せられるかもしれないという思いがあった。

引越し後も、年内にライブをやるためにバンドの練習はしていた。いつものように3人で練習をしていたら、玄関のチャイムが鳴った。ドアを開けると知らない若い男が立っている。そしてこう言われた。

「勘弁してもらえませんか」

僕にはなんのことだかわからなかったが、聞けば、バンド練習の音がうるさいというのである。マンションは青梅街道沿いにあるため車の騒音が激しく、まあ楽器の音ぐらいはいいかと思っていたのだが、同じマンションの人にはけっこう迷惑をかけていたようだ。

僕と伊藤ちゃんが落ち込んでいると、おかもっちゃんはこう言った。

「だったら、練習場所を借りようか。たとえば、国立とか江古田とか、音楽学校があるようなところには防音設備の整ったアパートがあるんだよ」

「じゃ、どうする、江古田とか行ってみようか」と伊藤ちゃんは反射的にそう言った。

この頃の僕たちは、思いついたらすぐに行動するようなところがあった。実際に翌日、僕たちは江古田の不動産屋さんに行き、その日のうちに部屋を決めた。風呂はなくていい、とにかくごく普通の木造のアパート。でも、しっかり防音はされているとかで、僕たちはそこに楽器や機材を運んだ。

というわけで、荻窪のマンションはファクスとワープロなどが置かれた編集プロダクション、江古田のアパートは音楽の練習や作詞作曲をする場所となった。

いろいろな曲を作り、演奏の練習をした。僕は自分の作曲用にオモチャの小さな電子ピアノを使っていた。これはけっこうスグレモノで、なにかを録音して鍵盤を押せば、その音が出る、サンプラーの機能もあったのだ。「アホ」と録音して鍵盤を押せば「アホ」と鳴る。ちょっと押せば「ア」まで。長く押せば「アホ」となる。リズムをつけて、「ア、ア、ア、アホ」というようなこともできる。また、いくつかの鍵盤を抑えれば、アホの和音が出てくるというものだ。

このオモチャの鍵盤楽器や生ギターでどんどん曲を作った。当時「どんなバンドをやっているのか」と聞かれたときに僕が答えていたのは「社会派コミックソングです」だった。自分でもよくわからんのだが、まあ、ただのお笑いソングのことを、そうやって格好よく呼んだりしていた。

各パートは、ドラムはマシーン、おかもっちゃんがギター、伊藤ちゃんがパーカッション、僕がベース、ヴォーカルは全員でというスタイルだった。

そしてある日、ついにおかもっちゃんの口から重大な発表がもたらされた。

「ライブ、12月にやることに決まったんだけど」

場所は神楽坂のエクスプロージョンというライブハウスだった。いよいよ、本当にライブをやるんだ！　そう思うと、もう自分が緊張しているのがわかった。

どうしよう？　ライブハウスのお客さんの前で演奏するってどんなかんじなんだろう？　まったくわからないまま、とにかく僕らは練習に時間を費やしたのだ。

1988年4月〜1988年12月
トロ・マグロ　30歳

●ヒットソング
長渕剛『乾杯』
光GENJI『パラダイス銀河』
サザンオールスターズ『みんなのうた』
尾崎豊『太陽の破片』
氷室京介『ANGEL』
工藤静香『MUGO・ん…色っぽい』

第6章
先行きは未確定

●おもな出来事
「となりのトトロ」「火垂るの墓」同時公開
リクルート事件発覚
映画「AKIRA」公開
ソウルオリンピック開催
スペースシャトル・ディスカバリー打ち上げ成功
消費税法案成立

気分は悶々、未来は不透明

1988.4

ぼくのまわりの小さな世界は、小さいなりにめまぐるしく動いている。妹は結婚して八王子で新婚生活を始めた。フリーライターとして食って行くには収入が低すぎる後輩の町田はある女性誌の編集部にもぐりこむことに成功。なんとか生活を安定させるメドがついた。岡本君は長くつき合った女と距離を置くため田辺ビルの三畳間で居候生活を開始。女とはこのまま別れることになりそうだ。「会社をやめてライターになれば？」というまっさんの誘いにはまだ首を縦に振らないが、それも時間の問題のように思える。バンドもやっていることだし、そうなったらおもしろい。

阿佐ヶ谷にいたニューメキシコの水島は笹塚に事務所を構え、そっちへ移った。水島は本格的に編集プロダクションの経営に乗り出し、順調に仕事を得ている。そして、ライターとしての主戦場を『ティー・テニス』に移した坂やんはスキー雑誌から完全に手を引き、テニスの取材に専念するようになった。

ぼくは、まとまって入ったギャラを使って阿佐ヶ谷に引っ越した。九畳の部屋に六畳のリビングがついた新築1LDK。家賃9万円は高いと思ったが、ここ数年は家賃もうなぎ上りで、新築物件となるとそれくらいするのだ。部屋でピカピカの床に寝転がっていると、何ともいえずいい

田辺ビルにて。
『ボブ・スキー』の
Tシャツを着たトロ

気分になる。高円寺の風呂なし六畳から居候生活を経て吉祥寺のシャワー付ワンルームに越し、経堂で妹や町田と暮らして、学生時代にひとり暮らしを始めた阿佐ヶ谷に30歳で戻ってきた。貯金なんて1円もないが、もともとプータローだったんだし、少しはマシになって振り出しに戻ったと考えることにしよう。

赤帽1台分にも満たない荷物をほどいて、仕事関係の資料を整理していると、『ボブ・スキー』の取材でアメリカへ行ったときの写真が出てきた。カメラマンに渡されたまま、引っ越しのドタバタでじっくり見る機会がなかったがレイアウト入れに備えておくか。堀内カラーの黄色い袋をひっくり返すと、ひとかたまりのフィルムシートが床に落ちた。でも音が軽い。フィルム15本分くらいしかない。2週間の取材で、スキー場だけで10日ほど滞在したのだ。撮影本数はこんなものではないはずだ。荷物を探してみたが他にはない。2袋以上受け取った記憶もない。イヤな予感とともに写真を見ると、見るも無惨な内容である。ゲレンデ写真の大半が露出オーバーで、まるで質感がないのだ。残りのフィルムは推して知るべし。ぼくに見せられない出来ということ。すぐに電話したが通じない。留守電にメッセージを残しても連絡がない。まっさんに話すと、逃げたんじゃないかと言う。

「あいつ、スキーはうまいけど、カメラマンとしては新人だって言ってたじゃん。アメリカで不審なことなかった?」

あった。スタンフォード大学に留学してたという割に英語がさっぱり話せないし、大学時代の友人に電話してスキー場に呼べと冗談で言ったら本気で嫌がってた。写真にしても、仕事が忙しくて編集部へ行く時間がないからと、いきなりやってきて渡されたのだ。

「あいつはあまりいいヤツじゃないよって言ったのに」

そうだった。まっさんは初対面のときからそう言っていたのだ。

「で、どうすんの」

撮影に失敗しましたとは言いにくい。こうなりゃ自分で撮った写真でなんとかしよう。取材時、ぼくは買ったばかりのカメラを持って行き、10本ばかり撮ったのだ。素人写真でもそのほうがマシだし、なかには偶然撮れたおもしろいアングルのものもあるから、それでごまかそう。

「仕事はいいとして伊藤ちゃん、あいつに金貸してなかった?」

「あっ、あーっ、貸してるよ。10万円も!」

「そんなに。なんでまた」

「たまたま競馬で儲かったときに借金申し込まれて」

「ぼくにだって5万円しか貸さなかったのに」

「まっさんが5万円って言ったんじゃん。それにあいつ、アメリカ行くのにレンズがもう1本欲しい。それがあればいい写真が撮れるけど、まだ駆け出しでレンズが買えないって言うんだよ。しかも、10万円は『ボブ・スキー』のギャラで返すからって。それで、うっかり信用したんだよな」

「巧妙だ、計画的だな。はい、もう戻ってきません」

記事は何とかなったが、失踪したカメラマンは二度と姿を現さなかった。編集部で住所を尋ね、自宅を訪ねてみるともぬけのカラ。完全にやられた。

「勉強代だね。だいたい、伊藤ちゃんは人にも自分にも甘いところがある」

「まっさんは他人を信用しないもんな」

「そうです。私なんかはおかもっちゃんと伊藤ちゃんとスーさんしか信用しないから。おかげでダマされないけど、友達もできないよ」

「あはは、それも考えものだな」

「今はね、確かにそうだよ。だけど、わしらはそのうちライターとしてかバンドとしてかわからんけど有名になるでしょ」

まっさんが思う有名ってどのくらいなんだ？　マグロさ～んって女にモテモテになることか。

「うんにゃ。せめて新聞の死亡欄に名前が載るくらいだね」

「オレたち、いま死んだら知り合いが30人くらい葬式にきて終わりだろ。道は遠いな」

「うちのおふくろが、何でもいいから10年間続けたらいっぱしのものになるってよく言うんだよ。ライターだったら30代半ばでしょ。バンドだと40歳前だからキツいか。まあとにかくその頃まで続けたら、ドドンと名を知られると。で、そうなったらいろんなヤツが寄ってきてさ、うまい儲け話があるとか誘いがかかるわけだよ。人を見る目がないと、そこで思い切りダマされるね。いまはせいぜい10万円だけど、そうなったら失うものも大きいよ」

「ははは、そこまで考えての用心深さなんだ」

「当然でしょう。ただ、現時点でわしらには力が足りないよね。企画力も劣っているし。伊藤ちゃんは原稿書くのが好きみたいだけど、ぼくは苦痛に感じることのほうが多いしさ。だからバンドに活路を見出したいんだけど、才能的に無理かも」

脱線を繰り返しながら延々と、田辺ビルの六畳間で将来のことを話すのが日課のようになっていた。ぼくもそうだが、まっさんも、夢を語るようなことはしない。ライターの活動をどのように展開すれば多彩な活動ができるのか、バンドでどんな曲を作っていけば人気が出るのか、いつでも中身は具体的だ。これで実行力が伴えば未来は開けるはずだったが、あいにくそうはならなかった。知恵を絞った企画も翌日には色あせて見える。新曲を作っても演奏力が追いつかない。会えば冗談ばかり言い合っていたけれど、内心は悶々。少なくともぼくはそうだった。

田辺ビルの日々と岡本君のライターデビュー

1988.6–7

悶々とした気分を一掃すべく、銀行口座の残金をみんな下ろして旅行に行くことにした。スペイン、モロッコ、イギリスをぶらぶらし、一文無しになって1ヵ月後に帰国。一晩ぐっすり寝た土曜、田辺ビルに顔を出すと三畳間の住人、岡本君がいた。

「おお。戻ってきたかね。まるで連絡がないから、金がなくなってロンドン辺りで皿洗いのバイトでもしとるんじゃないかと思ったよ」

「そこはしぶとく、留学生と知り合ってアパートの床で眠らせてもらったりしてしのいだよ。おかもっちゃんのほうはどう？　彼女とまだモメてんの？」

別れる別れないでごたごたしている原因は、煎じ詰めれば岡本君に新たな彼女ができたことにある。だったらすっぱり別れればいいと思うのだが、そこは数年間一緒に暮らした相手。そう簡単にはいかないらしい。が、ぼくが不在の間に別れ話はまとまりつつあるようで、岡本君の表情は明るかった。

「いつまでも、ここにおるのもなんだし、この近所に引っ越そうかと思うとるんよ」

六畳間の壁にもたれてうだうだ話すうち、まっさんがきた。岡本君とまっさんは、ぼくがいない間に新しい曲を作ったようで、その曲のテープを聴かされた。

「ここ、このあたりにオフコース好きなおかもっちゃんらしさが出てるよね。もう一度聴く？」

何度も何度も聴かされるうちに、岡本君はギターを弾き始め、サビの部分のコード進行を微妙に変えたいと言い出す。気がつくと日が暮れていた。相変わらずである。

「あたりまえじゃん。1ヵ月いなかったくらいじゃ何も変わらないよ。たいした事件もなかったし、相変わらずの日本だよ」

でも、じつはそうでもなかった。まっさんは伝言ダイヤルにハマっているとかで、そこで知り合った人たちと交流を深め、薄っぺらいミニコミみたいなものを始めるという。誌名は『わにわに』というそうだ。田辺ビルには『わにわに』の関係者が出入りするようになっていて、ぼくは自動的に彼らと知り合うことになった。みんな一癖ありそうで、おもしろそうな同世代だ。

バンドを始めてから徐々に、フリーランスの溜まり場となりつつあった田辺ビルは一段とにぎやかになり、仕事場というよりミニサロンみたいな状況になっている。その証拠に、ぼくはほとんどの原稿を気が散る田辺ビルではなく自宅で書くようになっていった。

とはいえ、自宅なら静かというわけでもなく、髪をピンクに染めた脳天気商会唯一の追っかけ女子大生が転がり込んできて何泊かしていったり、帰宅すると阿佐ヶ谷で知り合った友人が勝手に上がり込んでテレビを見ていたりするので、落ち着かないことに変わりはない。そんなときは、例のバーに避難して深夜まで過ごすのだ。

岡本君は、会社をやめてライターになることを真剣に考え始めていて、「練習がてらちょっとした仕事をしてみたい」と言うようになった。ちょうど、ラジオ雑誌からアイドルの取材を頼まれていたので、岡本君が記者、ぼくがカメラマンになって取材をやってみることにした。ラジオ局のスタジオで短時間話を聞き、短くまとめるだけだから難しい仕事じゃない。

「そうかね、わしでもできるかね」

「ヘーキだよ。パーソナリティをしているときの気持ちとか、リスナーの反応で嬉しいこととか適当に聞けばいいんだから。時間だって放送開始前の15分間だもん、あっという間に終わっちゃう。原稿はぼくかまっさんがチェックすればいいしさ」

「伊藤ちゃんは写真大丈夫か。どう見たってカメラマンに見えないけど」

たしかに。買い替えたばかりのぼくのカメラは、小型のミノルタのCLEなので迫力が全然ないのだ。

「ま、どうにでもなるよ！」

こうして、岡本君とふたりでラジオ局へ行った。岡本君は徐々に口数が少なくなっていき、スタジオへ入る頃には顔面蒼白になっていた。ぼくはぼくで、ストロボを使った撮影の手順を忘れないようにと、そればかり考えている。

取材相手のアイドルＩは不機嫌だった。マネージャーとケンカでもしたのか、局のスタッフに「やってらんないわよ〜」なんてぼやいている。取材のこともロクに伝わっておらず、「何よアンタたち」てな態度だ。

岡本君は上がりに上がっており、緊張のためか質問がまどろっこしい。

「えー、それでですね、Ｉさんはリスナーの方々の、あー、その、反応はいかがですか？」

「知らないわよそんなの」

「手紙がきたりして、そのー、やっぱりうれしいですよね」

「仕事だもん。それより写真、まだ？　あんた本当にカメラマン？　早く終わらせてよ！」

天井にフラッシュを当てて光がまわるようにしなくてはならず、慣れないぼくは「とにかく枚数だ」とばかりに、しつこく撮影していたのだ。

こんな調子で小娘に叱り飛ばされながら取材を終えたときには、ぼくも岡本君も疲れ果てていた。

「10代のコにあんな口を叩かれても謝ってばかりか。ライターもつらいねぇ」

そんなことを言っていた岡本君だったが、雑誌が発売され、そこに自分の名前がクレジットされているのを発見すると、目を細めて何度も読み返していた。ぼくが撮った写真は光量不足のためほとんどが真っ黒だったが、1枚だけバッチリ笑顔が撮れていたのでそれを使い、編集者から「写真、うまいじゃないですか」とホメられた。

「楽しい取材じゃなかったけど、なんとかなるもんだよ。で、もうしばらくするとギャラが振り込まれてくるってわけ。おかもっちゃん、インタビューは苦戦したけど原稿はスムースに書けたし、問題ないんじゃない?」

「そうかねぇ、伊藤ちゃんも最初はあんなふうに上がったりしたかね」

「したした。もうメロメロだった」

「ふーん、そっか」

岡本君はライターになるだろうな。ニヤニヤしながらまた記事に目を落とす横顔を見て、ぼくは確信を抱いた。

キミにはスポーツマンの爽やかさがない 1988.10-11

テニスの伊達公子選手を応援すべくソウル五輪を見に行き、1週間ほど留守をしている間に、まっさんがいよいよフリーペーパー『わにわに新聞』を発行することになっていた。手間ひまのかかる作業を承知の上でやるというのだから本気に違いない。ぼくと岡本君は、話を聞いた段階で〝巻き込まれ準備完了〟な気持ちになっていた。

事務所はいろんな人と交流できる遊び場で、原稿はもっぱら深夜、自宅で書く。『ボブ・スキー』も忙しくなってきて学研通いもしなくちゃならないが、以前みたいに行けば明け方まで居続けることはグンと減った。夕方に顔を出し、打ち合わせしたり飯食ったりして10時くらいには帰宅し、それから原稿だ。ただ、そうなるとファクスで送ることになり、読みにくいぼくの字は編集者に評判が悪い。まっさんのようにワープロで書くことを検討したほうがいいかもしれない。

ぼくの生活は完全に夜型で、昼頃起きて、取材がなければ事務所に行く。誰もいないときには曲を作るか昼寝だ。そのうち誰かがきて、コーヒー飲んだり雑談したりしているうちに日が暮れる。週末は岡本君がフリーになるのでスタジオで練習。練習時間より終わってからのミーティングと称する雑談がものすごく長い。しかしこれ、まったく収入に結びつかないどころか持ち出しの連続なのに、意識の上では「脳天気商会の活動のひとつ」だから、妙に前向きに語り合ったりしてしまう。遊んでいるときと働いているときの境界線が曖昧な毎日だ。

仕事がない晩は阿佐ヶ谷のバーに行き、客たちとライブに行ったり、誰かの家でだべったりする。そんなことをしているうちに、ぼくはバーをやっている女のコとつき合うようになった。店

ソウルオリンピック公園のテニスセンター前にて

が終わってから部屋にきて、朝まで一緒に過ごす。だから、締め切りがあるときもそうでないときも、結局寝るのは夜が明けてからなのだ。

学研通いが減ったのは雑誌そのものが安定期に入ってきて、創刊時の熱気がなくなってきたことも関係があると思う。門外漢だったスキー雑誌をそれなりにのめりこんでやってきたのは、食べるためでもあるけれど、同世代の編集者やライターたちと新しい雑誌を作るのが楽しいからだった。編集者は編集者らしく、ライターはライターらしくなるにつれ、仕事がスムースに動くようになってきた分、無駄な努力とか常識はずれなアイデアは出にくくなるのだ。これがマンネリというやつだろうか。

そうなると、楽しいからやってるんだという言い訳がきかなくなり、あらためて自分が門外漢であることを考えざるを得なくなる。書かせてもらえるからといって、スキー雑誌をやっていていいのかなあ。良くないよなあ。テニス雑誌も楽しいけれど、それにしたって門外漢であることには変わりがない。大会で選手やコーチを取材していても、どこか波長が合わないというか、疎外感を感じることが多いのだ。

いったい自分は何をしたいのだろう。ライターは性に合う。続けたい。じゃあ何を。ノンフィクションを書きたい。本音はそこにある。だが、どうしたら専門誌のライターから方向を変えることができるのかがわからない。考えはいつもそこで行き詰り、まぁいいかで終わってしまう。

流れるままに身を任せ、肝心なところはごまかしながら、ぼくはすべてをまぁいいかで済ませてしまう。

だが、そうも言ってられないときがきた。ある日、学研に向かう途中でクルマがエンスト。ラジエーターの水が漏れてなくなったことが原因だったのだが、オイル漏れと早とちりしたぼくは近くのガソリンスタンドでオイルを買ってきて、水を入れるべきタンクにそれを注いで学研まで走った。『ボブ・スキー』編集部にはほとんど人がいなかったので、編集者のデスクの上にあった担当ページの写真を見ながらレイアウト案を練る。と、あまり話したことのない年長のライターが話しかけてきたのだ。

最初は次号では何を書くのかとか、またスキー場が新設されるとかの話題だったが、そのうち年長ライターはぼくの仕事ぶりについて苦言を呈し始めた。スキーヤーの気持ちがわかっていないとか、メーカーの職人にインタビューするのは5年早いとか、そういう話である。

もっともな話だが、スキー雑誌でノンフィクションの腕を磨こうと思ったらゲレンデ取材を減らして人物取材に比重を置くしかない。だが、正直にそれを話せば、火に油を注ぐようなものだから、誰かこないかなと思いながら適当に相づちを打っていた。すると年長ライターはヤル気の感じられないぼくの態度に苛立つように、こんなことを口にしたのだ。

「俺はキミを見ていると、なんで『ボブ・スキー』やってるのかと思うときがあるんだよ」

「はあ、そうですか」

「何て言うのかな、キミにはスポーツマンの爽やかさがないよね」

「え?」

「スポーツマンというのはさ……」

もう何も聞こえちゃいなかった。年長ライターの言葉は、ぼくが漠然と感じていた居心地の悪さを、たった一言で説明していたのだ。スポーツマンの爽やかさがない。本当にそうだ。ぼくは全然爽やかではない。少なくとも、年長ライターがイメージする爽やかさは持ち合わせていない。つまり、ここを主戦場に執筆活動をするのは自分のためにも雑誌のためにも良くないことなのだ。

そうか、そうだったか。

帰り道、あと少しでつくというところで、クルマから猛然と煙が吹き出してきた。強引に駐車場まで運転し、ボンネットを開けてみると、ラジエータロから高熱化したオイルが吹きこぼれている。これでよく無事に帰り着けたものだ。

たっぷりへばりついたオイルは内部を水で洗っても洗ってもどうにもならない。修理屋に持っていくと、このまま廃車にするしかないと言われてしまった。痛恨だったが、いっそスッキリした。これは『ボブ・スキー』から撤退しろというサインなのだ。ライターとして使い物にならなくなるのを未然に防ぐため、このクルマは身を挺してぼくを守ろうとした、ということにしようと思った。

いつまでも明けない空に　1988.12

「客はどれくらいくるんかねえ」

「それは言わない約束ってことで。そこそこきてくれるでしょ。それより伊藤ちゃん、歌詞覚えたかね」

「曲順も怪しい。おかもっちゃん、忘れたら適当に間奏に入っちゃってギターソロ弾きまくってよ」

「いざとなったら、まっさんのベシャリでつなぐか」

「何をおっしゃいますやら。立て板に水の岡本さんと比べたらワタクシのベシャリなんて赤子同然のトナカイさんってことで。真っ赤なお・は・な・の！　はいはいはい、ご一緒に。真っ赤なお・は・な・の！」

「飛ばしてるねえ。この勢いだと始まる頃には」

「真っ赤なお・は・な・で！　燃え尽きるね。よし、あんちょこを作ろう」

高円寺のライブハウス「次郎吉」の楽屋で、脳天気商会の3人は緊張を紛らわすように喋りまくっていた。今夜はクリスマスパーティーを兼ね、ここを貸し切って自分たちの曲を聴いてもらうのである。我々はオリジナル曲しか演奏できず、それではサービス精神に欠けるというので、途中にホワイトクリスマスと赤鼻のトナカイのメドレーを挟むことにしたのだが、そっちに気を取られ、通しの練習をする時間がなかったのがちょっと不安だ。

なにせ演奏時間はたっぷり1時間ある。これまではライブハウスにデモテープを持ち込み、先方の都合で日程を決められていたのだが、共演バンドも当日までわからず、持ち時間も20分かそこら。5〜6曲を慌ただしく演って終了って感じだった。

脳天気商会は曲よりむしろMCをおもしろくして盛り上げ、その合間に演奏を行うバンドにしようと考えていた。3つも4つも出演バンドがひしめき合う状態ではそんなこと不可能。それで、ワンマンライブをやることにしたのである。これまでは敵地へ乗り込んでいく感覚で、他のバンドのファンからの冷たい視線を浴びては萎縮するパターンだったから、友達や知り合いを呼んで気楽にやってみたいと考えたためでもある。

客席は徐々に埋まってきた。30人くればいいと思っていたのに、その倍はいそうである。時間がきてステージに出ると、早くも「顔が引きつってるぞ〜」とヤジが飛んだ。相変わらず客に心配されてる脳天気商会だ。

対バンなし、音質良好、客席は顔見知り、ノリはいい。好条件が揃ったにもかかわらず、演奏は相変わらずもたついた。MCは落ち着いてやれたけれど、田辺ビルで雑談してるときのほうが数倍おもしろいと思う。ライブで飯を食うなんておこがましいレベル。これが、ぼくたちの実力ということなんだろう。

それよりも、ここに集まった人たちだ。年の瀬の忙しい時期、わざわざきてくれたほぼ全員が、ぼくやまっさん、岡本君と、いま関わっている顔ぶれである。いろんな知り合いができたものだなと思う。1年後にまた同じようなことをしたら、半分くらいは入れ替わってしまうのかもしれない。そもそも、1年後に自分たちが何をしているかさえ、おぼろげに想像することしかできないのだ。

「いまの曲はですね、練習ではジャーンとカッコ良く終わっていたんですが、メロメロになってしまいました。反省です。反省ばかりの脳天気商会です。なので助っ人の力を借りようかと。

えーと誰かステージで一緒にやりませんか。あ、やる、あなたがやる？　お、ブルースハープを持参してますね。用意がよすぎる！　すんません、事前に頼んでました」

まっさんが滑りがちなトークで間を持たせている間、いろいろ考えていたら歌詞が出てこなくなったので、でたらめな歌詞でブルースもどきをやる。岡本君が苦笑いしながら、さりげなくコードを合わせる。

客は三々五々、二次会に向かったり帰宅したりしたようだ。誰もいなくなったライブハウスで楽器を片付け、駐車場からクルマを持ってきて荷物を積んで荻窪に帰る。ガランとした田辺ビルはすっかり冷え込んでいる。

「今年も終わりだなあ。伊藤ちゃんは帰省するの？」

「うちの実家は菓子屋じゃん、年末は餅の注文で忙しいから手伝う。まっさんは？」

「元旦に帰るかなあ。キミの家に年始にいくよ。おかもっちゃんも帰るんでしょ。会社やめるって親に言ったの？」

「いちおうね。渋い顔しとるよ」

「親はいつでもそんなもんだよ」

「なかなかわかってはもらえんねぇ」

岡本君はもうじき失業者。ぼくとまっさんにとっては待望の展開だけど、それは同時に、岡本君が食べていけるだけのライター仕事を探す責任が生じたということだ。

自分の仕事もままならないのに、どうやって仕事を振るのかという疑問もあるが、あまり心配はしていない。フリーランスなんてカッコいい響きだけれど、その実態は失業者と紙一重。仕事を頼まれなければすぐに干上がるその日暮らしの稼業なのだ。半年もすればとりあえずの結果が出る。こりゃダメだと思ったら、岡本君はまた会社員になればいい。

あわてたってしょうがない。30歳で先の見える人生じゃ時間を持て余す。

まあ、たぶん、なんとかなるだろう。これまでどうにかなってきたみたいに。

ふたりを送ってから阿佐ヶ谷に戻った。店を終えた彼女がやってきて、ライブはどうだったと聞き、「今日は飲み過ぎた、少しだけ眠らせて」と横になった。夫と別居中の彼女には幼い子どもがいる。目をさましたとき母親がそばにいなかったら泣いてしまうだろう。

5時まで待って彼女を起こし、コーヒーを入れて見送った。ハイライトに火をつける。外はまだ暗い。岡本君は疲れて寝ているだろう。まっさんは、まだきっと起きている。眠れない目をこすりながら、脳天気商会の発展計画を練っている気がした。

一眠りしたら事務所へ行って、3人で飯でも食うか。久々に田中屋のオムライスが食べたい。年が明けたら取材が本格化する『ボブ・スキー』の仕事を減らしていこう。『わにわに新聞』を手伝うほうが楽しそうだ。前進あるのみだ。いや、こういうのって前に進んでることになるんだろうか。いったいいつになったら、一人前のライターになれるんだろう。

わからない。まずはオムライスを食べることだ。田中屋の、普通だけど独特なオムライス。そういうライターに、ワタシハナリタイ。

そんなどうでもいいことを、いつまでも明けない空を眺めながら、ぼくは考えている。

新連載「プータローネットワーク」と事務所の居候

1988.6

新橋にあるリクルートの『とらばーゆ』編集部に打ち合わせに行き、帰ろうとしたときに声をかけられた。

「増田くんじゃない、元気?」

村上麻里子さんだった。村上さんはかつて『ポンプ』という雑誌の事務局にいた人である。この『ポンプ』という雑誌はちょうど僕が大学に入学した78年に創刊されている。中身は今でいえば、ネットの掲示板をそのまま雑誌にしたようなものである。当時としては画期的な試みで、僕は創刊号からずっと買っていた。

僕は読者でもあったが、投稿者でもあった。その『ポンプ』がまさにネットのオフ会のようなことをはじめ、読者同士が集まるということが行われていた。村上さんはそこの事務局でオフ会のサポートをしていた女性で、美人だった。僕はその、オフ会のような集まりに何度か参加したことがあったが、ライターの仕事をするようになってからは足が遠のいていた。

「村上さんがなんでこんなところにいるんですか?」と僕が聞くと、村上さんは、リクルートに転職して『週刊就職情報』という雑誌の編集をやっているのだということを教えてくれた。

「ちょっと近所でお茶でもしようか」と誘われ、近所の喫茶店へ行った。

「増田くんが『とらばーゆ』の仕事をやってるの知ってるわよ。なにかウチの雑誌でもやってよ」

そう言われて、僕はカバンの中に入っていた『ボブ・スキー』を取り出し、「ほがらか歳時記」という見開きページを見せた。そこには脳天気商会提供とあり、伊藤ちゃんが北尾トロ、僕が高杉マグロのペンネームで記事を書いていた。内容は、スキーの裏ネタやこぼれネタを取り扱うものだった。文章はもちろん、写真も自分たちで撮り、本当にヘタだったが、イラストや四コマ漫画も自分たちで描いていた。

「村上さんがやってる『週刊就職情報』を読んでいる読者の人たちって職がない人たちでしょ、だからそういう人たちを取材して、僕らがちょっとしたコラムやイラストなんかも添えるってどうかな」

「おもしろそうねぇ」

村上さんが身を乗り出してきた。

「連載のタイトルは『プータローネットワーク』っていうの」

勝手に連載と決めつけてしまったり、僕の勢いがすごいので、村上さんは、まあまあと手で僕を制止するようなかんじで、「その『ほがらか歳時記』コピーさせて」と言った。

これはなんとかなりそうだ。村上さんによれば、２ページは無理だけど、１ページならなんとかなりそうだと別れ際に言った。

僕は大急ぎで地下鉄に乗り、新橋から荻窪のマンションへ向かう。このことを一刻も早く伊藤ちゃんに伝えたいと思ったからだ。当時は、かつて僕が住んでいた田辺ビルが僕と伊藤ちゃんのライター事務所になっていた。

夕方、事務所に帰ると、伊藤ちゃんではなく、おかもっちゃんがいた。

「あれ、きょうはどうしたの？　会社早く終わったんだね」

声をかけても、おかもっちゃんは浮かない顔をしている。そしてこう言った。

「きょう、ここに泊めてもらっていいかな？」

「もちろん、そりゃ構わないけど、どうしたの？」

おかもっちゃんは西荻窪で女性と同棲しているはずだった。

「いやぁ、それが、きょうは帰りたくないんよ」

それ以上はくわしく聞かなかったけれど、彼女となにかうまくいかないことがあったらしい、と僕は思った。

「当分泊まってもいいよ」と言いながら、あることを思いついた。

「なんだったら、住んでもいいよ。ほら、ここは六畳の部屋がひとつに三畳の部屋がひとつ。あとはキッチンにお風呂場。それで、伊藤ちゃん、僕、おかもっちゃんで三畳ずつお金を払うというのはどうよ」

実際、六畳の部屋には伊藤ちゃんと僕のデスクがあって、三畳のほうは使っていなかったのだ。

おかもっちゃんは、顔を輝かせた。

『とらばーゆ』の連載「プータローネットワーク」。女性は実はトロの妹だ

「きょうはとりあえず、布団借りて泊まるけど、住むことも考えさせて」

「ああ、どうぞ、どうぞ、好きなだけいていいよ」

と恩を売ったところで、「ところで、おかもっちゃん、金貸してくれないかなぁ」と切りだした。

「なんだぁ、いくら必要なの？」

「家賃がちょっと足らないんで5万円ほど……」

「じゃ、いっしょに飯でも行くかね、駅前のキャッシュディスペンサーでおろすよ」

「ありがたい、助かるよ。今度原稿料が入ったら、返すから。ほらここにね、こうして書いておくから」


僕のデスクの前の壁にはすでに「伊藤ちゃんに10万円借りる」と書かれている。その下に「おかもっちゃんに5万円借りる」と1行書き足した。

このころの僕はとにかく金がなかった。浪費が原因なのだが、それでも原稿料が入ってくるアテはある。そう考えて、伊藤ちゃんやおかもっちゃんにしょっちゅう金を借りていた。どうしようもない僕であった。

マグロ編

ドント・トラスト・オーバー・サーティー

1988.6

「どっかで晩飯にしようか」

ホンダシビックの運転席の伊藤ちゃんが、同乗している僕とおかもっちゃんに言った。僕らはミスティという音楽スタジオで練習を終えたところだった。ライブハウスで演奏しようとするなら、やはりきちんとアンプを使って練習したほうがいいと気付いたので、以前バンド練習用に借りた江古田のアパートは既に引き払っていた。

桃井にあるミスティは他よりも料金が安かった。たいてい1回につき2時間くらい利用することが多く、この日も午後7時にスタジオに入り、出たのは9時だ。

「どっかって、いつものとこでいいでしょう」

おかもっちゃんはそう言う。

「いいね、いいね」

僕は賛成した。いつものところというのは、青梅街道沿いにある「びっくりドンキー」であった。伊藤ちゃんはちょっと顔をしかめたが、関町方向へ車を走らせてくれている。

「30歳になるってどんな気持ち？　なにか変わるの？」

ハンバーグを食べながら一足先に30歳になった伊藤ちゃんにこう聞いてみた。僕らの世代には、「ドント・トラスト・オーバー・サーティー（30歳以上の人間を信じるな）」というような文句が流行った頃があった。その僕らがオーバー・サーティーになるのである。

気分はまだまだ子供だったが、自分達もおっさんの仲間入りをするのか？

「いや、何もかわんないよ」

たしかに、伊藤ちゃんの言うとおりだった。相変わらず僕らはその日暮らしのようなことをしている。当然のように独身で、結婚の予定どころか、ちゃんとした彼女さえいないのだ。食事を終えた僕らは再び伊藤ちゃんのシビックに乗り、荻窪の田辺ビルに戻ってバンドについてのミーティングをすることにした。僕ひとりの頃は散らかっていたのだが、三畳の部屋におかもっちゃんが住んでくれたおかげで、田辺ビルの部屋はきれいだった。

「会社をやめて、ライターになれば？」

いつものように無責任なことを僕が言うと、「いやいや」と言いながら首を振るのがお約束のおかもっちゃんだったが、そのときは、「う〜ん」と唸ったっきり黙りこくった。

この日のミーティングは妙に盛り上がらなかった。外に出ると、伊藤ちゃんは引っ越したばかりの阿佐ヶ谷のアパートへ車を走らせ、僕は買ったばかりのマウンテンバイクで下井草のワンルームマンションへ帰った。1988年初夏、妙に蒸し暑い日だった。

家に帰るとベッドに横になり、当時愛読していた『月ノ光』という雑誌を開いた。退廃的、倒錯趣味的な内容の雑誌で、出版社は東京デカド社、制作は南原企画だった。

僕はこの雑誌の読者投稿コーナーを読むのが好きだった。そのときはベルメールというペンネームの人の「伝言ダイヤルで連絡を取ろう」という投稿が目についた。ベルメールというのは、おそらく人形作家で画家のハンス・ベルメールからとった名前なんだろうと想像したりした。

伝言ダイヤルは、少し前から知られるようになったNTTのサービスで、新しいコミュニケーション・ツールとして若い人たちの間では流行していた。声の伝言をやり取りして交流するもので、掲示板の音声版とでもいえばいいだろうか。

ベルメールは、「1039（倒錯）ダイヤル」で交流することを提案していた。4桁の数字のゴロ合わせで「ボックス」というものを作り、それを仲間内で利用するサークルのようなものが、その時期流行っていたのだ。有名なのは8818（パパイヤ）トリプルである。トリプルというのは、連絡番号が8818888 18#でその暗証番号が8818#というように、同じ4桁の数字を3回使うものをそう呼んだ。

掲載されていた1039のトリプルにダイヤルし、伝言を聞いてみることにした。男性の声で「モリニエです」という伝言が入っている。これは倒錯的な作風で知られる人形作家のピエール・モリニエのことであろう。ベルメールといいモリニエといい、なんだかいかにもだったが、内容はちょっとした挨拶的な伝言だった。

次の伝言はけたたましいギターのリフとともに、やはり男性の声で「ファンキー・タルホです。誰かいませんか？」と言っていた。おそらく、稲垣足穂のことか。なんだかますます怪しい世界だと思った。最後に一番古い伝言を聞いてみると、別の男の声で「みなさんこんばんわ、ベルメールです」と入っていた。

なんだかわからないが面白そうなので、僕もさっそくなにか声を入れてみようと思った。しかし、気の利いた名前が思い浮かばなかった。

「みなさん、こんばんわ。マグロといいます。ここおもしろそうですねぇ。もうすぐ30歳になるおっさんですが、僕も仲間に入れてください」

言い終わると9#を押した。すると僕が入れたメッセージが再生される。確認したら、8#を押して録音完了だ。この短い伝言で、僕には新たな世界が開くことになる。

消費者金融とNTT伝言ダイヤル 1988.10

「スタジオ代、ちょっと立て替えといてよ。厳しいんだよ」

いつもなら金がないなんてことは口が裂けても言わない伊藤ちゃんが珍しく弱音を吐いていた。バンドというのは、金もかかれば時間もかかる。ライブをやっても黒字になることはまれで、たいていは赤字だった。

にしても、この頃僕は伊藤ちゃんに10万円以上の金を借りていたわけで、これをいっきに返せばいいのだが、当然そんな余裕はない。

僕は伊藤ちゃんに、こう言うしかなかった。

「だったら、いいところを紹介するよ。駅前の武富士」

「えーっ、消費者金融かぁ、大丈夫かなぁ」

「大丈夫、大丈夫‼　実は僕もさっき武富士で1万円ほど借りてきたところだよ」

実はその時、武富士のカウンターにあった〈お友達紹介キャンペーン〉という貼り紙のことを思い出していた。僕は特典とかキャンペーンが大好きなのだ。

「いっしょに行ってあげるからさ、免許証持ってるでしょ?」

まだ、消費者金融がサラ金と呼ばれていた時代だった。たしかテレビコマーシャルもやっておらず、当時の消費者金融には今よりも危ないイメージがあった。

渋る伊藤ちゃんをなんとか説得し、荻窪駅前の武富士に連れて行く。僕はカウンターの店員に、小声で言った。

「先ほどはどうも……。あの、これお願いしたいんだけど」

〈お友達紹介キャンペーン〉の貼り紙を指さすと、店員から申込用紙を渡された。僕はそれに書き込み、そのあと伊藤ちゃんが審査を受けた。僕が借りられるくらいだ、彼もやはり5万円が借りられた。

「どうもありがとうございました。これ、粗品ですけど」と店員が僕に差し出したのはベルトだった。ありがたくそれをいただく。

「まっさん、紹介してくれてありがとう。飯でもおごるよ」

伊藤ちゃんからも礼を言われ、ありがたく駅前の中華料理屋で炒飯と餃子を御馳走になった。

僕はその頃、やたらと浪費していた。それは、伝言ダイヤルにはまっていたのが大きな原因だ。家にいるあいだ、僕は伝言ダイヤルをやるのが一番の楽しみだった。電話代は多い月には5万円を請求されることもあった。伝言ダイヤルは、通常の電話料金よりも高い。普通の市内通話が3分で10円なのに対し、伝言ダイヤルはその6倍の30秒10円であった。

僕の伝言ダイヤルは、雑誌『月ノ光』で見つけた「1039トリプル」を聞くのが主目的だった。「ベルメール」「モリニエ」「ファンキー・タルホ」さんといった男性だけではなく、女性の参加者も増えていた。女性たちの伝言ネームは「カンちゃん」「CD」「オバQ」「スドウ」と、男性よりは普通であった。

声の伝言でそれぞれが意見交換をしていくうちに、交流は活発化し、みんなで会わないかという話になった。ほとんどの参加者が20代前半から半ばくらいの年齢で、僕とファンキー・タルホさんが最年長であることも、その頃にはわかっていた。

オフ会の場所は、吉祥寺に住むカンちゃんの自宅であった。そこに決まった理由は、参加者の家の中で、彼女の家が一番広かったからだ。

参加者は、女性はカンちゃん、スドウさん。男性は、ベルメールくん、ファンキー・タルホさん、僕であった。吉祥寺駅前にみんなが集合し、カンちゃんの家まで行った。

中に入ると、壁に鞭が何本もかかっていた。カンちゃんは、SMの女王様をやっている人だったのだ。そして、ベルメールくんは普通のサラリーマン、ファンキー・タルホさんはデザイナー兼イラストレーター、スドウさんは学生であった。

みんなで持ち寄った食べ物やお酒を広げて、ごくごく普通の飲み会をやった。途中から、壁にかかった鞭を取り出し、順にカンちゃんから叩かれていた。僕は痛いのがニガテなので遠慮したけれど、なんて変な連中なんだろうと思った。

何よりも、新しいメディアを接点に、知らない者どうしが集まって酒を飲んで話していることが新鮮だった。

こういったことを原稿に書ければ、と僕は思った。そして、知り合いの編集者にそのことを話したり、企画書にして渡した。しかし、すべて黙殺されてしまった。ひどい編集者などは、僕が教えた伝言ダイヤルネタを使って、他のライターに記事を書かせたりもした。僕自身、ライターとしてまだまだなんだなぁと痛感せざるを得ないかんじだった。

1988.12 下血報道とフリーペーパー

この頃の何年か、僕には月に一度のお楽しみがあった。それは大宅文庫へ行くことだ。大宅文庫は、京王線八幡山駅から少し歩いたところにある。有料で過去の膨大な雑誌を閲覧することができ、記事のコピーもできる。以前は会員になれば無制限に閲覧できたが、やがて利用者が増えたためか、1日に100冊までという制限がつけられた。

利用者は、ライターや編集者が多かったと思うが、テレビの人たちも多かった。たとえば、『徹子の部屋』でゲストの情報を探し、コピーしている人を何度か見たことがある。

僕はたいてい、青春出版社の月刊『ビッグ・トゥモロウ』のデータ集めのために行っていた。データ用の調べ物を午前中のうちに済ませ、午後からは自分の好きな週刊誌などを閲覧するのが習慣だった。自分が子供の頃に読んだ記事やら、自分が生まれる前の週刊誌なんかを読んでいると、その時代の世相がわかり、おもしろかった。そうやって一日中いるので、自然と他の利用者と顔見知りになることもあった。

1988年（昭和63年）の秋、大宅文庫はとくに人でごった返していた。顔見知りの週刊誌記者がいたので、「最近、人が多いね」と声をかけると、「そりゃXデーが近いからに決まっているじゃないですか」と言う。見れば、彼はテーブルの上に昭和天皇の記事が書かれた週刊誌を積み上げていた。

このころ、昭和天皇が体調を崩し、テレビのニュースでは毎日のように体調が報道されていた。内容は、体温や血圧、下血の状況だった。「下血」ってなんじゃ？　と思ったら、ワイドショーに医者が出てきて、うんこと一緒に血が出てくることだと説明していた。その血の量が多かったとか、そうでもなかったとか、そんなニュースがしょっちゅう流れていた。

大宅文庫からの帰り、伝言ダイヤルで知り合ったファンキー・タルホ氏と会うために山手線で目黒駅へ行った。イラストレーターをしている彼は僕と同年代で、話していて楽しく、既に何度か会っていた。その日は、駅前で待ち合わせをし、夕食をおごる約束をしていた。

「さあ、何を食べようか？」と僕が言うと、タルホ氏は「何か食べたいものある？」と逆に聞いてきた。そこで、ふと昔読んだ誰かのエッセイを思い出した。

「たしか、目黒だったと思うけど、紙カツのおいしいお店があるっていうのを本で読んだことがあるんだ。そこ行きたいなぁ」

肉を紙のように薄くなるまで叩いて揚げたカツのことを紙カツというらしかった。僕はトンカツの肉があまり得意ではないけれど、この紙カツなら食べられそうな気がしたし、エッセイに値段が安いと書いてあったのもポイントだった。

「うーん、紙カツの店は知らないけど、近くに『とんき』という有名なトンカツ屋さんはあるよ」

んじゃ、そこでいいや。というわけで、「とんき」へ入った。が、メニューを見て、しまったと思った。けっこう高いのだ。

冷や汗をかきながら、ロース肉の脂身が苦手な僕はヒレカツ、タルホ氏はロースカツを注文し、いろいろなことを話しだした。

僕は、せっかく伝言ダイヤルというネタがあるのに、これを書かせてくれる雑誌がない、というようなグチをこぼした。すると、タルホ氏がこう言った。

「だったら自分で作っちゃえばいいじゃない、伝言ダイヤルのフリーペーパー」

「フリーペーパーかぁ。お金も手間もかかりそうだね」

「いやいや、A4一枚でいいんじゃない。安い茶封筒かなんかに入ってね、それが毎週届くって、なんか楽しいじゃない」

「ほっほー。いいねいいね、もっと聞かせてよ、その話!」

お茶を飲みながら、そんな話をしていると、ヒレカツがやってきた。紙カツとは真逆の分厚いカツだ。一口食べて、驚いた。う、うまい!!

なんだか感動するほど美味しくて、涙が出そうだった。

タルホ氏もロースカツを頬張りながら、話を続けた。

「ワープロ持ってるんでしょ？　だったら、それで活字を打ち出してくれれば、僕が切り貼りしてレイアウトするよ」

なんだかありがたい話だった。当時はイラストレーターとして独立していたタルホ氏だが、それ以前は、雑誌やパンフレットのデザイナーをしており、その道のプロである。

「ぜひ、協力してよ！　ギャラは払えないけど、飯はおごるよ！」

「とんき」で僕はそんな約束をした。

そして僕はからっぽな自分に気がついた

1988.12

事務所から外に出ると冷たい風が吹いていた。あたりはすっかり暗い。陽が落ちるのが早くなったなぁ、そんなことを思いながら、荻窪駅の改札に向かった。ファンキー・タルホ氏と待ち合わせをしているからだ。駅に着いて、しばらくするとタルホ氏が改札を出てきた。

挨拶代わりに、「寒いね」と言うと、タルホ氏も「寒いね」と応じた。

「温かいモノでも食べたいね」と提案すると、無言で頷くタルホ氏。

「ラーメンがいいかな。でも北口はダメだね。こんな寒い中、行列するのはちょっとイヤだよね」

「寒くなくてもご免だね。行列しなくてもうまいところはあるでしょ」

そのころ、荻窪駅北口のラーメン店はたいへんなことになっていた。もともと「丸福」をはじめ行列店がいくつかあったのだが、テレビ番組が、「佐久信」という不振だった店を応援しはじめたことが話題になり、青梅街道沿いのどのラーメン店にも行列ができていた。歩道が行列する人たちであふれて、時には通行の邪魔になるほどだった。

じゃ南口にしよう、ということで、「新京」という中華料理屋へ行った。「新京」は行列どころか、満員になっているのを見たこともない。それでも、安くてうまくて出前もしてくれるので、僕はちょいちょい利用していた。

ラーメンにするつもりだったが、タルホ氏が麻婆豆腐定食を注文したので、なんとなく僕もそれにのっかる。「それから餃子2人前ね」と追加注文。お腹いっぱいになったところで、天沼陸橋にある田辺ビルへふたりで向かった。

ほんの1ヵ月前、三畳に間借りしていたおかもっちゃんは近所に部屋を見つけ、出ていった。それから伊藤ちゃんは海外へ取材に出ていたので、この時期、事務所は無人だった。そのせいか、ガスストーブをつけても部屋はすぐには暖まらなかった。

温かいコーヒーを出した。タルホ氏はカップで手を暖め、ひとくちすすると、カバンから雑誌の切り抜きやコピーしたイラストなどを取り出し、テーブルの上に置いた。

「カッティングシートある？」

あらかじめタルホ氏から指示され準備していた、カッティングシートとカッターを渡す。

「で、タイトルはどうするの？」

ああ、タイトルが必要なんだ、ということに、そのとき初めて気がついた。タルホ氏とミニコミ誌をつくろうと盛り上がったものの、具体的に何をどうするかはまったく決まっていなかった。

「何も考えてなかったよ。何かいいのある？」

正直にそう言うと、タルホ氏は言った。

「〝わにわに〟ってどうかな？」

「えっ、どういう意味なの？」

「単に語感がおもしろいかなって思って」

タルホ氏はすでに用意していた「わにわに」や「ｗａｎｉｗａｎｉ」といったタイトルロゴを厚紙の上に置いて見せた。

そうか、こうやって版下をつくっていくわけだ。

「ここに、４００字くらいの原稿入れようか。何か打ってよ」とタルホ氏が言う。

「あ、そうか、文章ね。わかった、わかった」

そう言いながら、僕はワードプロセッサの電源を入れる。さて、どうしよう。何を書けばいいんだろう。伝言ダイヤルについて書きたいことがいっぱいある、だからミニコミ誌をつくろうとは言ったものの、書きたいものが何なのか、実はよくわからない。

一人前のライターのつもりだが、それまでは、何か指示されて書くということばかりをやってきた。何を書いてもいいという状態になると、何を書いていいのかさっぱりわからない。僕はからっぽだったんだ、と気付いて呆然となった。

「どうしよう。何か指示を出してみてよ」

タルホ氏に助けを求めると、彼はちょっとあきれたように言った。

「自分で書くことがなければ、発注すればいいじゃない」

ああ、そうか。と、発注先はすぐに思いついた。もともとこのミニコミ誌の想定読者は、伝言ダイヤルで知り合った人々だ。そういう人たちに送りつけようと思っていた。だから、最初のきっかけをつくってくれた人物、すなわち、『月ノ光』の投稿欄で呼びかけをしていたベルメールくんに頼んでみよう。

さっそく電話をすると、運良くつながり、ベルメールくんは寄稿を快諾してくれた。

これでようやくミニコミ誌の目鼻はついた。タルホ氏は先に帰宅し、テーブルには、「わにわに新聞」と手書き文字が書かれたタイトルだけが貼られた厚紙。僕も戸締まりをして、田辺ビルを出た。マウンテンバイクに乗り、ほっとした気持ちで下井草のワンルームマンションに向かう。ところが、あと少しで我が家というところで、警察官に制止された。

この時期、僕はうんざりするほど、あちらこちらで職務質問されていた。ムッとしながらも自転車を降りた。もう何度も経験しているから、抵抗しても無駄なことはわかっていた。無視して走り続けてもいいが、そうすると、パトカーや自転車やらで何十人もの警官が駆けつけ、囲まれ

ざけんじゃねえぞ、ＮＴＴ．でっ、伝言なんかやめてやるう!!

わにわに新聞

無料頒布
平成元年４月２４日号
発行所
わにわに友の会東京支部
〒167 杉並区下井草4-1-1-207（原稿の送り先）
増田館 ☎03-397-4533
アートディレクター
グレコローマン・花田

どうゆうわけでこんな新聞を出そうかと思い立ったかということから書き始めます。いちばんの理由は、伝言をやめたくはないけれど少しでも回数を減らし、電話料金を安くしたいからなのです。電話代が１０万を越えるなんていうことでは、まともな社会生活は送れません。

それに加えて、伝言のメッセージが８時間しか残らないという悲しいメディアの特殊性を少しでも補えればという考えもあります。たとえばあることをある人に呼びかけたとしても、相手が８時間以内にアクセスしなければそのメッセージは死んだも同然なのです。また、あるイベントのインフォメーションにしても全員に知らせるためには何回も何回もいれなければなりませんし、３０秒という時間の枠があり、どんな早口でしゃべったとしてもその情報量には限りがあります。

そこで、新聞なのです。

この新聞を読んでくれているありがたい人たち……ベルメール君／ミヤさん／ヤマさん／マスヤン／タルホちゃん／モリニエ君／コータ君／ＲＺのユリちゃん／ナナハチさん／ナナコさん／ヨリコさん／ＣＤちゃん／まゆみちゃん／マグロちゃん（順不同）

この新聞を読んでいるのは、ベルメール君が創設した「倒錯ダイヤル」（１０３９トリプル）とミヤさんが創設した「尺八ダイヤル」（１０８８９８＃ １９１９＃）でも選びぬかれたノーテンキなヤツしか読んでいません。しかし、懐の深い〝わにわに編集部〟では、読みたいという人がいればいくらでも送ってあげます。住所をお知らせください。また、わにわに新聞の広報活動部隊も同時に募集します。伝言界や一般社会でのキャンペーンなど自分勝手にやってくれてかまいません。そのための連絡番号として「わにわにダイヤル」（８２８＃トリプル）をつくりました。この番号は常設するつもりはなくて、新聞の宣伝を気まぐれにいれるというカンジです。みなさんもテキトーに使ってください。

「わにわに新聞」創刊号（表）。マグロによる創刊の辞

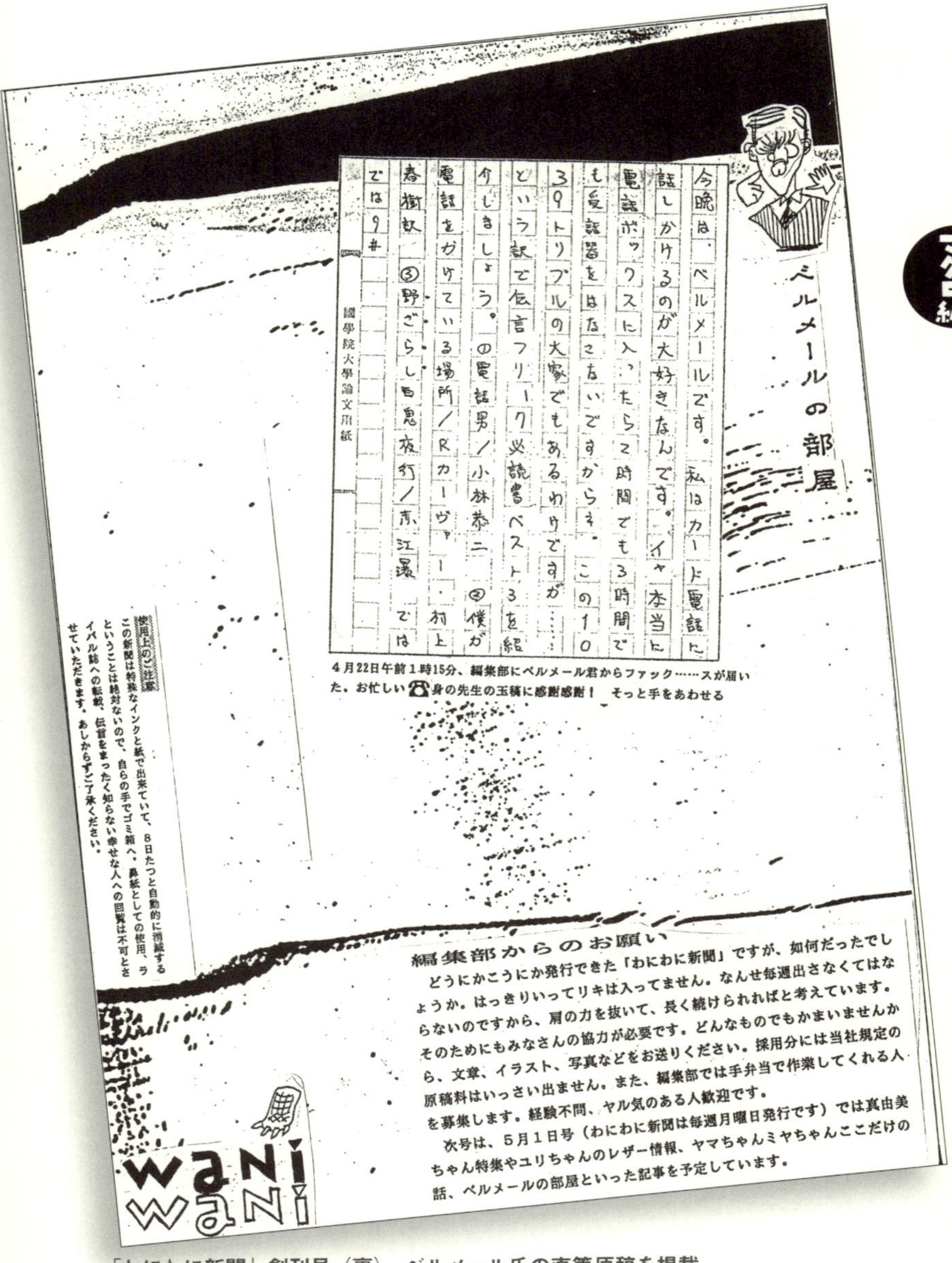

ベルメールの部屋

今晩は、ベルメールです。私はカード電話に話しかけるのが大好きなんです。イヤ本当に電話ボックスに入ったら2時間でも3時間でも受話器をはなさないですからネ。この1039トリプルの大家でもあるわけですが……という訳で伝言フリーク必読書ベスト3を紹介しましょう。①電話男／小林恭二 ②僕が電話をかけている場所／Rカーヴァー・村上春樹訳 ③野ざらし百鬼夜行／赤江瀑 ではでは9#

國學院大學論文用紙

4月22日午前1時15分、編集部にベルメール君からファック……スが届いた。お忙しい☎身の先生の玉稿に感謝感謝！　そっと手をあわせる

使用上のご注意
この新聞は特殊なインクと紙で出来ていて、8日たつと自動的に消滅するということは絶対ないので、自らの手でゴミ箱へ。鼻紙としての使用、ライバル誌への転載、伝言をまったく知らない幸せな人への回覧は不可とさせていただきます。あしからずご了承ください。

編集部からのお願い

どうにかこうにか発行できた「わにわに新聞」ですが、如何だったでしょうか。はっきりいってリキは入ってません。なんせ毎週出さなくてはならないのですから、肩の力を抜いて、長く続けられればと考えています。そのためにもみなさんの協力が必要です。どんなものでもかまいませんから、文章、イラスト、写真などをお送りください。採用分には当社規定の原稿料はいっさい出ません。また、編集部では手弁当で作業してくれる人を募集します。経験不問、ヤル気のある人歓迎です。

次号は、5月1日号（わにわに新聞は毎週月曜日発行です）では真由美ちゃん特集やユリちゃんのレザー情報、ヤマちゃんミヤちゃんここだけの話、ベルメールの部屋といった記事を予定しています。

wani wani

「わにわに新聞」創刊号（裏）。ベルメール氏の直筆原稿を掲載

ることになる。そして押し問答になり、大いなる時間の無駄を覚悟しなければならない。だから素直に従ったほうがいいのだ。

まずは自転車の防犯登録をチェックされたが、これは問題がなかった。次に警官はこう要求した。

「危ないもの持ってないか、ちょっとカバンの中身見せてよ」

そういう物は持っていないと言って拒もうとすると、「じゃあ見せてもいいだろう」みたいなことになるのは知っていた。寒い中、押し問答をするのはいやなので、僕はこう言った。

「所属と名前を教えてくれれば見せる」

名前聞くと、たいがいの警官が答える。そのときの警官はふたり組で、おもに僕に話しかけてくる男は田村と名乗った。よく見れば、年頃は僕よりひとつかふたつ下というかんじだろうか。

田村は僕のショルダーバッグを受け取ると、それを地面に置き、ジッパーを開け、中を懐中電灯で照らし、ひとつひとつ見ていく。ペン入れ、原稿用紙、メモ帳などだ。

「これは何?」

と田村の手に握られていたのは、取材に使うオリンパスのテープレコーダーだった。

「テープレコーダーです」

「おたく、なんか思想的にあるの?」

どういう脈絡で田村がそう聞いてきたのかはまったくわからなかった。

「何か思想があると、問題あるんですか」

「思想があるだけじゃ、取り締まれませんよ」

そう言うと、田村はショルダーバッグを返してくれた。なんだか無意味なやりとりで、とても不毛だと思った。

僕は田村たちから解放され、自分の部屋へ向かう。昭和63年の暮れだった。もうすぐ昭和は終わるんだろうな、そんな予感がする底冷えのする夜だった。

ワンルームの部屋のドアを開けると暗闇の中で留守番電話のランプが点滅していた。暖房をいれ、テープを再生した。

メッセージは3件。どれも、宮津氏からのものだった。用件はハッキリ言っていなかった。宮津氏といえば、SESの時代に知り合ったライターの人だ。警察無線やら、宮津氏が書いた風俗記事のことが頭に浮かんだ。

そこへ、電話のベルが鳴った。出ると、宮津氏だった。

「増田くんかぁ。お久しぶりやねぇ」

そして住所を聞かれた。答えると、「なーんだ、近所じゃないですか」

あ、そうだ、宮津氏が住んでいるのは練馬だ。

「言いにくいんやけど、困ってるんですよ。助けてもらえませんか」

金かと、すぐにわかった。

「いくら必要なんですか?」と聞けば、5万円貸してくれと言う。引き出しを開けてみた。封筒に昨日おろした5万円が入っていた。

「3万円なら貸せますけど」

そう答えた。すると、いまからすぐに行くと言う。

僕はコートを着て、早稲田通りに出た。5分もしないうちに見覚えのあるバイクが近づいてきて止まった。

「お久しぶり」と宮津氏が言う。久しぶりに会った彼には、昔のような輝きはなく、妙にしょぼく見えた。最近はどんな記事を書いているか聞こうかと思ったが、聞かなかった。

封筒に入れた3万円を渡す。彼は確認もせず、それをポケットに入れるとバイクに跨ったまま「借りたら、このままトンズラこいちゃうと思っているでしょう」と笑顔で言った。ドキリとした。本当にそう思っていたからだ。5万円はちょっと痛いが、3万円なら、いろいろいい思い出をくれた宮津氏にあげてもいいと思っていたのだ。僕が何も答えずにいると、宮津氏は「そんなことないですよ。必ず返しますから」と言ってバイクを発進させた。早稲田通りを走り去り、小さくなっていく宮津氏の背中に「返さなくてもいいですよ」とつぶやいた。その後、自分が宮津氏のように借金まみれになるとは、その時の僕は知るよしもない。

あとがき

この本に書かれているのは、ぼくと下関マグロが20代の半ばだった頃から、30代にさしかかって昭和が終わるまでの数年間の話です。

「あの頃」としか言いようのないライターとしての駆け出し時代は、人生の駆け出し時代とも重なっていて、さまざまな人と出会い、さまざまな変化があった時期だと思い込んでいました。でも、いま振り返ってみれば、ジタバタと同じところをまわりながらもがいているばかりで、歩みはのろく、劇的なことも起きていないことに気づきます。世の中的には好景気だったのでしょうが、ぼくたちは金がなく、仕事の仕方も知らず、出版業界の中でどう生きていけばいいのか、いつも手探りでした。それなのに、そのうちなんとかなるだろうと楽観的だったことが、書き終えたいまも不可解なところです。

たぶんそれは、失うものがなかったからでしょう。口座の残高だけではなく、名声も、人間関係のしがらみも、何もなかったからなのでしょう。

人の記憶は曖昧で、時が経つにつれ平気で捏造もしてしまうみたいです。本書はウェブで発表した原稿をまとめたものですが、下関マグロと交代で連載をしていくにつれて、つじつまの合わないことがたくさん出てきました。どちらも、自分の書いたことこそが事実だと思っているんですが、資料を集めて検証しても、どちらが正しいかわからないことがたくさんありました。どちらも間違えている、ということも充分ありえます。

可能な範囲で修正しましたが、ところどころ、食い違いみたいな部分が残っているかもしれません。北尾にとってはこうだった、下関にとってはこうだった、と広い心で読んでいただけるとありがたいです。

平成に入ると、我々は脳天気商会を会社化したり、清算したり、解散したバンドを立て直そうとしてまた行き詰ったりしながら、ヨロヨロと迷走を続けます。その後も、お互いの道を歩みつつ、相変わらず「まっさん、伊藤ちゃん」の関係が続いてきました。そして、いまだにふたりともライターです。

本書の読者に駆け出しのライターやライターを目指す人がいたら、こんな調子でもなんとか生きていけるんだと思ってください。やってから考える、それでも遅くはないと思います。駆け出し時代には時間だけはたっぷりあるはずだから。

連載中から単行本化まで、今回の仕事を一貫して担当してくれたのは、ポット出版の大田洋輔氏。編集者として駆け出しの彼がどんなふうに読むか、我々はいつも反応を楽しみにしていました。伴走に感謝します。

それから、もちろん読者の方々にも深くお礼を。お読みいただいてありがとうございます。

北尾トロ

プロフィール

北尾トロ（伊藤秀樹）

1958年、福岡市生まれ。

小学生の頃は父の仕事の都合で九州各地を転々。東京都立日野高校、法政大学卒。個人事務所（株）ランブリン代表。NPO法人西荻コム理事長。西荻ブックマークスタッフ。季刊ノンフィクション雑誌「レポ」編集・発行人。

ⓦ著作

『サラブレッドファン倶楽部――ケイバ雑学わんだ〜らんど』（伊藤秀樹名義、1985年、ナツメ社）
『「入門」図解で企画ができる本――図とチャートがスラスラ書ける! 見せる企画書とプレゼンのためのビジュアル・テクニック』（伊藤秀樹名義、1991年、かんき出版）
『馬なりの人生』（伊藤秀樹名義、1992年、日本能率協会マネジメントセンター）
『彼女が電話をかけている場所――通話中』（1994年、芸文社）
『出版業界裏口入学――作家・ライター・編集者をあきらめかけたあなたへ』（北尾トロとレオナルド調査隊著、1997年、メディアファクトリー）
『彼女たちの愛し方――Bye bye sexuality』（中川カンゴロー写真、1997年、マサダ）
『怪しい人びと』（1998年、風塵社）
『ヒゲとラクダとフンコロガシ――インド西端・バルナ村滞在記』（中川カンゴロー写真、1999年、理論社）
『キミは他人に鼻毛が出てますよと言えるか』（2000年、鉄人社）
『シークレットオブドラァグクイーン』（2000年、杉並北尾堂）
『銀座八丁目探偵社――本好きにささげるこだわり調査録』（2000年、メディアファクトリー）
『ぼくはオンライン古本屋のおやじさん』（2000年、風塵社）
『裁判長!　ここは懲役4年でどうすか』（2003年、鉄人社）
『ヘンな本あります――ぼくはオンライン古本屋のおやじさん2』（2003年、風塵社）
『ぼくはオンライン古本屋のおやじさん』（2005年、ちくま文庫）
『本屋さんの仕事』（江口宏志・佐藤真砂・中山亜弓・永江朗・幅允孝・林香公子・堀部篤史・安岡洋一と共著、平林享子編、2005年、平凡社）
『気分はもう、裁判長』（2005年、理論社）
『新世紀書店』（高野麻結子との共編著、2006年、ポット出版）
『怪しいお仕事!』（2006年、新潮文庫）
『危ないお仕事!』（2006年、新潮文庫）
『キミは他人に鼻毛が出てますよと言えるか』（2006年、幻冬舎文庫）
『裁判長!　ここは懲役4年でどうすか』（2006年、文春文庫）
『裁判長!　これで執行猶予は甘くないすか』（2007年、文藝春秋）
『ぶらぶらヂンヂン古書の旅』（2007年、風塵社）

『もいちど修学旅行をしてみたいと思ったのだ』（中川カンゴロー写真、2008年、小学館）
『男の隠れ家を持ってみた』（2008年、新潮文庫）
『中央線で猫とぼく —— あの日、あのコと目があって』（2008年、メディアファクトリー）
『ほんわか！　本についてわからないこと、ねほりはほり!』（2008年、MF文庫・ダ・ヴィンチ）
『裁判長！　これで執行猶予は甘くないすか』（2009年、文春文庫）
『裁判長！　おもいっきり悩んでもいいすか —— 裁判員制度想定問題集』（村木一郎監修、2009年、文藝春秋）
『ぶらぶらヂンヂン古書の旅』（2009年、文春文庫）
『ぼくに死刑と言えるのか —— もし裁判員に選ばれたら』（2009年、鉄人社）
『全力でスローボールを投げる』（2010年、文藝春秋）
『裁判長！　死刑に決めてもいいすか』（2010年、朝日文庫）
『テッカ場』（2010年、講談社文庫）
『キミは他人に鼻毛が出てますよと言えるか　デラックス』（2011年、朝日文庫）
『駅長さん！　これ以上先には行けないんすか』（2011年、河出書房新社）

原作

『裁判長！　ここは懲役４年でどうすか（1）～（13）』（松橋犬輔漫画、2007年～2010年、新潮社バンチコミックス）

下関マグロ（増田剛己）

1958年、下関市生まれ。大学卒業後、出版社や広告代理店を経て、26歳でフリーライターとなる。

著作

『「知的メモ術」入門 —— アイデアと情報を3倍に活かす!』（増田剛己名義、1989年、かんき出版）
『たった15分のスーパー自己啓発術 —— 忙しい人が成功する 上手な時間の活かし方65項目』（増田剛己名義、1991年、こう書房）
『こんなとき、こんな言い方』（増田剛己名義、1992年、日本能率協会マネジメントセンター）
『相手のホンネをズバリ見抜く本 —— なにげない口グセ・「その一言」で隠された心理と性格がわかる! 人づきあい・交渉の裏ワザ』（増田剛己名義、1993年、こう書房）
『「知的」時間活用術』（増田剛己名義、1993年、日本経済新聞社）
『丸ごと一冊罰ゲームの本』（下関マグロとゲーム向上委員会著、1995年、ごま書房）

『マグロのぬるぬる日記 ── Sexしすぎる女たち』(1998年、鹿砦社)
『露出者』(1999年、メディアワークス)
『危ない人びと』(1999年、風塵社)
『下関マグロのおフェチでいこう』(1999年、風塵社)
『ビジネスエキスパート時間3倍活用術』(増田剛己名義、2003年、日本経済新聞社)
『東京アンダーグラウンドパーティ』(2007年、二見書房)
『「ここだけの話」が「ここだけ」なワケがない。── ログセから相手のホンネを読む本』(2007年、幻冬舎文庫)
『メモ人間の成功術 ── たった10秒で人と差がつく』(2008年、幻冬舎文庫)
『思考・発想にパソコンを使うな ──「知」の手書きノートづくり』(増田剛己名義、2009年、幻冬舎新書)
『まな板の上のマグロ』(2009年、幻冬舎文庫)
『歩考力 ──「ひと駅歩き」からはじめる生活リストラクチャリング』(2009年、ナショナル出版)
『アブない人びと』(2009年、幻冬舎文庫)
『脳を丸裸にする質問力』(増田剛己名義、2010年、アスキー新書)

北尾トロ・下関マグロの共著

『トロとマグロの平成ニッポン裏街道』(1998年、KKベストセラーズ)
『おっさん糖尿になる! ── コンビニ・ダイエットでいかに痩せたかをチラホラ語ってみる。』(2007年、ジュリアン)
『おっさん傍聴にいく! ── 最近の裁判所でのあれやこれやをグダグダ語ってみる。』(2007年、ジュリアン)
『おっさん問答〈1〉おっさん傍聴にいく!』(2010年、幻冬舎文庫)
『おっさん問答〈2〉おっさん糖尿になる!』(2010年、幻冬舎文庫)

本書は、ポット出版ウェブサイトでの連載
「北尾トロ×下関マグロのライターほど気楽な稼業はない」を元に、
加筆修正を施し書籍化したものです。

●「北尾トロ×下関マグロのライターほど気楽な稼業はない」(2009.6.8-2010.10.18)
http://www.pot.co.jp/toromaguro/

書名――昭和が終わる頃、僕たちはライターになった
著者――北尾トロ、下関マグロ
編集――大田洋輔
ブックデザイン――和田悠里
カバーデザイン――大原真理子
発行――2011年4月14日［第一版第一刷］
定価――1,800円+税
発行所――ポット出版
150-0001 東京都渋谷区神宮前2-33-18#303
電話 03-3478-1774 ファックス 03-3402-5558
ウェブサイト http://www.pot.co.jp/
電子メールアドレス books@pot.co.jp
郵便振替口座 00110-7-21168 ポット出版
印刷・製本――シナノ印刷株式会社
ISBN978-4-7808-0159-0 C0095

Toward the end of the Showa,
we became writers
by KITAO Toro, SHIMONOSEKI Maguro
Editor: OTA Yosuke
Designer: WADA Yuri, OHARA Mariko

First published in
Tokyo Japan, Apr. 14, 2011
by Pot Pub. Co., Ltd

#303 2-33-18 Jingumae Shibuya-ku
Tokyo, 150-0001 JAPAN
E-Mail: books@pot.co.jp
http://www.pot.co.jp/
Postal transfer: 00110-7-21168
ISBN978-4-7808-0159-0 C0095

【書誌情報】
書籍DB●刊行情報
1 データ区分――1
2 ISBN――978-4-7808-0159-0
3 分類コード――0095
4 書名――昭和が終わる頃、僕たちはライターになった
5 書名ヨミ――ショウワガオワルコロボクタチハライターニナッタ
13 著者名1――北尾 トロ
14 種類1――著
15 著者名1読み――キタオ トロ
16 著者名2――下関 マグロ
17 種類2――著
18 著者名2読み――シモノセキ マグロ
22 出版年月――201104
23 書店発売日――20110414
24 判型――4-6
25 ページ数――320
27 本体価格――1800
33 出版者――ポット出版
39 取引コード――3795

本文●ラフクリーム琥珀N 四六判・Y・71.5kg（0.130）／スミ（マットインク）
見返し●タント・V-59・四六判・Y・100kg
表紙●アラベール・スノーホワイト・四六判・Y・200kg／TOYO 10389
カバー・帯●アラベール・スノーホワイト・四六判・Y・110kg／スリーエイトブラック+TOYO 10395
+TOYO 10189／マットPP
使用書体●イワタ明朝体オールド+P Garamond ゴシックMB101 見出しゴMB31 太ゴB101 中ゴシックBBB
游ゴシック体 国鉄っぽいフォント（正体） ふい字 P Frutiger PGaramond
2011-0101-2.5